btb

JAMIL JAN KOCHAI

99 NÄCHTE IN LOGAR

ROMAN

Aus dem Amerikanischen von
Werner Löcher-Lawrence

btb

Für Moor o Agha

Parler une langue, c'est assumer un monde,
une culture.

FRANTZ FANON

Darin ist er so unerklärlich wie der graue Wolf,
der sein Blutsbruder ist.

RUDYARD KIPLING

1

لوگر

AM ZWEIUNDDREISSIGSTEN MORGEN

Budabasch lief irgendwann in der Nacht weg.

Wir wussten nicht, wie, nur dass er freikam und wir losgehen und ihn suchen mussten. Ich und Gul und Zia und Dawood zogen auf die Straßen von Logar, gemeinsam, zum ersten Mal, und hofften darauf, Budabasch vor Einbruch der Dunkelheit zurück nach Hause holen zu können.

Das alles geschah nur Wochen nach Antritt meiner Reise, der Heimkehr meiner Familie im Sommer '05, als es nur einen Tausender kostete, über den Ozean zu fliegen, von Sac oder SF nach Taipeh, weiter nach Karatschi und über Peschawar bis hoch nach Logar, wo der amerikanische Krieg zu der Zeit zwar nicht tot war, allerdings nur noch vor sich hin döste, wie im Koma, als stünde er immer noch unter dem Einfluss vom zuletzt boomenden afghanischen H, was Soldaten, Banditen und Roboter fast harmlos werden ließ. So war denn für den *Musafir* aus Amerika allein wichtig, wie er die heißen Sommertage herumbrachte.

Gulbuddin sagte, es werde eine Unternehmung zu viert.

Er sagte es auf Paschto, weil mein Farsi scheiße war.

»Wisst ihr«, erklärte er mir, Zia und Dawood, als wir vorher im Obstgarten saßen, »mehr als vier sehen aus wie ein Mob, und wenn wir weniger sind, werden wir angreifbar.«

Gul saß am Kopf unseres Kreises und zwirbelte seinen dicken schwarzen Schnauzbart, den ihm seine älteren Schwestern immer von der Lippe zu reißen versuchten, weil er damit wie die schönen türkischen Gangster aus ihren Seifenopern aussah. Von seinem Platz an der Lehmmauer zwischen Hof und Obstgarten konnte er alle Apfelbäume, den Pferch mit den Kühen, das große blaue Tor und sogar die Ecke sehen, in der Budabasch einst gesessen, geschlafen und meinen gottverdammten Finger gefressen hatte.

Gul war mein kleiner Onkel. Etwa vierzehn. Der Älteste in unserer Truppe.

»Wie wäre es mit viereinhalb?«, sagte ich und dachte an meinen kleinen Bruder.

»Was habe ich *gerade* gesagt, Marwand?«

»Mehr als vier sind ein Mob«, antwortete Dawood.

»Aber ein zusätzlicher Halber könnte nützlich sein«, sagte ich.

»Nicht der Halbe, den du meinst«, sagte Dawood, der ganz hinten saß und zu viel Platz brauchte.

Dawood war mein anderer kleiner Onkel. Etwa zwölf. So wie ich.

»Hört mal zu, Jungs«, fuhr ich fort. »Fünf ist eine gute Zahl. Fünf Säulen. Fünf Gebete. Fünf Spieler braucht man für eine Basketballmannschaft.«

»Nur fünf?«, fragte Zia.

»Also was jetzt, viereinhalb oder fünf?«, fragte Dawood.

»Fußball ist besser«, sagte Zia. »Da können alle mitspielen.«

»Was denkst du?« Ich sah Zia an. Er war mein Cousin. Rahmutallah Maamaas Erstgeborener. Wahrscheinlich dreizehn, wobei sich das bei den Kindern in Logar nie sicher sagen ließ. Aber Zia zuckte mit den mageren Schultern und zielte mit den Läufen seiner Finger auf Gulbuddin. *»Tschick, tschick«*, sagte Zia, *»pau, pau«*, und drückte zweimal ab.

Gulbuddin nickte Zia zu und senkte besänftigend die Hände. Seine Augen, grün wie Entenscheiße, wanderten von uns zum Tor und zum Hof, wo der Rest der Familie immer noch schlief.

Wir wurden leiser.

»Wir stimmen ab«, sagte er. »Wer will, dass Gwora mitkommt, hebt die Hand.«

Dawood rieb sich den kahlen Schädel, als wollte er für Gwora stimmen, könnte sich aber nicht dazu entschließen.

Zias dürre Finger blieben in seinem Schoß liegen, er zählte die neunundneunzig Namen Allahs.

Gul rührte sich nicht mal.

Nur meine zerbissene Hand ging hoch in die Morgenkühle.

»*Well, fuck*«, murmelte ich auf Englisch und ergab mich dem Willen der *Dschirga*.

Nachdem mein kleiner Bruder abgelehnt worden war, sagte ich während des Rests der Besprechung nicht mehr viel, wobei es wie im Schnellfeuer von einem Thema zum nächsten ging: wie anfangen, wo suchen, wo aufhören, wo Dawood Witterung aufnehmen sollte, wann Zia beten und was Gul machen würde, wenn wir auf einen Marine, einen Dschinn, einen Banditen oder einen unserer anderen Onkel treffen sollten, die sich bereits vor uns auf die Suche gemacht hatten.

»Wir ziehen los. Wir suchen Budabasch und bringen ihn nach Hause«, sagte Gul. »Ganz einfach. Dawood schnüffelt ein bisschen herum, ich stelle ein paar Fragen, Zia betet. Und wenn wir Rahmutallah begegnen, sorgt Marwand dafür, dass wir nicht hinten was draufkriegen. Okay, Marwand?«

Rahmutallah Maamaa, mein ältester Onkel, war längst schon unterwegs und suchte nach Budabasch. Hätte er uns an dem Tag erwischt, wäre es mein Job gewesen, ihm zu sagen, dass unsere Aktion meine Idee war.

»Okay«, sagte ich. »Ich werde ihn anlügen.«

»Schwörst du bei Gott, dass du lügen wirst?«, sagte Dawood.

»Sag es nicht, wenn du es nicht meinst«, sagte Gul.

»Dann bist du Allah verpflichtet«, fügte Zia hinzu.

Gul und Dawood machten Pistolen aus ihren Fingern und zielten auf meine Brust. Ich formte auch eine Pistole und hielt sie mir an die Schläfe.

»*Wallah*«, sagte ich und krümmte den Finger. »Ich verpfeife niemanden.«

Gul lachte, griff nach meinen Händen und legte sie zwischen seine. »In Ordnung«, sagte er und achtete dabei auf den Verband um meinen kaputten Finger. »Wir machen nur Spaß, weißt du, einen Spaß für unterwegs. Verstehst du?«

Ich sagte ja, das verstehe ich.

Nachdem wir unsere Ausrüstung und Vorräte zusammenhatten (Kekse und Äpfel, vier kleine Messer in Metzgerpapier, acht Flaschen Wasser, den ersten *Dschuz'* des Koran, eine Schachtel Streichhölzer, zwei Notizbücher, die Gwora und ich mit unseren Beobachtungen zu Budabasch gefüllt hatten, vier Knäuel Schnur, Klebestreifen und meine Coolpix-Kamera), gingen wir zum großen blauen Tor, und da, an der Schwelle zur Straße und zum Dorf, erwischte mich Gwora, mein kleiner Bruder.

Er stolperte in den Obstgarten, die Arme voller Papiere und Notizbücher, lamentierte über unsere Arbeit, unsere Abmachung und bettelte mich an, ihn mitzunehmen. Ich erklärte ihm auf Englisch, ganz ruhig, dass er nicht mitkönne, ich hätte das nicht zu entscheiden, aber er wollte nicht zuhören, mich nicht verstehen, und die ganze Zeit sahen die Jungs vom Tor herüber, flüsterten etwas auf Farsi, bis ich ihm ein letztes Mal sagte, auf Paschto, warum er zu Hause bleiben musste, und als auch das nicht funktionierte, *zeigte* ich ihm, warum.

Es dauerte nicht lange.

Nach der Abreibung ließ ich den zerknirschten Gwora, der sich mühte, nicht in Tränen auszubrechen, im Obstgarten zurück, während ich mit den anderen auf die Straßen Logars hinaustrat, um für den Rest des Tages nach dem Wolfshund zu suchen, der mir erst vor ein paar Wochen die Spitze meines Zeigefingers abgebissen hatte.

لوگر AM ERSTEN TAG

Wallah, am Morgen meiner Heimkehr im Sommer '05, als ich in Moors Haus ankam, war mir schlecht vom Autofahren, ich fühlte mich pockennarbig, gejetlagt, war nach acht Stunden Fahrt durch die Weißen Berge (Kabuls Flughafen gehörte damals der NATO, und wir mussten nach Pakistan fliegen und von da mit dem Auto weiter) von der Sonne Pakistans wundgegrillt und hatte in dem zwei Nummern zu kleinen schwarzen *Kamiz* samt *Partug*, in den mich Moor vor Überqueren der Grenze gezwungen hatte, Unmengen Flüssigkeit ausgeschwitzt.

Und nachdem mich die Geschehnisse morgens bereits verwirrt hatten (wir hielten als Erstes kurz an Wataks Gedenkstelle, einer zerzausten, zwischen ein paar Steinen steckenden roten Fahne bei einem Wasserlauf und einem Maulbeerbaum, deren Geschichte mir keiner erzählen wollte), geriet ich völlig aus der Fassung, als wir nach sechs Jahren zum ersten Mal wieder das Anwesen von Moors Familie betraten.

Etwa fünfzig von Moors Verwandten hatten sich in den Garten des Hofes gedrängt, standen bis ans große grüne Tor, und ich wurde von einer Flut glitzernder

Kleider und Tücher verschluckt. Rahmutallah Maamaa umschlang mich mit seinen Armen, während Baba mir übers Haar strich und mich mit nassen Altmännerküssen bedeckte, bis mich Abo aus den Armen meines Onkels befreite und an die Brust drückte. Mit ihren verschwielten Händen strich auch sie mir über das schmutzige Haar und verfluchte Amerika, weil es ihre Kinder stahl.

Kurz darauf fand ich mich in einem großen Raum mit Lehmwänden wieder, ohne zu wissen, wie ich dort hineingelangt war, fragte mich, wo meine Eltern sein mochten, und versuchte den direkten Blickkontakt mit den etwa vierzig Verwandten um mich herum zu vermeiden. Mir wurde endlos viel Farsi entgegengeworfen, mit dem ich nichts anzufangen wusste, und als ich meinen *Khalas*, *Maamaas* und Cousins erklärte, dass ich kein Farsi verstand und nur Englisch und ein bisschen Paschto sprach, da murmelten die meisten etwas, schüttelten die Köpfe und lächelten traurig – fingen aber, um sich nicht ausstechen zu lassen, gleich an, in einer wilden Mischung aus Englisch, Paschto, Farsi und Zeichensprache auf mich einzureden.

Sie fragten mich, ob ich hungrig sei, traurig, müde, ob ich durstig sei, glücklich, ob ich Angst hätte, unter Verstopfung litte, Übelkeit, ob ich einsam sei, verwirrt, angeekelt, dumm, klug, immer so düster, immer so süß, immer so pummelig, haarig, so groß, so ruhig, nervös, scheu, verloren.

Ich beantwortete jede einzelne Frage mit Ja.

Also fragten sie, was ich mehr als alles andere wolle.

»Ich möchte den alten Hund sehen«, sagte ich auf Englisch.

Keiner begriff, wovon ich redete.

»*Sag*«, sagte ich auf Farsi.

Sie brachen in Lachen aus, verwünschten mich und meine Moor und schleppten mich hinaus in den Hof.

Wallah, als ich den großen Budabasch dreibeinig unter seinem Apfelbaum stehen sah, wie er gegen den Stamm pinkelte, an den er gekettet war, dachte ich immer noch, er wäre derselbe alte Köter, den ich in meinem ersten Sommer '99 in Logar erlebt und gequält hatte. Und wenn ich auch nicht mehr viel von dieser ersten Reise weiß, hatte mich die Erinnerung an den Hund doch durch die Grundschule verfolgt und nachts wach gehalten, und als Agha im Frühling '05 verkündete, dass er genug Geld zusammengeknausert habe, um wieder nach Logar zu fliegen, war da nur der eine Gedanke, wie ich den alten Hund dazu bringen könnte, mir zu vergeben.

Kaum dass ich Budabasch im Obstgarten sah, löste ich mich von meiner Familie und rannte mit nichts als *Sabr* im Herzen und aus den Fingerspitzen triefender Liebe (Wallah!) zu seinem Baum, und erst als er sich duckte, vorschnellte und die Spitze meines Zeigefingers für immer verschluckte, sah ich in seinen einzigartig blauen Augen, im Herzen das Augapfels, was niemand bis zu diesem Zeitpunkt hatte sehen wollen: dass Budabasch ganz sicher kein Hund war, sondern eher ein Mutant oder Dämon. Wallah.

Und nachdem ich das gesehen und ja kaum etwas zu tun hatte, während meine Cousins in die Schule gingen, rief ich für die nächsten paar Wochen einen Dschihad gegen Budabasch aus. Bis er sich, klar, etwa einunddreißig Tage später befreite und davonlief.

لوگر

AM ZWEIUNDDREISSIGSTEN MORGEN

Draußen vor dem großen blauen Tor von Moors Anwesen rieb ich mir den Rotz meines Bruders von den Knöcheln und folgte den Jungs. Der Weg wand sich hoch zu einer Biegung, die uns in eine Art Labyrinth aus miteinander verbundenen, von Lehmmauern umgebenen Anwesen und anschließend auf die Straße durch Naw'e Kaleh führte, gelegen im Distrikt Mohammad Agha, in der Provinz Logar. Wenn wir ihr nur lange genug folgten (ein paar Kilometer oder so), würden wir zu Aghas Anwesen kommen.

Als wir die erste Gasse des Labyrinths betraten, begann ich die links und rechts von mir auftauchenden eisernen Tore zu zählen, aber weil die Mauern alle ineinander übergingen, wurde mir bald schon von den ganzen Windungen und Kurven schwindelig, und ich verlor den Überblick, wo ein Anwesen endete und das nächste begann. Zum Glück hatten wir Gul als Führer. Wir folgten ihm und hüpften über die Rinne, den kleinen Kanal in der Mitte des Pfades, in dem sich die Abwässer der angrenzenden Anwesen sammeln sollten.

Wer sich nicht auskenne, erklärte Gul, oder keinen Führer habe, könne sich leicht in den Gassen verlaufen. Das war einer der Gründe dafür, warum die Russen Anfang der Achtziger solche Probleme hatten, Naw'e Kaleh einzunehmen. Kein Platz für Panzer oder schwerere Artillerie, aber reichlich Möglichkeiten für die Mudschaheddin, sich in den Hinterhalt zu legen. Rund zwanzig Jahre später hatten die amerikanischen Truppen das gleiche Problem.

An jenem Tag schien sich jedoch niemand große Sorgen zu machen, in afghanisch-amerikanisches Kreuzfeuer zu geraten. Während Orte wie Kandahar oder Helmand, wie ich hörte, mit Drohnenangriffen und nächtlichen Razzien überzogen wurden, führte die US Army in Logar ihre geheimen Operationen meist in den umliegenden Schwarzen Bergen durch und zerbombte die Höhlen, in denen sich die T und andere Rebellen (pakistanische Doppelagenten?, arabische Söldner?, analphabetische Ziegenhirten?) zusammen mit Baba Bin Laden, Mullah Omar und Carmen Sandiego versteckt halten sollten, sodass wir unten in den Flusstälern das Gewehrfeuer und den Geschützdonner nur als leises Wummern und das sanfteste Beben der Erde wahrnahmen.

Ernsthaft, wenn wir uns an dem Tag da draußen in den Gassen Sorgen wegen etwas machen mussten, dann nur, Rahmutallah Maamaa in die Arme zu laufen.

Frühmorgens hatte er uns vier in sein Zimmer gerufen und uns verboten, ihm zu folgen. »Ich brauche Männer, die zu Hause bleiben, falls Budabasch zurückkommt«, sagte er. »Versteht ihr?«

 Er stand in der Tür, seine *Kufi* auf dem Kopf, und

hatte sich Budabaschs Kette über die Schulter gehängt. Aus seinem schwarzen Bart tropfte Schweiß oder Morgentau. Ob Rahmutallah Maamaa die Ernte pries oder jemanden mit dem Tod bedrohte, er sprach stets mit ruhiger, sanfter Stimme, ganz so, als läse er jemandem seine Gedanken vor.

Wir alle nickten eifrig mit den Köpfen, obwohl wir wussten, dass er eigentlich nur mit Gul redete.

Gul widersprach nicht, aber als Rahmutallah gegangen war, machte er sich über ihn lustig und fing an, Schwachsinn zu reden. »Männer?«, sagte er und spuckte auf den Teppich. »Wie Kinder behandelt er uns.«

»Wir sind Kinder«, sagte Zia.

»Bleib du ein verdammtes Kind«, sagte Gul, ging hinaus und ließ mich, Zia und Dawood zurück. Zu dritt standen wir da und sagten nichts, sondern kommunizierten nur mit Gesten, besorgten Blicken und Ächzen. Zia schien am zögerlichsten. Für ihn war es ein größeres Risiko als für uns, da Rahmutallah Maamaa sein Vater war. Einem Onkel nicht zu gehorchen, wie ich es tun würde, oder einem älteren Bruder, wie Gul und Dawood, das war nichts verglichen damit, den eigenen Pops zu hintergehen. Und wenn uns jemand anderes herausgefordert hätte, wären wir wahrscheinlich unseren natürlichen Instinkten gefolgt, um auf jeden Fall eine mögliche Tracht Prügel zu vermeiden. Aber es war nicht irgendjemand. Es war Gul.

Also folgten wir ihm.

Gul ging voran, aus dem Labyrinth und auf die Straße hinaus. Sie war aus hartem, dunklem Lehm und führte hinunter zwischen ein paar Felder und eine weitere

Ansammlung von Anwesen. Platanen und ein schmaler Bach säumten sie. Auf den Feldern bei der Straße kümmerten sich einige Bauern und ihre Arbeiter um ihre Saat. Die Sonne zeigte kaum ihr Gesicht. Ich betrachtete das alles, als eine Windböe aus den Schwarzen Bergen herunterwehte und mich voll erwischte. Sie stank nach Rauch, und ich fing an zu husten.

Dawood atmete tief durch die Nase ein, seufzte und nickte Gulbuddin zu.

»Da ist Budabasch lang«, sagte Gul und deutete, wie es schien, auf das ganze Land. Und schon lief er die Straße hinunter.

Wir eilten ihm nach.

Dawood versuchte Budabaschs Apfel- und Benzingeruch aufzufangen. Gul blieb von Zeit zu Zeit stehen, um einen Bauern oder Tagelöhner zu fragen, ob sie einen großen schwarzen Hund mit einer weißen Narbe auf dem Rücken gesehen hätten.

Zia fiel zusammen mit mir hinter den beiden zurück. Er hielt meine unverletzte Hand und erläuterte mir, was es zu sehen gab.

»Der da gehört *Hāddschī* Ahmad«, sagte er und zeigte auf einen Obstgarten, »und die Felder dahinter sind von Mullah Imran. Und in dem Graben dort drüben ist der kleine Zabi auf eine alte Mine getreten. Hat seinen Fuß verloren.«

»Gott noch mal, Zia«, rief Gul von vorn, wobei er langsamer wurde und seine Finger um mein rechtes Handgelenk legte, direkt über dem Verband. »Du bringst alles durcheinander: Der Obstgarten gehört dem Vater von Mullah Imran, der noch lebt, weshalb er also noch nicht

Imran gehört, und die Felder sind die von Hāddschī Ahmad, und dem kleinen *Nabi* ist ein Lastwagen der Army über den Fuß gefahren, nicht dem kleinen Zabi. Zabi geht es gut. Wir haben vor einem Monat noch Stickball mit ihm gespielt.«

»Echt?«, sagte Zia.

»Ja, du Kind, frag Dawood.«

Dawood war weiter vorn, hielt die Nase schnüffelnd in den Wind und trug eine große schwarze Tasche über der Schulter. Er war dick für sein Alter, aber auch ziemlich stark, das musste ich zugeben. Keiner mochte seine Hand halten, wegen der vielen Warzen, und so sorgte er dafür, dass er ständig etwas zu tun hatte. Er hob auf, warf und zerbrach alles, was ihm in die Quere kam. Ich versuchte generell die Jungs davon abzuhalten, meine Hand zu halten, doch sie waren hartnäckig. »So machen Freunde das hier«, versuchte Gul immer wieder zu erklären.

»Zabi hat noch beide Füße«, rief Dawood von vorn.

»Siehst du«, sagte Gul und deutete auf Zia. »Alles, was dieser Junge kennt, sind *Hadithe*.«

»Und Suren«, fügte Dawood hinzu.

»Was braucht man auch sonst?«, fragte Zia und drückte meine Hand.

Gul schüttelte den Kopf. »Hör zu, Marwand. Ich werde dir sagen, was du wissen musst.«

Und das tat er.

Er erklärte mir, wo wir waren und wohin wir gingen. Er nannte mir die Namen der Straßen und sagte, wohin sie führten. Er erklärte mir, wer wo gestorben war, welches Grab und welche Fahne, welcher Stock und welcher Stein wem gehörten, wusste die Namen der Bäume, der

Felder und der Anwesen. Er hielt meine Hand, zeigte in die eine Richtung und konnte mir sagen, wohin es da ging, konnte aber auch in die andere Richtung zeigen und wusste es ebenfalls.

Trotzdem konnte er mir nicht sagen, wenigstens nicht sicher, wohin Budabasch verschwunden oder warum er überhaupt weggelaufen war, obwohl ich natürlich eine Ahnung hatte.

Bevor ich es vergesse, hier sind noch ein paar Dinge, die ich an diesem Tag sah:

1. Eine Kobra.
2. Sechs Kinder im Alter von vier bis elf, die zu der Kobra liefen.
3. Eine Kobra mit abgezogener Haut, das rohe Fleisch sichtbar, von sechs Kindern totgeschlagen.
4. Lehmbedeckte Arbeiter auf den Feldern.
5. Lehmbedeckte Arbeiter in den Obstgärten.
6. Lehmbedeckte Arbeiter, die eine Mauer aus dem Lehm bauten, mit dem sie bedeckt waren.
7. Ein kleines, etwa neunjähriges Mädchen mit seinem Esel.
8. Die Felder.
9. Meinen Cousin oder Onkel (beides?) Malang, der nach Haschisch stank und sich nicht an meinen Namen erinnern konnte.
10. Zwei streunende Hunde, die wie Budabasch aussahen, wäre er ein Hund gewesen.
11. Zwei amerikanische Hubschrauber.
12. Vier um Walnüsse und Murmeln Karten spielende Kinder.

13. Vier Kinder, die vor den Steinen davonliefen, die wir nach ihnen warfen.
14. Zweiundfünfzig Karten, die in der Ecke eines Feldes zurückblieben.
15. Einen Mann mit einem Gewehr, vielleicht ein T.
16. Eine Drohne (glaube ich?).
17. 1.226 weiße Lilien.
18. Einen wahren Gott.
19. Keinen Budabasch.

لوگر AM VIERTEN TAG

Drei Tage nachdem Budabasch mir die Spitze meines Zeigefingers abgebissen hatte, kam Ruhollah Maamaa (Moors kleiner Bruder) von der Arbeit, wo immer die auch war, hieß meine Eltern zu Hause willkommen, setzte mich, kaum dass er meine verbundene Hand sah, in seinen Corolla und fuhr mit mir und meinen Brüdern zu den Schwarzmärkten Kabuls, wo er mir sagte, ich solle mir aussuchen, was ich wolle. Kein Witz. Egal, was es kostete.

»Aber keine Frauen!« Er lachte zu laut.

Ich sah nicht viele.

Ich und meine Brüder blieben nahe bei Ruhollah, während er uns durch das Gedränge auf den Basaren führte, an Checkpoints, Schlaglöchern und offenen Abwasserkanälen vorbei, weg von den gepanzerten Stellungen, wo sich die Amerikaner versteckten, und hin zu den inneren Adern der Stadt. Er wies Bettler ab und schmeichelte den Polizisten, lief in seinen Bluejeans und mit seiner Shah-Rukh-Khan-Frisur durch die Straßen, zeigte auf die zerbombten Gebäude (das waren die T, das da Massoud, das Sayyaf, das Hekmatyar), redete die ganze

Zeit viel zu schnell, ging zu langsam, übte sein Englisch und fragte uns Sachen über Amerika.

Ruhollah Maamaa hatte große Pläne. Er studierte an einer Technikerschule in Kabul (wenn er nicht in der Basis arbeitete) und träumte von einem Visum für Amerika. Das Problem war, dass er einen Gönner brauchte, um zugelassen zu werden. Einen aufrechten amerikanischen Bürger, der bereit war, für ihn einzutreten. Er fragte mich nach Agha und wollte herausfinden, ob mein Pops ihm womöglich helfen würde. Um ehrlich zu sein, war ich ziemlich sicher, dass Agha ihn nicht sehr mochte, besonders, nachdem Ruhollah angefangen hatte, für die US Army zu dolmetschen, aber ich stellte fest, je mehr ich ihn in dem Gefühl bestärkte, dass Agha ihm helfen könnte, desto bereitwilliger zückte er sein Portemonnaie. Und ich war nicht gegen Bestechung immun. Meine Brüder ebenfalls nicht.

Mirwais, mein jüngerer Bruder, wollte einfach nur einen Big Mac. Von uns dreien machte ihm das Essen in Logar (*Shorwa* und Tomaten fast jeden Abend) am meisten zu schaffen. Tage und Nächte mit Durchfall. Er hätte sich ein paarmal fast in die Hose geschissen, der arme Kerl. Mich und Gwora, uns erwischte es natürlich auch, aber nicht so schlimm wie Mirwais. Er sehnte sich sehr nach einer Portion Industrie-Hack, und wir nahmen an, wenn es in Afghanistan einen Ort gab, wo es einen vernünftigen Hamburger gab, dann in Kabul. Traurigerweise mussten wir allerdings feststellen, dass die Marines Kabul infiltriert hatten, ohne einen McDonald's zurückzulassen, und so mussten wir uns mit Ruhollah Maamaas Lieblings-Kebab-Bude zufriedengeben, wo sie das Lamm draußen auf der Straße grillten und den Duft mit Ventilatoren in die Menge bliesen. Ruhollah erklärte uns, dass es den Laden seit siebzig Jahren gebe und dort schon Sklaven und Bedienstete, Hippies und Kommies, *Spetsnaze* und Dschihadisten versorgt worden seien. Und jetzt drei kleine Logarer aus Amerika.

Gwora verschwand immer wieder in eine der Buchhandlungen, kaufte nichts, sondern sah sich nur um und schnüffelte an den Seiten. Am Ende suchte er sich an irgendeinem Stand am Kabul, dem Fluss, etwas aus, das er für eine goldene Uhr hielt, was sich jedoch als Messingkompass entpuppte, den Ruhollah zurückgeben wollte, aber Gwora gefiel er noch besser als die ursprünglich anvisierte Uhr.

Ich hatte eine umfangreiche Liste vorbereitet. Zuerst gingen ich und Ruhollah und meine Brüder ins Bekleidungsviertel, und er stattete uns mit afghanischen Sachen aus: Kamiz, Partug und *Waskat*. Dann ging es weiter von Laden zu Laden, auf der Suche nach den von mir gewünschten Dingen: einem silbernen Allah, einem Taschenmesser und einem Basketball, und die ganze Zeit fügte ich mich so super in die Leute ein, dass mich keiner, solange ich nichts sagte, für einen Fremden hielt.

Das ging so weiter, bis wir zur Zeit des *Asr* einem kleinen Rudel streunender Hunde begegneten, fast ohne Haare und halb verhungert, und plötzlich fing ich an komisch zu atmen, wurde ganz wirr im Kopf, und mein Fingerstummel fing an zu kribbeln. Je näher die Hunde kamen, desto schlimmer wurde das Kribbeln. Bis zu dem Punkt, dass mich ein Schmerz erfasste, als würde mir der Finger ein weiteres Mal abgebissen, und ich stieß einen Schrei aus wie im Obstgarten, der den Hunden, meinen Brüdern, Ruhollah und den Kabulern um uns herum einen Schreck einjagte.

Eine Weile lang beruhigte sich mein Atem nicht wieder, und Ruhollah geriet in Panik und bot mir an, was immer es in der Nähe gab (Säfte, Sprudel, Zigaretten, Gebetsperlen), bis wir in den Teil des Schwarzmarkts mit den DVDs kamen. Er hielt mir ein paar Filme hin, und mit einem Mal beruhigte sich mein Atem wieder.

Auf dem Weg zurück nach Logar hielt ich meine DVDs an mich gedrückt und sah die kaputten Gebäude und Häuser in den Bergen, auf den Feldern, zwischen den Bäumen und hier und da auch hinter der Mauer eines Anwesens, bis wir an den Checkpoint einer örtlichen Miliz bei Wagh Jan kamen. In Kabul wurde Ruhollah überall durchgewunken, sobald er seinen Militärausweis zeigte, die Milizionäre hier behaupteten jedoch, die T verkleideten sich als Soldaten und fälschten Regierungspapiere. Mich und meine Brüder beachteten sie nicht weiter, befahlen Ruhollah aber auszusteigen, damit sie ihn durchsuchen konnten. Danach fuhr Ruhollah uns durch Wagh Jan, an den kleinen Läden und Ständen vorbei, überquerte den Logar, den Fluss, mied die Straßenarbeiter und bog in die Gassen von Naw'e Kaleh.

Als wir an dem Abend durch das große blaue Tor fuhren, kamen all meine Cousins zu unserem Corolla gelaufen. Es waren vielleicht zwanzig, Knirpse und Teenager, dunkle und helle Gesichter, weit aus Dschalalabad oder ganz nah aus Tangi. Sie umringten unser Auto, hauchten Feuchtigkeit auf die Scheiben und schrieben unsere Namen hinein.

مروند
متین
میر ویس

Ich kannte kaum einen von ihren.

Ruhollah Maamaa sprang als Erster aus dem Auto und hätte beinahe ein paar von ihnen geohrfeigt, aber da kam Mirwais, fasste ihn bei den Händen und fragte, ob er auf ihm reiten könnte. Ruhollah stimmte zu, denn niemand schlug Mirwais je etwas ab. Währenddessen schlichen wir, ich und Gwora, meine Cousins und kleinen Onkel, hinüber in den Raum mit den Lehmmauern, ganz am Ende des Wohnbereichs und gleich beim Obstgarten.

Drinnen umringten meine direkten und ferneren Cousins und kleinen Onkel mich und meine Brüder und redeten auf Farsi, Paschto und in bruchstückhaftem Englisch auf uns ein: Sie waren auf eine Weise freundlich, wie sie es in den ersten Tagen nach meiner Ankunft nicht gedurft hatten, war ich doch gleich, nachdem Budabasch mir die Spitze des Zeigefingers abgebissen hatte, von Abo, Baba und Rahmutallah Maamaa ins Gästezimmer gebracht worden, wo ich fast zwei Tage hatte bleiben müssen.

Wieder und wieder verbanden sie meinen Finger neu, verpassten mir eine Infusion und fütterten mich mit Hausmitteln (*Sarsar*, *Kappa* und *Osh*), bis sie mich für fit genug erachteten, Besucher zu empfangen. Gul war der Erste, der sich mir näherte und mit einer Bitte in mein Zimmer schlich.

 »Hör zu«, sagte er, »mein großer Bruder kommt heute,

und er wird dir Budabaschs Kopf anbieten. Aber hör zu, Marwand: Du musst Erbarmen mit ihm haben, weil Gott das so wollen würde und wir Budabasch *brauchen*. Verstehst du? Ich meine, er ist der beste Wachhund im Dorf. Vielleicht im ganzen Land. Er ist ohne Furcht und Skrupel. Seine Zähne sind wie Rasierklingen. Ich meine, das weißt du aus eigener Erfahrung, aber hör zu, Marwand: Er hat dich nur gebissen, weil er dich nicht kannte, weil… Er wollte uns schützen, Wallah, Marwand, Budabasch ist ein guter Hund, etwas grob, aber gut, und wir brauchen ihn. Verstehst du, Marwand?«

Ich sagte ihm, ja, das tue ich, aber meine Wunde tat so weh und sah so faulig und eitrig aus, und ich hatte so eine Angst, der Verlust der Fingerspitze könnte meinen Sprungwurf für immer ruinieren, dass ich tief im Herzen auf Rache sann. Gleichzeitig wollte ich es mir mit den Jungs, speziell mit Gul, der Budabasch mehr als alles zu lieben schien, auf keinen Fall verscherzen.

Wie Gul vorausgesagt hatte, kam Rahmutallah Maamaa später in mein Zimmer, allein, und bot mir einen Saft, ein Stück Wassermelone und Budabaschs Leben an.

Ich lehnte alles ab.

Danach stellte mir Gul Dawood, Zia und die übrigen Jungs vor. Zia küsste mich auf beide Wangen und spuckte ein *Duʿā'* direkt in meinen Mund. Dawood umarmte mich wie eine Krabbe, zwickte mir in die Seiten, und ich schob ihn weg. Meine übrigen Cousins hielten nacheinander meine Hand oder meinen kleinen Finger. Ein paar Minuten lang brachte ich es nicht übers Herz, es ihnen zu verweigern.

Wenn die Jungs nicht in der Schule waren, im Garten oder auf dem Feld halfen, spielten wir Fußball oder Stickball, schmissen mit Steinen, wateten durch den Kanal vor dem Haus (ich konnte nicht schwimmen) oder redeten nur. Meist fragten sie mich nach Amerika, wie die Schulen dort waren und besonders die Kinder.

Ich erklärte ihnen, dass die Kinder in Amerika im Prinzip okay waren, nur nicht, wenn sie deinen Namen nicht aussprechen konnten und ihn deswegen änderten, dich Moe statt Marwand nannten, Joe statt Jawed, Bell statt Belqisa, wenn sie deine Herkunft mit der anderer Leute verwechselten und nicht hinhörten, wenn du sie verbessertest, oder wenn sie dachten, Bin Laden wäre dein Opa.

Letzteres haute die Jungs völlig um.

»Wallah«, sagte ich, »sie fragen mich, wo sich mein Opa versteckt, damit sie hin und ihn umbringen können. Dabei denken sie, dass es mich wütend macht, wenn sie Bin Laden umbringen wollen, und manchmal tun sie so, als würden sie nur Spaß machen, aber dann wieder, wenn sie fertig gelacht haben, stehen sie so da und sehen mich an und sagen nichts mehr, als warteten sie jetzt echt darauf, dass ich ihnen sage, wo er ist. Damit sie hin und ihn umbringen können.«

Meine Cousins und kleinen Onkel brachen in Lachen aus.

Sie liebten solche Geschichten. Sie drängten sich um mich, einige riefen etwas, andere sagten nichts, aber alle, alle, das wusste ich, hörten zu und warteten. Und als ich an dem Abend aus Kabul zurückkam, standen auch da alle um mich herum und wollten sehen, was ich aus der Stadt mitgebracht hatte.

Erst zeigte ich ihnen den silbernen Allah, den Basketball (mit dem sie wie mit einem Fußball dribbelten) und das Taschenmesser, das ich auf dem Basar gekauft hatte, aber kaum dass der Generator ansprang, holte ich die wahren Schätze hervor.

»Raubkopien!«, rief ich.

Fünf Filme auf einer DVD. Manchmal sechs. Manche der Filme waren noch gar nicht offiziell rausgekommen.

»Raubkopien!«, rief ich noch einmal, weil sie es nicht zu verstehen schienen.

»Ja«, sagte Dawood, »wir verstehen schon, aber zum Teufel, was für Filme sind das?«

»Aah«, sagte ich, »Werwolf-Filme.«

Erst sahen wir uns *Van Helsing* an. Am Abend drauf: *American Werewolf*. Und am dritten Abend, nach *Dog Soldiers*, hatte ich meine Cousins so weit, dass sie, wohin sie gingen, Werwölfe sahen: in den Bäumen, im Gebüsch, nachts im *Kamoot* und in den Schatten der Platanen, auf den Feldern, wo sie Weizen schnitten, und natürlich in Budabaschs kalten, toten Augen.

Außer Gulbuddin natürlich. Während es allen anderen irgendwie ein komisches Gefühl gab, dass ihr treuer Wachhund, der in seinem Leben noch nie jemanden gebissen hatte, so bösartig auf meinen Finger losgegangen war, liebte Gul Budabasch so sehr, dass er sich nicht viel dabei dachte.

»Er ist nun mal ein Hund«, sagte er, »und Hunde haben Zähne.«

Nun, dachte ich für mich, ich habe auch Zähne. Und das stimmte.

Ich hatte welche.

لوگر AM DREIZEHNTEN TAG

Wenn die anderen Jungs in jenen ersten Wochen in die Schule gingen, verbrachten ich und meine Brüder den Tag mit Lesen und Schreiben. Als ich das letzte Mal in Logar gewesen war, '99, hatte ich so viel Paschto gesprochen, dass ich fast all mein Englisch vergaß und in der zweiten Klasse das Alphabet nicht mehr kannte, weswegen ich fast durchgefallen wäre. So hatte Agha denn für diese Reise einen festen Stundenplan aufgestellt: Wir hatten jeden Tag wenigstens eine Seite zu schreiben und ein Kapitel zu lesen. Wir stöhnten, wobei ich und Mirwais wussten, dass Gwora insgeheim begeistert war. Der Junge war erst in der Fünften, las aber schon auf Highschool-Niveau. Er kam im Übrigen vorbereitet nach Logar, mit einem Rucksack voller geklauter Bibliotheksbücher und etlicher Notizblöcke. Ich musste mich mit einem von Zias alten UNICEF-Notizbüchern und einem Tom-Clancy-Roman zufriedengeben, den ich eines Morgens in einem Schrank in Ruhollahs Zimmer fand.

Wir saßen auf roten *Toschaks*, jeder in seiner Ecke des Zimmers. Ich las Clancy und Gwora Mark Twain. Mirwais schlief zwischendrin mit einem Koran für Anfänger auf dem Gesicht ein. Als ich die ersten beiden Kapitel meines Clancy-Romans gelesen hatte, war Gwora schon halb durch *Huckleberry Finn* und konzentrierte sich auf sein Tagebuch.

Irgendwann fragte mich Gwora beim Schreiben nach Budabasch.

»Marwand«, sagte er, »warum, denkst du, hasst er uns?«

Wenn wir allein waren, unterhielten wir uns auf Englisch. Das war uns am angenehmsten. Tatsächlich hatten wir seit unserer letzten Reise nach Logar kaum noch Paschto gesprochen, sodass uns die einfachsten Dinge nicht mehr einfielen. Zum Beispiel, dass ein Maamaa der Bruder deiner Mom ist und ein *Kaakaa* der deines Dads. Einmal bei einem Duʿā' bat ich Allah, er solle sich meines Watak *Maamaa* erbarmen statt Kaakaa. Fast hätte mir Agha in der Moschee eine Ohrfeige gegeben. Bei Moor war es nicht so schlimm. Sie korrigierte mich, wenn ich ein Wort falsch benutzte oder einen Satz ruinierte (kam das Objekt vor dem Subjekt oder vielleicht das Verb?). Aber wenn sich Agha auf die Lippe biss, mich anstarrte und mir ohne ein Wort sagte, dass unsere Sprache unser Leben, unsere Seele und unser Blut sei, vergaß ich, dass es Paschto überhaupt gab.

»Weil er durchgeknallt ist«, sagte ich und wandte mich wieder meinem Buch zu: Südamerikanische Terroristen versuchten herauszufinden, für wen Agent X wirklich arbeitete (die CIA). Sie jagten Stromstöße in seine Eier, mit Hilfe einer Autobatterie, und tauchten ihn unter Wasser, sodass er keine Luft mehr bekam.

»Weißt du, was Dawood gesagt hat?«

Ich antwortete nicht. Ich las weiter: Die Terroristen setzten die Eier von Agent X erneut unter Strom, schlugen ihn, rissen ihm ein paar Zähne und Fingernägel raus und wollten wissen, wer er war, aber mittlerweile hatte sich der Spion schon so viele Scheinidentitäten zugelegt und war durch die Folter so verwirrt, dass er es selbst nicht mehr wusste.

»Er hat gesagt, es liegt daran, wie wir riechen.«

»Dawood?«, sagte ich und hob den Blick. »Dawood stinkt übler als sonst irgendwer, den ich kenne. Dagegen riecht Kabul wie Paris.«

»Du warst doch nie in Paris.«

»Hör zu«, sagte ich, machte mein Buch zu und wechselte ins Paschto, wie es Agha vielleicht auch getan hätte, »wir riechen nicht schlechter als die anderen. Budabasch mag uns nicht, weil wir wissen, dass er ein Dämon ist. Alle anderen hat er hinters Licht geführt. Das ist alles. Kapierst du?«

»Ich weiß nicht«, sagte Gwora.

Ich warf mein Buch nach ihm, verpasste ihn aber um zwei, drei Handbreit. »Komm mit«, sagte ich.

»Wohin?«

»Wir gehen raus und reden mit Budabasch.«

Erst bewarfen wir ihn mit Dreckklumpen, weil sie so leicht zu finden waren. Ich und Gwora sammelten sie am Rand des Gartens und von den Minzebeeten und stapelten sie zu kleinen Häufchen unten am Stamm eines Apfelbaums. Bevor wir ihn jedoch bombardierten, kletterten wir auf den höchsten Ast des höchsten Baumes, von wo wir fast den ganzen Obstgarten und auch den Hof überblicken und uns versichern konnten, dass sich niemand anschlich. Von Zeit zu Zeit kam eine meiner Khalas in den Obstgarten, um Holz zu hacken oder ein paar Eier aus dem Hühnerstall zu holen. Oder Rahmutallah Maamaa hatte etwas zu graben oder wollte die Kühe auf die Weide bringen.

Wir hatten uns schnell an den Rhythmus ihrer Arbeit gewöhnt, sagten voraus, wann sie auftauchen würden, warteten in Ruhe ab und warfen unsere Dreckklumpen, wenn sie wieder verschwunden waren. Als wir zu den Steinen wechselten, merkten wir, dass wir keine guten Schützen waren. Wir zielten auf die lange weiße Narbe auf Budabaschs Rücken, trafen ihn aber höchstens ein-, zweimal.

Nachdem wir etwa ein, zwei Stunden den Baum hinauf- und hinuntergeklettert waren, wurden wir hungrig, und da wir all die grünen Äpfel in Reichweite sahen, pflückten wir ein paar und bissen hinein. Sie schmeckten sauer und kalkig. Wir aßen jeder vielleicht fünf.

»Glaubst du, die sind schon reif?«, fragte Gwora.

»Wen stört's«, sagte ich und nahm noch einen Bissen. »Sie schmecken okay.«

Eine halbe Stunde später krümmten ich und Gwora uns in den beiden benachbarten Kamoots und schissen uns die Seele aus dem Leib. Gwora rief durch die Wand: »Ich glaube, sie waren doch noch nicht reif.«

»Aber gut waren sie«, rief ich zurück.

»Hey«, rief er. »Glaubst du Budabasch mag Äpfel?«

»Weißt du was?«, sagte ich. »Ich wette, ja.«

Jetzt warfen wir Äpfel nach ihm.

Wenigstens drei Stunden jeden Tag, drei Tage hintereinander, deckten ich und Gwora ihn mit Äpfeln und faulen Eiern ein, mit Brot, das wir mit Dreck und Scheiße gefüllt hatten, oder auch mit Scherben, warteten und sahen zu. Budabasch fraß fast alles, was ihm vor die Schnauze kam. Er roch daran, guckte uns an und schlang es herunter. Machte sich über uns lustig, und nach einer Weile verging uns der Spaß. Die alte Sau hatte einen Magen aus Stahl. Wir haben ihn weder kotzen noch Blut scheißen sehen. Kein einziges Mal. Drei Tage am Stück haben wir ihn stundenlang aus den Bäumen beobachtet, und nichts.

»Erklär mir mal«, sagte ich oben auf meinem Ast und sah zu, wie Budabasch eine Schüssel Benzin leer schleckte, »was an diesem Hund normal sein soll.«

»Er frisst«, sagte Gwora.

Budabasch kratzte sich am Ohr und gähnte.

»Trotzdem«, sagte ich, »so war er früher nicht.«

»Wie dann?«

»Weißt du nicht mehr, '99?«

»Da war ich vier.«

»Also, da war er ein guter Hund. Ruhig und friedlich. Ich meine, egal, wie sehr ich auf ihn eingeprügelt habe, er hat nicht mal die Zähne gebleckt, gebellt oder so. Manchmal habe ich ihm so wehgetan, dass er vor Schmerz gezittert hat. Wallah. Ich sehe ihn noch vor mir.«

Gwora biss in seinen Apfel. Wir sahen zu, wie Budabasch schlief. »Hast du ein schlechtes Gewissen?«

»Nein, Doktor Sahib, nicht die Bohne.«

»Ich meine, es tut dir leid, oder? Du hast daraus gelernt?«

 Ich musste einen Moment lang nachdenken.

Gwora biss noch einmal in seinen Apfel, kaute, spuckte den Bissen aus und warf den Rest nach Budabasch. Er traf ihn mitten ins Gesicht.

Ich wäre vor Lachen fast vom Baum gefallen.

Später am Abend rief Moor mich und Gwora zum Essen herein. Sie rief auf Farsi statt auf Paschto, was wohl hieß, dass wir zu spät dran waren.

Es war bereits dunkel, kurz vor dem Ischā-Gebet, und wir eilten in den Hof, um den herum die Gebäude lagen und in dem sich zwei Wege kreuzten, die den Hof in vier gleiche Teile teilten. In den einzelnen Parzellen wuchsen Bohnen, Minze und ein wildes Durcheinander von Blumen. Einer der Wege führte von der Veranda zu den Schlafräumen, der andere von Nabilas Schneiderei zum Obstgartentor, aus dem wir kamen. Genau in der Mitte, da, wo sich die beiden Wege kreuzten, stand der Familienbrunnen. In diesem Sommer blühten so viele Blumen in Logar, dass die Veranda und der *Tandur-Khana* links neben dem großen grünen Tor nach einer besonders windigen Nacht so voller Blütenblätter lagen, dass wenigstens vier von Zias sechs Schwestern den Morgen über damit beschäftigt waren, sie in die Sickergruben der Kamoots zu fegen – zusammen mit ein paar Dosen Asche, um den fast unerträglichen Gestank der Scheiße zu überdecken.

Die Sonne war vor einer Weile untergegangen, aber Rahmutallah Maamaa würde den Generator erst nach dem Essen anstellen. So näherten wir uns der Veranda im düsteren Licht von ein paar Laternen. Fast jeden Abend, seit ich wieder in Logar war, versicherte Ruhollah Maamaa mir, dass sein Bruder, mein fehlender Maamaa Abdul-Abdul, uns helfen würde, als erste Familie in Naw'e Kaleh unser Haus mit einem Stromanschluss zu versehen. Bis dahin hatten wir nur den Generator, der Gas brauchte, das aus Kabul kam und Unmengen kostete, weshalb es nur abends Strom gab, drei Stunden lang.

Auf der Veranda saß bereits Moors gesamte Familie und aß und schwatzte. Wir setzten uns auf unsere Plätze auf der Männerseite, ohne dass uns wirklich jemand beachtet hätte, und schütteten unser Essen auf einen gemeinsamen Teller.

»Wie wäre es, wenn ich euch gegenseitig eure Hände essen ließe?«, sagte Abo zu Dawood und Ruhollah, die sich ebenfalls einen Teller Reis teilten, ihre zweite Portion fast aufhatten und bereits nach der dritten schielten.

Ruhollah sagte seinem Vater (meinem Baba), er habe in der Basis so schwer zu arbeiten, dass er sechs Portionen verdiene. Dawood stimmte ihm stumm zu, und Baba sah Abo an und hob die Hand, worauf Abo Ruhollah zusätzlich Reis auf den Teller schüttete.

Währenddessen unterhielten sich Agha und Rahmutallah Maamaa darüber, wo ein örtlicher Dieb namens Jawed geblieben sein mochte. Es hieß, Jawed habe so getan, als wäre er ein T, und für die Amerikaner spioniert. Wie es aussah, hatte er die Amis aber die ganze Zeit über nur mit Schwachsinn gefüttert und seine persönlichen Feinde zu führenden Aufständischen erklärt. So hatten die Amerikaner Männer getötet, die nichts mit den T zu tun hatten. Am Ende war Jaweds kleiner Trick (der nicht so neu war, behauptete Agha, wie man denken mochte) jedoch aufgeflogen, und jetzt waren die T, die Soldaten und ein paar örtliche Drogenhändler gemeinsam hinter ihm her.

»Genau das Gleiche ist in den Achtzigern passiert«, sagte Agha.

»Es wird schlimmer, Bruder«, sagte Rahmutallah. »Heute kann jeder junge *Khar* mit einem Gewehr behaupten, er gehört zu den Taliban, den Amerikanern oder wem immer. Sie halten dich auf der Straße an, schlitzen dich auf, holen dir die Innereien heraus und lassen dich im Graben verrecken.« Er aß eine große Handvoll Reis und leckte sich die Finger. Aus Respekt vor Agha sprach er Paschto.

Agha hatte sein eigenes Anwesen vier, fünf Kilometer die Straße hinunter in Naw'e Kaleh. Der Großteil seiner Familie war jedoch im Krieg geflohen oder umgekommen, und sein Anwesen war voller ferner Verwandter, denen er nicht wirklich traute. Deshalb ließ er uns bei Moor wohnen. Hier hatte der Krieg kaum Spuren hinterlassen, und ich glaube, er dachte, Moors Familie sei gesegnet.

Die Frauen auf der anderen Seite der Veranda sprachen über geschäftliche Dinge.

Offenbar waren am Morgen eine Reihe Einkäufer aus Kabul gekommen und hatten sich Nabila Khalas Kleider angesehen. Die Schnitte hatten sie beeindruckt. Meine Khalas und Moor stritten über den Preis, den sie nehmen sollte. Nabila wollte das Letzte aus den neuen Kunden herausholen. Moor riet zur Vorsicht. »Wenn du versuchst, einen zu großen Bissen aus einem Kabuler herauszukriegen, stellst du am Ende fest, dass du deinen eigenen Arm isst.« Sie lachte.

Moor hatte ihre jüngeren Schwestern mit siebzehn verlassen (als Agha kam, um sie zu heiraten), und während der ersten Tage unseres Besuchs behandelten meine Khalas sie so respektvoll, dass es fast schon wehtat. Aber mittlerweile verstanden sich die vier Schwestern wieder so gut, als wäre Moor nie weg gewesen.

Die jüngsten beiden, Sadaf und Shirin, saßen links und rechts von ihr, schoben ihr die Locken beiseite und flüsterten ihr Geheimnisse ins Ohr. Sadaf, die Ältere der beiden, glich Moor am meisten. Sie hatte runde Backen, genau den gleichen Lockenkopf, lächelte ständig, egal aus welchem Anlass, und ließ dabei einen angeschlagenen Zahn sehen. Shirin dagegen war ziemlich blass, ziemlich dünn und hatte so braunes Haar, dass man es fast schon blond nennen konnte. Sie war im ganzen Dorf für die Frische ihrer *Parathas* und ihre geheime Singstimme bekannt.

Gegenüber von Moor und ihren Schwestern saß Zias Mom, Hawa Khala, die uns, als sie mich und Gwora sah, jedes einzelne Gericht auf dem Dastarkhān wenigstens sechsmal nacheinander anbot, bevor sie unser Nein akzeptierte, das sie dann als persönliche Beleidigung verstand, da sie die meiste Arbeit in der Küche verrichtete. Moor erzählte mir, dass Hawa Khala, als sie Rahmutallah heiratete, etwas dick für ein Mädchen aus dem Dorf gewesen war, fast schon zu dick, aber Abo und Nabila sorgten dafür, dass sie abnahm. Hawa Khala schien sich nie zu beschweren. Sie war eine düstere Person. Still und nachdenklich und unglaublich schüchtern.

Abo sah von ihrem Platz am Dastarkhān zu mir herüber. Sie saß beim Essen immer neben Baba. Seit die beiden vor vierzig Jahren geheiratet hatten, saßen sie so zusammen, Seite an Seite, und aßen vom selben Teller.

»Marwand«, sagte Abo, »was habt ihr, du und Gwora, den ganzen Tag im Obstgarten gemacht?«

»Und ohne Mirwais?«, fügte Agha hinzu.

Ich hatte Mühe, mir mit der linken, gesunden Hand Reis in den Mund zu schaufeln, und der doppelte Todesblick der beiden half nicht. Normalerweise aßen wir abends nur Suppen oder Eintöpfe, aber Zias Mom hatte an diesem Tag ein Huhn geschlachtet, und so gab es große Teller Reis mit Korma.

»Nur ein bisschen gespielt«, sagte ich.

»Sag deinem Sohn«, rief Moor, »er soll von dem Hund wegbleiben.«

Ruhollah meinte, sie solle sich über Hunde keine allzu großen Gedanken machen, und wollte die Geschichte von mir und den Streunern in Kabul schon zum sechzehnten Mal erzählen.

»Und warum habt ihr ohne Mirwais gespielt?«, fragte Agha und unterbrach Ruhollah.

Mirwais saß bei Moor auf der anderen Seite des Dastarkhān und aß seinen Reis mit beiden Händen. Er starrte mich rundheraus an, als mich Agha wegen ihm fragte, völlig unverhohlen.

»Mit Mirwais gab es Ärger«, sagte ich.

»Weswegen?«, fragte Agha.

»Wegen seiner Petzerei«, sagte ich.

Agha biss sich auf die Unterlippe, wie er es immer tat, bevor er mir eine Ohrfeige verpasste, aber ich aß weiter und schob mir mit meiner Linken Reis in den Mund. Wenn ich ihn voll hatte, würde er mich nicht schlagen.

Besonders nicht vor Baba und Abo. Es wurde still und unbehaglich wie immer, bevor einer von uns eine Tracht Prügel bekam, und um die Spannung in der Luft zu lindern oder mir eine Lehre zu erteilen, beschloss Abo, das Schweigen mit einer Geschichte zu brechen.

DIE GESCHICHTE DER DREI KÖNIGE

»Ich habe gehört, Kind meines Kindes, dass es einst einen verheißungsvollen Prinzen namens Schah Zaman gab, den Sohn Timur Schahs und Enkel des großen Ahmad Schah Baba. Nach dem frühen Tod seines Vaters, und nachdem er all seine Rivalen ausgeschaltet hatte, darunter zweiundzwanzig seiner Brüder, bestieg dieser Prinz Zaman den Thron. Während seiner Regentschaft versuchte er die glorreichen Siege seines Großvaters Ahmad Schah zu wiederholen, was jedoch wieder und wieder durch Verschwörungen der Engländer und Iraner vereitelt wurde. Schließlich stahlen sich die westlichen Schlangen in die Herzen und Köpfe von Schah Zamans Brüdern Mahmoud und Shuja und brachten sie dazu, ihren König und Bruder zu ihrem eigenen Vorteil zu verraten. Mit Hilfe der Iraner, Engländer und seines Bruders Shuja stieß Mahmoud Zaman vom Thron, blendete ihn und schickte ihn nach Indien. So vermochte er dafür zu sorgen, dass Zaman sich den Thron niemals zurückholen konnte, und der rechtmäßige König Afghanistans verbrachte den Rest seines Lebens im Exil, ein auf ewig in Finsternis gehüllter Musafir.

Aber hört, ihr Kinder meiner Kinder, Allah (subhānahu

wa-ta'ālā) sieht und weiß alles und ist und bleibt gerecht. Die Siege Mahmouds und Shujas währten nicht lange, und sie wurden wieder und wieder von Unglücken heimgesucht. Mahmoud war nur kurze Zeit König, er wurde von seinem Mitverschwörer Shuja gestürzt, der darauf eine schmähliche Niederlage nach der anderen erlitt: Er verlor den Thron nicht nur einmal, sondern zweimal, und dann, beim Versuch, die Macht wiederzuerlangen, verlor er Peschawar an die Sikhs und Kabul an die Engländer, sodass auch er ins Exil musste, blamiert und auf ewig in Schande lebend. Deshalb, Kinder meiner Kinder, seid gerecht zu euren Brüdern, behandelt sie fair, denn wieder und wieder haben unsere Könige unserem Land Unheil gebracht, nur weil sie nicht in der Lage waren, ihrem Blut und unserem Herrn gegenüber richtig zu handeln.«

Leise drang ein »Amen!« und »Maschallah!« aus den Mündern, selbst aus meinem. Und nach dieser Geschichte, nach dem Essen, dem Aufräumen, dem Zusammenkommen von Cousins und kleinen Onkeln, die einen Film sehen wollten (*Rambo III*, zum zehnten Mal), nach dem letzten Gefecht, dem Aufeinandertreffen der Hauptwidersacher, der Auflösung und dem Nachspann (gewidmet den tapferen Kriegern Afghanistans) und nachdem die Lichter und Lampen sämtlich verloschen waren, nachdem Rahmutallah Maamaa Budabasch von der Kette genommen hatte, damit er die Nacht über durch den Obstgarten streifte und die gestaltwandlerischen Diebe packte, deren unglückliches Schicksal es war, über die Mauern zu klettern und zerrissen zu werden, suchte ich meine Brüder auf, Gwora und Mirwais, bevor sie einschliefen.

»Von jetzt an«, sagte ich flüsternd in unserem Gästezimmer, in dem ich mit meinen Eltern und Brüdern schlief, »kommt Mirwais mit.«

Selbst in der Finsternis spürte ich, wie er strahlte. Es war ein seltener Augenblick verschwiegener Verbundenheit für ihn. Er fragte nicht, was wir im Sinn hatten, denn was immer es sein mochte, er hatte das Glück, mit dazu eingeladen zu werden.

Gwora zuckte mit den Schultern.

»Also«, sagte ich zu ihm. »Was machen wir jetzt?«

»Wir brauchen eine neue Strategie«, sagte er.

»Die Äpfel funktionieren nicht.«

»Die Steine auch nicht.«

»Ja, die Steine waren bescheuert.«

»Die haben so gut wie nichts gebracht.«

»Reine Zeitverschwendung.«

»Aber was jetzt?«

لوگر

AM ZWEIUNDDREISSIGSTEN TAG

Nach ein paar Stunden Suche hatten wir immer noch keine richtige Spur. Die Mittagssonne ließ nicht nach, als Zia sein *Zuhr-Salāt* auf einem kurzen Mauerstück zwischen zwei Feldern betete. Obwohl er in dem ganzen Sonnenlicht richtig heilig aussah, bekam er kein Zeichen von Gott. Gul fragte fast alle, die er sah, nach Budabasch: Bauern, Hirten und Kinder, die kleine Imbissstände vor ihren Häusern betrieben. Wir hörten nichts, von keiner Seele. Und ich fing an zu bezweifeln, dass Dawoods Nase so gut war, wie die anderen behaupteten.

»Er kann riechen, wenn in Kabul einer *Ashak* kocht«, sagte Gul.

»Und 'n Furz, bevor er hinten rauskommt«, sagte Zia.

»Seit ich diesen Khar kenne, hat er nie was falsch gerochen. Er ist eine Art Bluthund oder so«, schwor Gul.

Dawood ging mit erhobener Nase voran, eine schwarze Tasche über der Schulter. Er nahm das Lob seines Bruders entgegen, und plötzlich fing seine Nase den unverwechselbaren Geruch von billigem Haargel, rohem Fleisch und unerwiderter Liebe auf.

Auf sein Zeichen hin, und Guls Bestätigung, sprangen wir hinter eine Reihe Platanen. Ein Junge mit einem *Dusmal* vor dem Gesicht und einer waffengleichen Schmalzlocke kam die Straße heruntergeschlendert.

»Wer ist das?«, fragte ich.

»Der Sohn des Metzgers«, flüsterte Gul und legte einen Stein in meine Hand.

Der Metzgerssohn ging langsam, vorsichtig, und war zu unserem Glück unbewaffnet. Dawood klaubte Steine aus dem Wasser und legte sie vor uns hin, und bevor wir sie warfen, zogen auch wir unsere Tücher über den Mund, wie Banditen in einem alten John-Wayne-Film. Wir rieben die Steine in unseren schmutzigen kleinen Fingern, schnauften schnell und heftig, was die Fusseln von unseren Masken schüttelte, und dann kam der Moment zwischen dem Anheben der Steine und dem Wurf selbst, in dem ich den Metzgerssohn dahingehen sah, ihn sah und wusste, was ihn erwartete, wusste, was er nicht wusste und erst wissen würde, wenn es zu spät war, und er tat mir so leid und ich mir selbst auch, Wallah, weil ich zwar wusste, dass die Steine fliegen würden, aber nicht, warum. Was das anging, gab es keinen Unterschied zwischen mir und dem Metzgerssohn.

Später, als ich die Jungs fragte, warum wir das getan hatten, schienen sie wirklich überrascht, dass ich es nicht wusste und drüben in Amerika von allem so abgeschnitten war. Aber da ich mich an ihrem Hinterhalt beteiligt hatte, dachte ich, dass ich ein Recht darauf hatte, nun ja, Bescheid zu wissen.

Zum Glück schienen sie dem zuzustimmen.

DIE GESCHICHTE DES METZGERSSOHNES

Tatsächlich war die Geschichte des Metzgerssohnes die Geschichte Nabila Khalas. Sie war Moors jüngere Schwester und als Älteste der ledigen Mädchen die Nächste, die zu verheiraten war. Das Problem bestand nur darin, dass Nabila weder das hübscheste Mädchen der Familie war noch das schlankeste oder höflichste. Das Gerücht ging, dass sie ein Rind schlachten, Bäume fällen, Neffen verprügeln, Gräben graben, mit Ziegeln werfen und so gut wie ein Soldat mit einem AK umgehen konnte. Wenn sie mit ihrer Burka durch die Stadt ging und ihr ein Perverser zu nahe kam, schlug sie ihn, bevor es ihre Brüder konnten. Agha erinnerte sich sogar, dass sie '99 einen Mann aus einem fahrenden Bus geworfen hatte, weil er sie in die Seite gekniffen hatte. Dann, ein andermal, hatte Ruhollah Maamaa bei einer Hochzeit ein Problem mit einem AK, was Nabila so aufregte, dass sie ihm das Ding wegnahm und selbst in die Luft feuerte. Nachdem sie das Magazin leer geschossen hatte, gab sie ihrem kleinen Bruder die Waffe zurück, ging zu den Frauen auf die andere Seite und tanzte sich die Seele aus dem Leib.

Solche Sachen häuften sich bei Nabila, sodass alle möglichen Bewerber einen Riesenbogen um sie machten. Bis kürzlich zumindest, bis ihr Kleiderladen angefangen hatte, viel größere Beachtung als ihr Temperament zu finden. Nabila hatte ihren eigenen kleinen Bereich auf der unteren Hälfte des Anwesens, wo sie Kleider für die Mädchen im Dorf nähte. Dort entwickelte sie ein neues

Design, das einen pandschabischen Kali mit der älteren Mode der *Kutschi* verband. Die Kreation war der Hit bei den Mädchen im Dorf, dann aber auch bei den jungen Frauen in Kabul, womit die Kleider zu einer begehrten Handelsware wurden. Nabilas kleiner Laden begann einen hübschen Gewinn abzuwerfen. Baba und Abo waren begeistert. Mit dem zusätzlichen Geld schafften sie den ersten Fernseher der Familie an.

Und ihre jüngeren Schwestern?

Die fanden es nicht so toll.

Während Nabila in ihrer kühlen Schneiderwerkstatt nähte und türkischen Radiodramen lauschte, mussten Sadaf und Shirin die Hausarbeit erledigen, die sie liegen ließ. Zudem hielt sie im reifen Alter von achtundzwanzig die Heiratsfolge auf, da ihre Schwestern ihre Verehrer erst ehelichen durften, wenn Nabila unter der Haube war.

Und als Nabila der Unverheiratbarkeit gefährlich nahe kam, meldete sich der Metzgerssohn. Er und seine Khala waren im letzten Jahr immer wieder ins Haus gekommen und hatten um Nabilas Dusmal gebeten. Der Metzgerssohn sah gut aus, hatte eine helle Haut und Haare wie Ahmad Zahir. Aber er war arm. Sehr arm. Das Kind eines Metzgers eben, und dazu noch eines gescheiterten Metzgers. Und so folgte Baba Abos Rat und lehnte den Antrag des jungen Mannes ab.

Aber der Metzgerssohn kam wieder.

Einmal.

Zweimal.

Immer wieder, bis er zwanzigmal zurückgewiesen worden war.

Fünf Monate lang kam er jeden Freitag in seinen einzigen sauberen Sachen, einer schäbigen kleinen Waskat, das Haar nach hinten gekämmt und das Herz schlagend in seinen Händen.

Und Nabila verliebte sich, zur Überraschung aller, ganz schrecklich in ihn.

Als er das letzte Mal zurückgewiesen worden war, schloss sie sich in ihrer Schneiderwerkstatt ein und drohte damit, sich mit ihrer Schere die Pulsadern aufzuschneiden, sich mit ihren Kleider zu erhängen und so viel Schmutz zu essen, bis sie ihr gesamtes Innerstes erbrach und starb. Abo versuchte ihrer Tochter zu erklären, dass ihr Verehrer es nur auf ihr Geld abgesehen habe, dass er sechs Jahre jünger sei als sie, wahrscheinlich zehn Kilo leichter und, offen gesagt, viel hübscher.

Das half offenbar nicht.

Da ihm keine andere Wahl blieb, schlug Rahmutallah Maamaa die Tür mit einer Axt ein, wich einigen Scherenstößen in Richtung seiner Brust aus und nahm seine schluchzende Schwester in die Arme. Nachdem er sie Abo übergeben hatte, verlangte Rahmutallah Maamaa lautstark, dass sie der Heirat zustimmten und dem Wahnsinn ein Ende bereiteten. Aber Abo stellte sich ihrem sie weit überragenden Sohn entgegen und verfluchte ihn und seine Ehrlosigkeit. Und so ging Rahmutallah Maamaa ohne eine weiteres Wort, holte sein Gewehr, lief das ganze Stück zum Haus des Metzgers in Wagh Jan, mitten in der Nacht, trotz all der T und Marines überall, rief den Metzger heraus und warnte ihn, auch wenn ihre Familien viele Jahre in Frieden miteinander gelebt hätten, ohne jeden Streit, dass dieser über all die

Jahre gepflegte Friede, wenn er seinen Sohn nicht kontrollieren könne, sehr schnell sein Ende finden werde.

Das sagte er und ging wieder.

Die Drohung schien eine Weile zu wirken. Rahmutallah hatte seine Geschichte, seinen Ruf, und die Leute wollten sich nicht mit ihm anlegen. Aber eine Woche bevor meine Familie hergekommen war, war der Metzgerssohn erneut aufgetaucht, bereit, wie es schien, für Nabila zu sterben.

»Deshalb«, sagte Gul, »haben wir ihn überfallen.«

Unser Angriff auf den Sohn des Metzgers versetzte uns einen Adrenalinstoß, von dem allerdings schon eine Stunde später, als die Sonne ihren Höchststand über Logar erreichte, nichts mehr zu spüren war. Ich versuchte mich im Schatten der Anwesen und Platanen zu halten, aber Gul ließ uns sämtliche Wege und die Ränder der Felder absuchen. Trotzdem fanden wir nur Hinweise, die zu nichts führten: Fellbüschel, die im Wasser trieben, Pfotenabdrücke, die in die Bäume hinaufführten, Hundefürze, die uns zu Blumen brachten, Aussagen von Kindern und alten Dorfbewohnern, die nichts als Unsinn waren. Es wurde so heiß, dass ich mich fragte, ob Gul da nicht mit einer Luftspiegelung redete.

Am Ende legten wir einen Boxenstopp an einem Rinnsal ein, dessen Wasser sich lieblich hinter einem Damm unter diesen besonderen, länglichen Bäumen sammelte. Ihre Äste hingen schlaff in Richtung Wasser, in dem wir uns abkühlten. Gul und Zia schwammen, und Dawood ließ sich dahintreiben. Ich blieb im flachen Ende.

»Marwand!«, rief Zia und paddelte auf dem Rücken dahin wie ein Otter. »Komm schwimmen!«

»Das kann er nicht«, rief Gul zurück.

»Aber Shagha soll doch so ein toller Schwimmer sein«, sagte Zia.

»Das ist er«, sagte ich. »Einmal ist er drei Kilometer mit einer Bibi Hāddschī auf dem Rücken geschwommen.«

»Die Geschichte kenne ich nicht«, sagte Zia.

Und so erzählte ich sie.

DIE GESCHICHTE DER BIBI UND DER FLUT

Eines Morgens vor vielen Sommern, als Agha noch jung und sein Herz noch wild war, traten die Flüsse Logars mit dem Schmelzwasser aus den Schwarzen Bergen über die Ufer. Um nicht zu ertrinken, versammelten sich Agha und seine Familie auf dem Dach ihres Hauses und sahen zu, wie das Wasser Straßen und Felder füllte. Dann, eher aus Langweile als voller Mut, schlich sich Agha davon, baute aus einem alten Aluminiumtor ein Floß, nahm eine Schaufel als Paddel und erkundete die Flut.

Nach einer Weile kam er zu einer alten Bibi Hāddschī, die auf einer Matratze mitten durch einen versinkenden Obstgarten trieb. Sie wusste nicht, wo sie war und wie sie zurück nach Hause kommen sollte, und bat Agha um Hilfe. Da die Äste der Apfelbäume im Weg waren, musste Agha ins Wasser springen und zu ihr hin schwimmen, und er sah sein Floß langsam davontreiben. Als er die alte Bibi erreichte, setzte Agha sie sich auf den Rücken und schwamm drei Kilometer bis zur Kuppel einer Moschee aus Lehm. Dort setzte er die Bibi ab, versprach wiederzukommen und schwamm und suchte nach weiteren Überlebenden. Als er schließlich zurückkam, war die Bibi verschwunden. Agha kehrte tieftraurig nach Hause zurück und war erleichtert, als ihn seine Mutter mit einer Gerte begrüßte.

Fünfzehn Jahre später kam Agha an einem verschneiten Morgen in ein Flüchtlingslager in Pakistan, sein Land verloren, der Bruder tot, er selbst kaum etwas in der Tasche, womit er um das Dusmal der hübschen jungen Logarerin hätte bitten können, von der seine Tanten ihm erzählt hatten. Wie sich jedoch herausstellte, war die ertrinkende Bibi, die er an jenem Tag in Logar gerettet hatte, Moors Großmutter gewesen, Abos Mom. Die alte Frau stand kurz davor, an einem Fieber zu sterben, das Babas Medikamente nicht zu heilen vermochten, doch sie erkannte in Aghas Augen den jungen Mann, der sie vor so vielen Jahren aus den Fluten gerettet hatte.

»Im Namen Allahs«, sagte die Bibi Hāddschī zu Abo, »gib ihm deine Tochter.«

Im Monat darauf heirateten sie.

Nachdem wir ein paar Minuten geschwommen waren, kamen vier andere Jungen in *Patus* und *Pakols* zu unserem Damm, lehnten sich darüber und sahen uns im Wasser zu. Einer von ihnen war besonders groß, einer dünn, einer fett, und der vierte wirkte einfach nur verloren.

Wir hörten auf zu schwimmen und stellten uns auf.

Dawoods dicker Bauch glitzerte in der Sonne, seine Brüste schimmerten, während Zia dürr aus dem Wasser wuchs, ohne einen Fitzel Fett unter der dunklen Haut.

Ich war ein bisschen mollig. Obwohl das Essen in Logar etwas von meinem Babyspeck hatte wegschmelzen lassen, war ich fast überall noch weich. Gul dagegen bestand nur aus Muskeln: aus Schulter-, Brust-, Armmuskeln und was sonst noch. Und er hatte eine hellere Haut als wir.

Er stand vorn.

Der größte der Jungs (seine langen Arme und Beine, das schäbige Haar und die zu kleinen Sachen, die er trug, ließen ihn wie eine Vogelscheuche aussehen) sprach uns auf Paschto an.

»Ihr solltet hier nicht schwimmen«, sagte er.

»Wo liegt das Problem?«, fragte Gul auf Farsi und machte ein Zeichen, dass wir uns Steine nehmen sollten. Dawood und Zia waren bereit, ich stand mit leeren Händen da.

»Meinem Kaakaa ist da drüben von einem Wolf der Arm abgerissen worden«, sagte der Junge und zeigte auf die Stelle, wo unsere Kleider und die schwarze Tasche lagen.

»Wie schrecklich«, sagte Gul und wechselte ins Paschto. »Möge Allah deinen Kaakaa schützen. Hat er gesagt, wie der Wolf aussah?«

»Nur, dass er riesig und dunkel war, mit einer langen weißen Narbe auf dem Rücken.«

Gul dankte dem Jungen für seine Warnung und sagte, wir sollten uns anziehen.

Als wir zurück auf der Straße waren, hielt Zia meine Hand. Sie war schweißnass, und so bot ich nach ein paar Sekunden an, die große schwarze Tasche von Dawoods Schultern zu nehmen, und musste nur siebenundzwanzigmal fragen, bis er endlich nachgab.

Ich brauchte beide Hände, um sie zu tragen.

Erst hängte ich sie mir über die Schulter, wie Agha es getan hätte, dann balancierte ich sie auf dem Kopf wie die Kutschi-Frauen, die uns auf der Straße begegneten, es mit ihren Lasten taten. Kurz darauf erinnerte ich mich an die Messer in der Tasche und hielt sie von meinem Körper weg. Am Ende zog ich sie hinter mir her und hob sie nur an, wenn sich Gul zu mir umblickte.

Zia und Gul gingen voraus, während Dawood, jetzt, wo er die Hände frei hatte, langsamer wurde, mir einen Arm um den Hals legte, wobei ich wusste, dass er wusste, dass ich das nicht mochte, und mich bat, ihm ein paar zusätzliche Worte für seine Englischprüfung beizubringen.

Es war nämlich so, dass nach meiner ersten Woche in Logar, als ich gerade anfing, mich an all die Leute bei Moor zu gewöhnen, Gul eines Morgens mit einem Vorschlag zu mir gekommen war. Er legte einen kleinen Stapel Zettel vor mich hin und sagte, ich solle sie lesen.

»Ich kann kein Paschto lesen«, sagte ich.

»Ich weiß«, sagte er und erklärte, worum es ging.

Wie sich herausstellte, waren es Zeugnisse. Guls Noten waren ein bisschen besser als Zias, obwohl Zia derjenige war, der am meisten lernte, weil seine Eltern ihn ständig antrieben. Gul konnte, was die Schule anging, mehr oder weniger machen, was er wollte, da seine Mom und sein Pop etwa sechzig waren und er der vierte von fünf Söhnen und das achte von neun Kindern, und auch wenn es niemand zugeben wollte, je weiter unten du auf der Geburtsliste standst, desto weniger Beachtung bekamst du. Aber Gul war helle. Er brockte sich unnötig viel Ärger ein: schwänzte den Unterricht, machte keine Hausaufgaben, prügelte sich. Angesichts dessen kam er aber dennoch gut durch. Genau wie Zia.

Und dann war da noch Dawood.

Allem Anschein nach hielt er es in der Klasse einfach nicht aus. Er sagte, wenn er versuche, sich hinzusetzen und zu lernen, kriege er fürchterliche Kopf- und Rückenschmerzen, und seine Finger würden ganz steif. Gul meinte, dass Dawood ein geborener Arbeiter sei. Irrsinnig stark und fett, mit der Schmerztoleranz eines Esels. Aber mit der Schule wurde es einfach nichts. Und so kam es, dass, während Gul und Zia meist unter Rahmutallahs Prügelradar hindurchflogen, Dawood die volle Wucht seiner Wut abbekam.

Rahmutallahs Plan schien darin zu bestehen, Dawood mit seinen Schlägen zu einem Doktor zu machen, einem Ingenieur oder Anwalt.

Die heilige Dreifaltigkeit des afghanischen Ehrgeizes.

Früher einmal, erklärte Gul, hatte Rahmutallah Maamaa dem Traum nachgehangen, selbst Doktor Sahib genannt zu werden, als Erster in der Familie ein Studium abzuschließen und eine Klinik in Naw'e Kaleh zu eröffnen. Doch dann kam der Krieg, der Dschihad, die Flucht, und nachdem Rahmutallahs Traum von Stethoskopen und Schutzimpfungen mit fast allem anderen im Land verbrannt war, wollte er sich nicht zurücklehnen und das Gleiche seinem Sohn und seinen kleinen Brüdern zustoßen lassen, die in gewisser Weise, auch wenn es niemand zugab, ebenfalls so etwas wie seine Kinder waren.

Mit beständig wachsender Enttäuschung sah Rahmutallah, dass Dawood kurz davorstand, durchzufallen. Das eine Fach, in dem er bestehen konnte, war Englisch. Vielleicht, weil Ruhollah es ziemlich gut sprach, weil er die Militärnachrichten hörte, Radio, oder auch weil er sechzigmal hintereinander *Rambo III* gesehen hatte. Was immer der Grund sein mochte, Gul wollte, dass ich ihm half.

»Wenn Dawood aus der Schule nach Hause kommt«, sagte Gul, »hilft Zia ihm mit seinem Arabisch, du ihm mit seinem Englisch und ich ihm mit allem anderen. Verstehst du?«

»Ich muss ihm nur helfen?«, fragte ich. »Nicht seine Hausaufgaben machen?«

»Nein, nein, nein, Marwand. Natürlich wollen wir nicht, dass du seine Hausaufgaben machst. Er muss etwas lernen. Um die Prüfungen zu bestehen, verstehst du? Wir wollen nicht, dass er schummelt.«

Die nächsten paar Tage machte ich Dawoods Hausaufgaben. Es war einfacher so. Nur wenn Gul in der Nähe war, taten wir so, als ob wir lernten. Oder wir gingen ziellos einzelne Worte durch, wie an dem Tag, als wir Budabasch jagten.

»Meena, *love*«, sagte Dawood und riss einen Stock vom Ast eines Baumes.

»Gut«, sagte ich, die große schwarze Tasche auf der Schulter. »Was ist mit *hurt*?«

»Khog, Schmerz.«

»Sad?«

»Khafa.«

»Anger?«

»Qar.«

»*Rifle?*«

»Toopac.«

»*Tank?*«

»Tawnk.«

»*War?*«

»Jang.«

»Nein, Jang ist ein Kampf, ein *fight*. Ein *war* ist mehr.«

Dawood sah zu Gul hinüber. »Was ist das Wort für *war*?«

»Ich weiß nicht, ob es eins gibt«, sagte er. »Zia, weißt du eine Paschto-Wort für *war*?«

»Woor? Wie Feuer?«

»Nein«, sagte Dawood, »*war* wie …« Dawood nahm einen Stock und ließ einen Knüppel daraus werden, eine Axt, ein Schwert, ein AK und nahm Ziele entlang der Straße ins Visier: die Stiere auf den Weiden, die Kinder auf den Wegen, einen schlafenden Esel, die Wespen im Dreck und den Staub der Straße, die Vögel und das Laub und was immer an uns vorbeikam. Wir waren so beeindruckt von seiner Demonstration, dass wir nicht auf den Gedanken kamen, ihn zu stoppen, bis er versehentlich auf jemanden schoss, von dem Gul dachte, es sei ein T.

Wir duckten uns hinter die niedrige Lehmmauer, auf der der T schlief. Er lag unter einem Baum, war ganz in Schwarz gekleidet, trug eine Pakol über dem Gesicht und ein Maschinengewehr dumm vor der Brust. Wir beobachteten ihn eine Weile. Von unserem Versteck aus schien er sehr klein. Ich nahm meine Coolpix aus der großen schwarzen Tasche und machte ein paar Fotos. Aber Gul sah es und verlangte, dass ich sie löschte.

»Aber warum?«, fragte ich.

»Weil er ein T ist.«

»Woher weißt du, dass er ein T ist?«, fragte Zia.

»Sein Maschinengewehr«, sagte Gul.

»Wir haben auch eins.«

»Haben wir das?«, sagte ich.

»Oh, ja«, sagte Dawood, »jeder in Logar hat eins. Rahmutallah versteckt es ständig neu, damit wir es nicht finden. Er denkt, wir wissen nicht, wo es ist, aber wir wissen es immer.«

»Wo ist es also?«

»Das ist geheim.«

»Du weißt es nicht.«

»Ich habe schon damit geschossen«, sagte Dawood. »Mit Ruhollah. Er und ein paar seiner Soldatenkumpel haben mich mitgenommen, und wir haben in den Bergen damit geübt.«

»Warum seid ihr in die Berge?«, fragte Zia.

»Warum nicht? Es war toll. Wir haben auf den Berg geschossen, auf Bäume und Vögel. Das Gewehr macht *tschick, tschick, tschick* in deinen Händen, und es tut weh, es ruhig zu halten, weil es ständig von dir wegwill, trotzdem habe ich es geschafft und in die Mitte eines Felsens getroffen. Aber, Mann, es tut echt weh, so ein Ding zu halten …«

Ich hörte Dawood nicht mehr zu und klickte mich durch die Bilder auf meiner Coolpix. Ich suchte nach den Aufnahmen von dem T, blieb aber bei denen hängen, die ich vor zwei Wochen von Budabasch hatte machen wollen. Die Bilder, auf denen er nicht drauf war. Die unsichtbaren.

 Lass mich erklären.

لوگر AM SIEBZEHNTEN TAG

Ich und meine Brüder fingen mit den Erkundungen kurz nach unserem Präventivangriff auf Budabasch an. Tatsächlich kam die Idee aus dem Tom-Clancy-Roman, den ich las. Spione sammelten immer erst Informationen, wenn sie einen Coup vorhatten oder jemanden verhören mussten, und deshalb meinte Gwora, wenn die Steine, die Äpfel und alles andere Budabasch nichts taten, sollten wir uns zurücklehnen und ihn eine Weile beobachten, seine Gewohnheiten und seinen Charakter studieren, um herauszufinden, wie wir ihm wirklich wehtun konnten.

Die nächsten paar Tage führten wir genau Buch über Budabaschs Verhalten: Wann er gern fraß (vorm Dunkelwerden), wann er gern schlief (während der Gebete) und wann er am wildesten war (wenn ich in die Nähe kam). Wir vermaßen seine riesigen Pfotenabdrücke, seine Drachenzähne, seinen Büffelkörper und die lange weiße Narbe (die, wie ich annahm, eine chemische Verbrennung war). Sie reichte von seinen zerzausten Ohren bis ganz hinunter zu seinem kurzen Schwanz. Wie ein weißer Strom oder ein langer Pfad führte sie über seinen Rücken, und hier und da entlang des Stroms oder

Flusses gab es kleine wunde, rosa Stellen, die aus der Entfernung wie Blüten aussahen, aber wenn man näher kam, schien es, als wollten sie platzen.

Wir vermerkten die Farbe seines dunklen, verfärbten Fells, das Blau seiner fast menschlichen Augen und stritten über seinen Geruch. Für mich roch er wie brennendes Laub, für Gwora wie heißes Benzin und für Mirwais wie das Halsband eines toten Welpen. Immer wieder kamen entweder Rahmutallah, der nicht aufhörte, die Mauern zu verstärken, oder eine meiner Khalas in den Obstgarten und sahen nach uns, aber da saßen einfach nur drei amerikanische Jungs, die lernten und lasen.

Um die Tarnung aufrechtzuerhalten, las Gwora uns manchmal auch etwas vor.

Wir saßen im Dreck unter den Apfelbäumen, von der einen Seite kam der Gestank der Kühe und Hühner, von der anderen der Geruch von Blumen und Minze. Und während ich über den Verband rieb, der immer noch meinen verletzten Finger umhüllte, lauschte ich Gwora, wie er aus seinen Monster-Romanen vorlas, *Frankenstein*, dann *Dracula* und *Es*, und sich dabei auf die Abschnitte konzentrierte, in denen die Helden ihre Feinde töteten.

Etwa am dritten Morgen unserer Beobachtungen hatte Gwora die Idee, ein paar Fotos von Budabasch zu machen, um auch auf eine bildliche Dokumentation zurückgreifen zu können, aber als ich zu knipsen anfing, kam Agha zurück von seinem Anwesen und sagte, wir würden seinen frommen, verwaisten Neffen besuchen gehen: Wasim.

Er hatte eine Liste mit Kaakaas, *Amas* und Cousins im Kopf, die wir besuchen sollten, und Wasim stand ganz oben auf ihr. Ich und meine Brüder stöhnten (sehr leise). Nicht nur, dass Agha unsere Beobachtungen durcheinanderbrachte, jetzt mussten wir auch noch versuchen, die ganze Nacht über in Wasims Haus wach zu bleiben.

Obwohl es Agha normalerweise locker sah, wenn wir bei Moor bleiben wollten, wo es einen Fernseher, einen DVD-Player und einen ganzen Haufen Kinder gab, mit denen wir spielen konnten, wollte er wirklich, dass wir mit zu Wasim kamen. Er war zwar unser Cousin, fühlte sich aber eher wie ein Onkel an. Seine gesamte Familie (Mutter, Vater, drei Schwestern und ein Bruder) war im Krieg umgekommen. So nahm ihn denn sein Kaakaa, ein Alter namens Masoom, auf der Höhe des Hungers in Logar zu sich und zog ihn wie einen eigenen Sohn auf.

Abo und Nabila Khala kamen an dem Abend mit uns, und während Nabila nicht recht zu wollen schien (sie sagte immer wieder, wie groß Wasims Zähne doch seien), war Abo fest entschlossen. »Er ist ein guter Junge aus einer guten Familie und mit guten Aussichten«, sagte sie und zog Nabila zum Auto. Ich und meine Brüder drückten uns auf den Beifahrersitz, Moor und die anderen Frauen zwängten sich nach hinten. Agha fuhr.

Masoom und Wasim wohnten gegenüber von Aghas Anwesen. Es würde eine kurze Fahrt werden, aber ich hatte meine Kamera dabei, nur für den Fall, dass es auf der Straße etwas zu sehen gab. Unterwegs hielten wir an Wataks Gedenkstelle, und ich schoss ein paar Fotos von der Fahne und den Steinen. Dunkel, wie es war, blieben sie unscharf.

Es war später Abend, als wir zu Masoom kamen, nach dem Essen, damit sich seine Familie nicht verpflichtet fühlte, uns zu verköstigen. Laut Agha hätten sie womöglich die nächsten beiden Tage gehungert, um uns an dem Abend bewirten zu können. Wasim empfing uns am Eingang, wo sich Männer und Frauen in verschiedene Räume aufteilten.

Wir im Männerraum setzten uns mit gekreuzten Beinen auf die zwei roten Toschaks, die jede afghanische Familie zu besitzen schien. Während Agha Chai trank und sich mit Masoom unterhielt, aßen ich und meine Brüder afghanische Süßigkeiten, vertrieben uns die Zeit mit Daumenringen und Zwickduellen und erzählten uns leise, was wir alles tun würden, wenn wir wieder bei Moor zu Hause waren.

Vielleicht, weil er spürte, wie langweilig uns war, kam Wasim zu uns herüber, bot uns lächelnd Kekse und Kuchen an und hatte, genau wie Nabila behauptet hatte, riesige Zähne, die aus seinem Gesicht vorragten und sein kleines Kinn bedeckten. Über diesen Zähnen wuchs ein mächtiger türkischer Schnauzbart. Auch wenn er nicht der bestaussehende junge Mann in Logar war, galt er doch als äußerst gute Partie, weil sich der alte Masoom, der nicht mal lesen konnte, tief verschuldet hatte, um ihn zur Universität zu schicken. Wasim hatte einen Collegeabschluss und keine Anstellung, um die er sich jedoch bemühte. Arm, aber mit Potenzial. Nicht wie der Metzgerssohn, der, wie Abo sagte, immer nur Metzger sein würde.

Die abendlichen Gespräche begannen mit bestimmten Formalitäten: Agha informierte seinen Gastgeber über seine Zeit in Amerika und wie es sich anfühlte, endlich wieder zu Hause zu sein, und nachdem Masoom Agha ebenfalls kurz auf den neuesten Stand gebracht hatte, wie es seiner Familie ging (gewisse Dinge wurden dabei ausgelassen: die schlechte Ernte, der verlorene Zeh, das verletzte Gesicht und all die anderen Geheimnisse, die alle Familien eher aus Gewohnheit als aus Notwendigkeit hüteten), kam das Gespräch zurück auf den Krieg, wie es das immer zu tun schien.

Für gewöhnlich war es ein Donnern in den Bergen oder das ferne Rattern von Artillerie, das Erinnerungen oder Träume von vor so langer Zeit wachrief, dass die Männer nicht mal mehr sagen konnten, wie alt sie gewesen waren, als sie es zum ersten Mal gehört hatten. Und schon steckten Agha und sein Gastgeber tief in den schlechten Zeiten. Jeder Verwandte der alten Generation (oder der Generation, die bald die alte sein würde) hatte seine eigene besondere Geschichte zu erzählen: Wie er eingesperrt oder geschlagen worden war, angeschossen oder gefoltert, wie und wann er sich dem Widerstand angeschlossen hatte und welcher speziellen Gruppe. Oft fielen die Namen von Toten. Wasim nannte den Namen seiner Mutter: Zarmina, und ich glaubte zu hören, wie Agha »Watak« sagte.

Wenn eine Gruppe Männer zusammensaß, nippte einer an seinem Chai und erzählte seine Geschichte, und kaum erreichte er den Punkt, an dem er nicht weiter fortfahren konnte, den Teil der Geschichte, den ich vor allem hören wollte, nippte jemand anders an seinem Chai und begann seine eigene Geschichte, und so ging es immer weiter, bis alle an die Reihe gekommen waren und nicht eine Geschichte zu Ende erzählt worden war. Schließlich kam Agha, und obwohl er nicht die Geschichte erzählte, die ich hören wollte, war es doch ein gute.

DIE GESCHICHTE DER GESCHICHTE VON GHULAM ALI

»Einmal, sehr spät nachts im Jahr '96, in Fremont, wurde ich von einem Anruf aus Afghanistan geweckt.

Das müssen Todesnachrichten sein, dachte ich, vom Sterben, doch stattdessen grüßte mich der Geist meines alten Kaakaa Mahmoud, der wieder zum Leben erwacht war. Es war zwanzig Jahre her, dass ich seinen Logarer Akzent gehört hatte, unverfälscht durch sein Leben im Norden. Ich hatte gedacht, der Bürgerkrieg hätte ihn verschlungen.

›Dafür fehlte ihm der Bauch‹, erwiderte mein Kaakaa, als ich ihm das sagte.

Ich fragte ihn, wie es ihm gelungen sei, lebend aus Badachschan herauszukommen.

›Das versuche ich selbst zu begreifen. Deshalb rufe ich dich an. Erzähle mir‹, sagte er, ›die Geschichte der Hazara.‹

Mir kam das damals komisch vor. Da war ein Geist, der mich nach einem anderen fragte. Aber weil ich neugierig auf seine Geschichte war, erzählte ich ihm meine.«

DIE GESCHICHTE DES SOLDATEN VON DER STRASSE

»›Obwohl der Schnee im Winter '81 in Logar bereits zu schmelzen begann, war es kalt und so ruhig in Naw'e Kaleh, dass das Stottern des Maschinengewehrfeuers kilometerweit über die Straßen trug. Eines Abends, direkt nach dem *Maghrib,* kamen meine Cousins, ein paar weitere Mudschaheddin und ich von einer Patrouille nach Hause, und wir hörten das schleppende Feuer eines AK. Wir blieben ein paar Augenblicke am Straßenrand stehen, und als keine Feinde auftauchten, dankten wir Allah für unser Glück und setzten unseren Weg fort.

Am nächsten Morgen waren unser Trupp und ich auf dem Weg nach Zarghun Shar, gleich hinter den Schwarzen Bergen, um eine andere Verbindung von Mudschaheddin zu treffen, die wir durch die Weißen Berge nach Peschawar führen wollten. Diesmal waren es Tadschiken-Kämpfer, aber ein paar Abende zuvor hatten wir auch Hazara- und Paschtunen-Mudschaheddin geholfen. Zu der Zeit hatte die afghanische Rebellion noch nicht angefangen, sich selbst aufzufressen.

Es war auf dieser Straße, auf der ich einen Hazara-Soldaten in einem großen Wintermantel auf uns zuwanken sah: So was trugen die Kommunisten. Der Mann war so voller Blut, dass ich annahm, er werde ohnehin nicht überleben, aber sicher war ich natürlich nicht. Hätte er eine Waffe gehabt, irgendeine Waffe, hätten wir ihn sofort niedergeschossen. Er war jedoch unbewaffnet und allein, und vielleicht verfügte er ja über Informationen.

Das Erste, was er sagte, war, wir sollten ihn umbringen, wir Paschtunen, weil es ihm mittlerweile egal sei. Wir hätten schon alle anderen getötet, all seine Verbündeten, und er sei sowieso so gut wie tot. Ich weiß nicht, was es war. Vielleicht beeindruckte uns seine Todesverachtung, vielleicht die Sicherheit, mit der er davon ausging, dass er sterben würde, vielleicht wollte aber auch nur keiner von uns mit einem weiteren Geist in seinen Träumen leben, und so sagten wir ihm, er solle sich beruhigen und uns erklären, was er auf unserer Straße, in unserem Dorf mache, warum er sein Blut auf unserem Land vergieße.

Er hob sein Hemd und zeigte uns seinen verwüsteten, von Maschinengewehrfeuer zerrissenen Bauch. Als er merkte, dass wir ihn nicht gleich erschießen würden, verblich seine Todesverachtung ein wenig, und er bat uns als seine Muslimbrüder, ihm zu helfen. Ich konnte sehen, dass er bis zu seinem Ende noch weit mehr würde leiden müssen. Zu der Zeit hatte ich schon einiges getan. Den Widerstand unterstützt. Waffen besorgt. An Hinterhalten und Feuergefechten teilgenommen. Aber, soweit ich wusste, noch nie jemanden getötet.

Ich war fürchterlich neugierig und wollte erfahren, wie er sich seine Wunden zugezogen hatte.

Und so brachte ich den verwundeten Soldaten, während meine Cousins und die übrigen Mudschaheddin nach Zarghun Shar zogen, zu mir nach Hause, steckte ihn in den Kuhstall, machte ihm ein Bett aus Stroh und rief meine Mutter, die im Laufe des Krieges gelernt hatte, Einschusslöcher zu versorgen. Sie verband seinen Bauch, so gut sie konnte, und verfluchte mich dafür, einen Kommunisten ins Haus gebracht zu haben. Ich konnte es ihr nicht verübeln. Meine Familie und ich wurden von den Mudschaheddin der Gegend geschätzt und respektiert, aber sollte einer ihrer Oberen erfahren, dass wir einen Kommunisten beherbergten, würde es kein gutes Ende nehmen.

Abends brachte ich unserem Gast seinen Chai und bat

ihn, mir seine Geschichte zu erzählen. Offenbar kämpfte er erst seit ein paar Monaten an der Seite der Kommunisten. Er war in Kabul stationiert, wo er und ein paar seiner Verbündeten beschlossen hatten, dass sie die Massaker, die Bomben und die schlechte Bezahlung leid waren und nach Peschawar wollten. Natürlich führte der Weg von Kabul nach Pakistan auch damals schon durch unser kleines Dorf in Logar, und so brachte ihn einer seiner Paschtunen-Freunde in Kontakt mit einem paschtunischen Führer aus Naw'e Kaleh und plante ihre Flucht. Aber in der Nacht, als es losgehen sollte, kamen sie nicht einmal aus Logar hinaus. Der Führer hatte sich mit ihnen in einem Obstgarten in Naw'e Kaleh verabredet, und da, zwischen den Apfelbäumen, gerieten sie in einen Hinterhalt.

Der Hazara-Soldat und zehn seiner Kameraden, drei Tadschiken, zwei Paschtunen und noch fünf weitere Hazara, warteten im Dunkel des Obstgartens, als plötzlich rund um sie herum Maschinengewehre losfeuerten. Die Kameraden wurden hingemetzelt, während er, der mitten zwischen ihnen stand, überlebte. Ihre Leichen schützten ihn. Lange Zeit blieb er wie tot liegen, und erst als er sicher war, dass die Schützen weg waren, befreite er sich aus dem Blutbad und wankte auf die Straße, wo er auf mich und meine Leute traf.

Dass er desertiert war, ob das nun eine Lüge war oder nicht, verkleinerte die Last der Schuld, die ich verspürte, weil ich einem Kommunisten Schutz bot. Am nächsten Morgen sagte ich meiner Mutter, wir würden uns nur so lange um ihn kümmern, bis seine Wunden verheilt waren.

Sie spuckte aus und sagte nichts.

Nun, die Monate vergingen, und seine Wunden heilten, doch statt bei der ersten sich bietenden Möglichkeit zu fliehen, blieb er weiter bei uns, half bei den Aufgaben und Arbeiten auf unserem Grund, fütterte die Tiere und kümmerte sich mit um das, was wir innerhalb unserer Mauern anbauten. Zusammen mit meiner Mutter bereitete er Chai, aß mit uns zu Abend und hielt Abstand zu unseren Mädchen. Besonders Watak freundete sich mit ihm an. Sie arbeiteten zusammen, während ich kämpfte. Zuerst sagte Watak, er passe auf ihn auf, um sicherzugehen, dass er unseren kleinen Schwestern nicht nahe kam, doch daraus wurde schnell eine Freundschaft. Und nach und nach lernte unser Gast sogar Paschto.

Acht Monate lebte er bei uns, und wer weiß, wie lange er noch geblieben wäre, aber nach dem Mord an Watak beschloss ich, dass es an der Zeit war, Logar zu verlassen. Ich weiß noch, wie unser Gast weinte, als ich ihm eröffnete, dass wir nach Pakistan wollten. Ich verwies ihn auf Kabul und sagte, er könne sich doch den Kommunisten wieder anschließen oder seine ursprüngliche Reise nach Peschawar fortsetzen. Das halbe Land befand sich auf der Flucht. Die Entscheidung lag bei ihm.

Wir trennten uns im Sommer '82.‹«

Nachdem er die Geschichte des Soldaten erzählt hatte, begann Agha die Geschichte von Kaakaa Mahmoud.

DIE GESCHICHTE VON KAAKAA MAHMOUD

»Die Geschichte meines Kaakaas beginnt in Badachschan, als der Krieg zwischen den Taliban und der Nordallianz wieder aufflammte. Zu der Zeit töteten Massoud und seine Kumpane sämtliche Paschtunen, die sie im Norden finden konnten, in schrecklichen Massakern. Sie erklärten sie zu Taliban, folterten sie, sperrten sie ein und verteilten ihr Land und ihre Besitztümer unter den Soldaten des Nordens. Und selbst nach dem Afschar-Massaker Massouds und Sayyafs schlossen sich immer noch viele Hazara-Soldaten der Nordallianz an, und auch sie vergingen sich an den Paschtunen und bestraften sie für die Massaker der Taliban an den Hazara, die für die Massaker der Kommunisten an den Paschtunen bestraft worden waren, so wie man diese wiederum für die hundert Jahre zurückliegende Versklavung der Hazara durch den Eisernen Emir und diese für die mongolische Invasion Afghanistans fast tausend Jahre zuvor bestraft hatte – und bis auf den heutigen Tag streiten Paschtunen, Tadschiken, Hazara, Turkmenen und Usbeken selbst noch in Amerika darüber, wo genau die Gewalt ihren Anfang genommen hat, und keiner von uns kann irgendwem zustimmen, keiner einen Punkt anerkennen. So geht es immer weiter.

Irgendwann fiel eine Gruppe dieser nördlichen Kämpfer in das Dorf ein, in dem mein Kaakaa zu der Zeit lebte. Sie trieben alle männlichen Paschtunen zusammen, zogen sie aus, schlugen sie, sperrten sie in eine kleine Zelle in einer provisorisch errichteten Basis und folterten sie in Reaktion auf die von paschtunischen Warlords begangenen Grausamkeiten. Immer wieder. Aber mein Kaakaa war kein Warlord. Er hatte viele Jahre in Badachschan gelebt, so friedlich, wie er konnte, bevor diese nördliche Gruppe in das Dorf einfiel und ihn einsperrte.

Die Tage verstrichen, und mein alter Kaakaa rottete mit den anderen Paschtunen in der Zelle vor sich hin. Einer nach dem anderen verschwanden die Gefangenen, und mein Kaakaa wartete auf den Tag, da sie auch ihn holen würden. Dann, eines Morgens, saß er in der Zelle und aß die eigenen Fingernägel, als der Kommandant der Gruppe beschloss, ihm einen Besuch abzustatten.

Er fragte meinen Kaakaa, woher er komme.

›Badachschan‹, sagte er.

›Komm schon, Kaakaa‹, sagte der Kommandant, ›du bist Paschtune und sprichst einen östlichen Dialekt. Wo kommst du ursprünglich her? Woher stammt dein Vater?‹

›Aus Logar‹, gab er zu.

›Mohammad Agha?‹

›Woher kennen Sie Mohammad Agha?‹

Der Kommandant schickte alle Wärter und Gefangenen hinaus.

›Und du hast Familie in Naw'e Kaleh?‹, fragte er.

Mein Kaakaa sagte, ja, das habe er. Er erklärte ihm, sein Bruder lebe in Naw'e Kaleh. Er gab ihm seinen Namen und die Namen der Söhne, und als er Watak nannte und mich, da kniete sich der Kommandant nahe zu meinem Kaakaa.

›Du weißt nicht, was mit Watak geschehen ist?‹, sagte der Kommandant.

 Mein alter Kaakaa wusste es nicht. Wir hatten ihn

in Badachschan nicht erreichen können. Es gab kein Telefon, keine Post, nichts. Und so erzählte der Hazara-Kommandant meinem Kaakaa Mahmoud in jener Nacht, was er über die traurige Geschichte Wataks wusste.

Hinterher befahl der Kommandant, dass mein Kaakaa und die übrigen Männer des Dorfes gesäubert, verköstigt und freigelassen werden und kein anderer Soldat oder eine Gruppe sie anrühren sollten, wenn sie dafür nicht von Ghulam Ali zur Verantwortung gezogen werden wollten. Das war sein Name, Ghulam Ali, und so wie ich ihn an jenem Abend '81 auf den Straßen Logars verschont hatte, so verschonte Kommandant Ghulam Ali meinen Kaakaa an jenem Morgen '94 in einer Gefängniszelle in Badachschan, gut dreihundert Kilometer entfernt, weil, wisst ihr ...«

Agha konnte nicht weitererzählen, und die Männer verstanden es. Jemand anders ergriff das Wort, und es folgte eine neue Geschichte.

Gegen Ende der Nacht, als Agha so intensiv lauschte oder flüsterte, dass er mich nicht mehr sah, nahm ich meine Coolpix aus der Westentasche und suchte nach den Bildern von Budabasch. Ich fand Fotos seines Baums, seiner Kette, seines Schattens, seines Napfs, seiner Knochen, seines Fressens, seines Lagers – von allem, fast allem anderen, aber nicht von Budabasch selbst. Er fehlte auf den Bildern. Da war nicht mal eine Spur von ihm.

Als ich am nächsten Morgen zurück zu Moors Anwesen kam, machte ich weitere zwanzig Fotos von Budabasch und sah sie mir sofort an, und erst war er da, auf den Bildern, aber vielleicht ein, zwei Stunden später, als ich mich erneut durch die Fotos klickte, war er verschwunden.

Ich wollte dieses Phänomen meinen Cousins und Onkeln vorführen, besonders Gul, aber Gwora belehrte mich eines Besseren. Er sagte, wir sollten die Ergebnisse unserer Arbeit für uns behalten, bis wir solide Beweise hätten. Er wollte mehr Fotos, mehr Notizen, mehr Daten, mehr Informationen. Bis die Bösartigkeit Budabaschs so klar war wie die Güte Gottes.

Ich stimmte ihm zu.

Auch ich wollte wasserdichte Beweise. Ich wollte, dass sein Untergang gesichert war.

Aber zwei Wochen später, an jenem Tag auf der Straße, als ich mich ein weiteres Mal durch die unsichtbaren Bilder Budabaschs klickte und nicht länger Dawoods Geschichte lauschte, begann ich die Hoffnung zu verlieren, dass unsere Jagd Erfolg haben würde.

Bis wir den Kadaver fanden.

لوگر

AM ZWEIUNDDREISSIGSTEN TAG

Zur Zeit des Asr neigte sich die Sonne in den späten Nachmittag.

Gul wollte unbedingt irgendeine Art von Hinweis und schlug deshalb vor, dass wir beten sollten, und obwohl er Gott mit unserem Salāt eindeutig zu bestechen gedachte, wollte Zia so gern den Imam spielen, dass es ihm nichts auszumachen schien.

Wir vollzogen den *Wudū'* in einem nahen Bach, einer nach dem anderen, und breiteten unsere Tücher auf der nackten Erde aus. Zia rief zum Gebet, Gul ließ die *Iqāma* folgen, und dann stellten wir uns zu dritt hinter Zia und beteten gemeinsam zu Allah, aber jeder für sich.

Ich hatte eine Liste.

Die Liste war auf Englisch, obwohl sie auf Arabisch hätte sein sollen, oder doch wenigstens auf Paschto.

Erst betete ich zu Allah, dass Er mir vergab und mich vor mir selbst rettete, und dann betete ich, dass Er mir und meinen Kumpeln dabei half, Budabasch zu fangen oder durch dessen Tod zu beweisen, dass er ein Dämon war. Ich betete für meine Eltern, Moor und Agha, für ihren Geist und seinen Körper. Ich betete dafür, dass sie nicht immer so allein sein mussten und dass meine Brüder zu Männern wurden, besonders Mirwais, von dem ich dachte, dass er eine Petze und ein Feigling werden könnte, obwohl er in vieler Hinsicht, was ich nicht zugeben konnte, mutiger war als ich.

Dawood betete seitlich von mir, zappelte herum, knackte mit den Fingerknöcheln und kratzte sich die Ellbogen, ich arbeitete trotzdem meine Liste ab.

Ich betete für Baba und Abo, für Nikeh und Athai, für alle meine Maamaas und Khalas, für meine Amas und für Watak, meinen einen toten Kaakaa, und meine Cousins, und ich betete für die Gesundheit des Mädchens, das ich vielleicht einmal heiraten würde, und die Gesundheit aller Mütter auf der Erde, aber besonders in Afghanistan, und ich betete auch für die Männer im Dorf, die für ihre Familien sorgten und ihre Gebete beteten und sich um ihre Nachbarn kümmerten und den ganzen Tag in der Sonne arbeiteten, niemals ihre Frauen schlugen oder ihre Töchter verkauften, die niemals ihre Leute verrieten, sich niemals den Amerikanern anschlossen, niemals jemandem wehtaten, dem sie nicht wehtun mussten, denn, ich schwöre bei Gott, solche Männer gab es in Naw'e Kaleh, in Logar, in diesem Land. Ich schwöre es bei Gott.

Ein paar Dorfbewohner schlossen sich uns an, Bauern von den Feldern, Arbeiter aus den Häusern, Schäfer von den Wiesen, bis vielleicht etwa dreißig Leute hinter Zia beteten, während er sein abschließendes *Rak'a* betete.

Ich machte weiter.

Ich betete für meine ganze Familie und alle meine

Freunde, für alle Unschuldigen und Märtyrer. Ich betete für so viele Leute und so viele Dinge, und, Wallah, als Zia den Kopf drehte, um Raqib zu begrüßen, den Engel der Gerechtigkeit auf seiner rechten Schulter, der all unsere Taten aufschrieb, betete ich noch einmal zu Allah, uns sicher zurück nach Hause zu bringen, sodass mir keine Zeit blieb, auch noch für meine Feinde zu beten.

Als Zia auch Atid, Gottes erste Petze, begrüßt hatte und sich umdrehte, um sein Duʿā' zu sprechen, brachte ihn die Anzahl der Betenden kurz aus der Fassung. Doch dann rezitierte er sein hübsches kleines Duʿā' in, wie ich annahm, perfektem Arabisch. Hinterher erkannten einige der Männer, die sich zu uns gesellt hatten, Zia als Rahmutallahs Sohn, und sie fragten, was wir hier draußen auf der Straße machten.

Gul kam Zia zuvor und sagte, wir suchten einen Hund, worauf ein junger Hirte vortrat und uns erklärte, dass seine Herde kürzlich von etwas angegriffen worden sei, das einem Hund ähnelte. Er führte uns einen Bachlauf entlang, zurück in die Richtung, aus der wir gekommen waren, bis zum Teil einer Weide, auf dem seine Herde grasen durfte und wo er kurz von einem umherirrenden amerikanischen Hubschrauber abgelenkt worden war. Als er sich wieder zu seiner Herde umdrehte, stand sie in einem Kreis zusammen und blökte traurig, und er drängte sich zwischen den Schafen hindurch, bis in die Mitte des Kreises, wo er den Grund der Trauer fand. Erst dachte er, sein armes kleines Lamm sei von innen heraus explodiert, dann sah er die rote Fährte, die von ihm wegführte.

Wir dankten dem Schäfer für seine Geschichte, versprachen, die Bestie einzufangen, und folgten den roten Pfotenabdrücken tiefer und tiefer ins Innere des Landes.

Unglücklicherweise jedoch endete Budabaschs Fährte bei Wataks Gedenkstelle.

Und auch sein Geruch.

Dawood schnupperte und schnüffelte, während die Sonne tiefer in den späten Nachmittag sank, vermochte aber keine Witterung mehr aufzunehmen.

Wataks Fahne unterschied sich nicht sehr von denen überall auf den provisorischen Friedhöfen und entlang der Straßen Logars. Rot und zerrissen hing sie an einem hölzernen Stecken. Steine waren darum aufgehäuft. Mit Asche. Es war das Einsamste, was ich je gesehen hatte.

Gleich neben der Fahne war speziell zu Ehren Wataks ein Maulbeerbaum gepflanzt worden. Wir versammelten uns darunter, atmeten tief durch, rieben unsere Füße und aßen die Früchte von den Zweigen, die Watak gehörten und somit niemandem oder dem ganzen Dorf. Links vom Maulbeerbaum begann ein Labyrinth von Anwesen mit hohen Lehmmauern, die kurz vor dem Verfall zu stehen schienen. Im Lehm bildeten sich Risse, aus denen Unkraut spross. Unter der ersten Schicht kam eine dunklere zum Vorschein. Es war still. Kein Kindergeschrei, kein Hundegebell, kein Muhen der Kühe. Im Gegensatz zum Labyrinth um Moors Haus schien dieses fast verlassen. Rechts vom Baum verlief die Straße, die, wenn man lange genug ging, zu Aghas Anwesen führte.

Unser Suchtrupp stand an der Weggabelung, sah vom Labyrinth zur Straße und von der Straße zum Labyrinth, dann zurück zu den Früchten. Wir waren so hungrig, und sie waren so süß. Wir aßen zu viele dieser Früchte, zu schnell, und unsere Münder klebten vom Saft. Gul sagte, er gehe sich sein Gesicht waschen, und bedeutete uns mit einer Geste, wir sollten ihm folgen. Wir überquerten den Weg, passierten eine Platanenhecke und rutschten eine Böschung zu einem Kanal hinunter, wo ich mir das Gesicht wusch und Gul sich vor allem auf seinen Schnauzbart konzentrierte.

Sämtliche Schwestern Guls sagten, dass er die schönsten Lippen habe, die sie je bei einem Mann oder einer Frau gesehen hätten, und dass es ein Verbrechen sei, sie unter diesem Monstrum zu verstecken, das da unter seiner Nase wucherte. Aber Gul wollte nicht auf sie hören, sein Bart wurde dichter und dichter, und wenigstens für die Mädchen in seiner Familie schwand seine Schönheit mehr und mehr. Damit mich niemand falsch versteht: Gul war auch mit Schnäuzer ein gut aussehender Junge, zumindest sah er weit besser aus als ich oder Dawood, dennoch fragten wir uns, warum er so darauf aus war, seine Lippen zu verstecken.

»Weißt du, was hier geschehen ist?«, fragte mich Gul.

Ich sagte, nein, das wisse ich nicht, was stimmte.

»Du weißt nicht, was mit deinem Watak Kaakaa passiert ist?«

Watak war Aghas kleiner Bruder. Ich hatte gehört, dass er im Krieg von den Russen hingerichtet worden sei. Er war noch wirklich jung gewesen, praktisch ein Kind. Ein *Shahid* höchster Reinheit.

Mehr wusste ich nicht.

»Hier war es«, sagte Gul und zeigte auf die Erde unter seinen Füßen, als wäre es genau die Stelle, als knieten wir genau dort, wo Watak gestanden hatte, als die Russen ihm die Kehle aufschlitzten, ihm in den Kopf schossen oder sein Herz mit Blei füllten.

Der Schatten einer Platane fiel schräg über uns und das Ufer.

Er muss ins Wasser gefallen sein, dachte ich, es muss ihn davongetragen haben.

»Hat Shagha dir die Geschichte nie erzählt?«

»Manchmal etwas davon, aber nie alles.«

»Niemand hört die ganze Geschichte.«

»Nur einzelne Stücke?«

»Nur Stücke. Shagha erzählt die Geschichte Stück für Stück. Du musst sie zusammensetzen, und wenn du damit fertig bist, kommst du zu mir und erzählst sie mir, verstehst du?«

Weiße Lilien fielen aus der Platane und verteilten sich auf dem Wasser.

»Vielleicht sollten wir zurückgehen«, sagte ich.

»Erst fangen wir Budabasch, dann gehen wir zurück.«

»Aber wie viel weiter willst du noch?«, fragte ich.

»Die Straße da hinunter«, sagte er, »in ein, zwei Kilometern kommen wir zum Anwesen deines Vaters. Ich denke, so weit können wir wenigstens gehen. Und wenn wir Budabasch da immer noch nicht gefunden haben, klopfen wir ans Tor, du sagst, wer du bist und wer dein Vater ist, und wir übernachten dort.«

»Wallah?«, fragte ich.

»Inschallah«, sagte er.

Obwohl ich »Wallah« vorgezogen hätte, nahm ich das »Inschallah« als Bestätigung.

Wir gingen zurück zur Straße und fanden Zia und Dawood flüsternd unter dem Maulbeerbaum. Die beiden hatten einen geheimen Pakt geschlossen, um genug Kraft zu sammeln, eine zweite Dschirga einzuberufen und zu verlangen, dass wir, als Clan, Stamm, Nation, unseren Rat aufs Neue darüber abstimmen ließen, ob wir unsere Unternehmung abbrechen oder verlängern sollten.

»Es wird dunkel«, sagte Zia.

»Ich kriege Hunger«, sagte Dawood.

Gul wollte davon nichts hören. »Wir gehen noch etwas weiter«, sagte er, »bis zu Shaghas Haus.«

»Gul, du sagst immer, noch ein bisschen weiter, noch ein bisschen weiter«, widersprach ihm Zia, »aber du kannst uns nicht dazu zwingen, es sei denn, wir stimmen darüber ab. Wir haben einstimmig beschlossen, Budabasch zu retten, aber jetzt wollen wir, ich und Dawood, zurück. Du bist der Einzige, der noch weiterwill.«

»Marwand will auch noch weiter.«

»Marwand will zurück.«

»Nun, was sagst du, Marwand? Willst du nach Hause?«, fragte Zia.

»Oder willst du weiter?«, setzte Gul nach.

Die drei sahen mich an und warteten auf eine Antwort, und, Wallah, ich versuchte auf eine zu kommen, die alle glücklich gemacht hätte, aber der Maulbeersaft in meinem Bauch verhinderte jeden klaren Gedanken.

»Wofür stimmst du?«, fragte Gul.

Und gerade als meine Innereien auf- und nachgeben wollten, rief ich: »*Ghwul!*«, so laut ich konnte, und rannte durch die Hecke.

Ich hockte mich zwischen ein paar Büsche bei den Feldern auf der anderen Seite des Ufers und wartete. Die Straße hinunter rief eine Kinderstimme mit einem

Megafon von der Kuppel einer Moschee zum Gebet, und trotz des Rauschens, des Echos und des Überschnappens der Stimme klang sie so süß im verbleichenden Licht über den Feldern, und die Grillen sangen dazu.

Nach dem *Adhān* kam Zia durch die Hecke und begann am Wasser zu beten. Er rezitierte die Verse laut und sang die Suren, obwohl er allein betete. Das Komische war, dass Zia kein Arabisch konnte und nicht mal den Unterschied zwischen *Aboo*, *Amoo* und *Aloo* kannte. Aber er sang seine Suren wie ein kleiner Uum Kulthum. So wie er den Namen in die Länge zog. Einfach nur den Namen. Gott, es tat weh, das zu hören.

In den Feldern hinter mir raschelte es, und die Dunkelheit schlich sich an.

»As-salāmu ʻalaikum Rahmutallah wa Barakatu«, sagte Zia zu dem Engel auf seiner rechten Schulter, und gerade als er sich dem Engel auf der linken Schulter zuwenden wollte, um sein letztes Salām zu sagen, blickte auch ich über die linke Schulter, durch Atid hindurch, Gottes ersten Informanten, hielt mir den Bauch und sah auf die dunklen Felder hinter mir, auf denen jeder einzelne Halm vor und zurück und von Seite zu Seite zitterte, während sich der Whirlpool in meinem Inneren wild im Kreis drehte.

Und gleichzeitig.

Beendete Zia sein Salām.

Schiss ich mich leer.

Schrieb Atid alles auf.

Teilte der Wind den Weizen.

Und ein Schatten sprang aus dem Feld und warf mich um wie einen Haufen Steine.

لوگر

AM ZWEIUNDDREISSIGSTEN ABEND

Gul kam durch die Hecke geplatzt und schrie halbe Sätze auf Farsi und Paschto: »Zia, gottverdammt, Zia, Budabasch, Zia, Scheiße, Zia, Budabasch, Zia, hör auf zu beten, Dawood, nimm die Fährte auf, los, die Fährte von Budabasch, Budabasch, und wo zum Teufel ist Marwand?«

Ich versteckte mich noch zwischen den Büschen und den Feldern und versuchte verzweifelt die Scheiße aus meinen Kleidern zu reiben. Ich arbeitete leise, ohne zu atmen, und kaum dass Gul fluchend und schnaufend wieder verschwunden war, hinkte ich hinüber zum Kanal, holte tief Luft und sprang hinein.

Gul musste das Platschen gehört haben.

»Marwand…«, fing er an, bevor er Zia sah, der ein Stück weiter den Kanal hinauf noch immer auf die *Kaaba* ausgerichtet war, die Hände vorm Gesicht, den Kopf im Rhythmus eines Liedes wiegend, das wir nicht hören konnten. Im Wasser stehend, sah ich zu Gul hinüber, der zu Zia hinübersah (und der zu Gott), und ich konnte erkennen, dass Gul in diesem Moment hin- und hergerissen war zwischen der Neigung seines Onkels,

Zia die Seele aus dem Leib zu prügeln, weil dieser ihn ignorierte, und seiner alten afghanischen Wertschätzung des Akts der Lobpreisung, ob sie nun vorgetäuscht war oder nicht.

Gul befahl mir, zu bleiben und auf Zia zu warten, aber der brauchte unglaublich lange, bis er mit seinen Gebeten fertig war. Erst saß ich am Wasser, sah ihm zu, wartete, dass er ein Ende fand, und versuchte zu erraten, welches Kopfwiegen, welches Duʿā', welche Sure die letzte sein mochte. Er machte jedoch immer weiter, bis ich es leid war, hoch zur Straße ging und mich unter Wataks Maulbeerbaum setzte.

Es war kalt so allein neben der Straße, so nass, wie ich war.

Etwa zwei Sekunden später kam Zia durch die Hecke gekrochen. Er war endlich fertig und setzte sich neben mich. Ich sah ihn argwöhnisch an: *Ich hab dich im Blick.* Und er antwortete mit einem Ausdruck voller Unschuld, als wollte er sagen: *Gott hat alles im Blick*, was stimmte. Ich nehme an, ich hätte ihn unter Druck setzen können, damit er mir erklärte, warum er mit seinen falschen Gebeten auch dann weitermachte, wenn Gul ihn am meisten brauchte. Ich fragte mich, ob es ein Aufbegehren war, weil er Guls Herrschaft leid war. Oder ob er vielleicht einfach nur Angst hatte. Aber hauptsächlich, glaube ich, war ich erleichtert, dass wir nicht in das nächtliche, dunkle Labyrinth mussten, über dessen Wände der Schatten einer Kreatur wanderte. Ich wollte nicht fragen, warum. Im Übrigen war mir bis auf Zia nichts und niemand mehr geblieben, und umgekehrt war ich das Einzige, was er noch hatte. Und so entfaltete Zia, obwohl ich fürchterlich nach Beerenscheiße und Dreck stank, seinen Patu und legte ihn um uns beide.

So saßen wir da, Seite an Seite, betrachteten Wataks Gedenkstelle und warteten, dass Gul und Dawood mit Neuigkeiten zu Budabasch zurückkamen, immer noch voller Hoffnung. Damit die Zeit schneller verging, bat mich Zia um eine Geschichte.

Ich sagte, ich wisse im Moment keine.

Zia warf mir einen Blick zu. »Das hast du schon mal gesagt. Wann war das?«

»Vor ein paar Tagen.«

»Aber da hat jemand eine Geschichte erzählt«, sagte er.

»Ja, das stimmt.«

Und so fing ich an.

DIE GESCHICHTE DER GESCHICHTE VON MARENA UND DEM SCHEISSE FRESSENDEN DSCHINN

»Hör zu, mein Maamaazai, an einem jener Abende, als der Generator nicht mehr wollte oder nicht genug Geld für Benzin da war, sind wir, du und ich und die Jungs, auf das Dach des Haupthauses geschlichen, wo wir uns auf den rauen Lehm gelegt und zugesehen haben, wie die Sterne den Himmel bedeckten.

›Als die Kommies kamen‹, fing Gulbuddin an, ›schlief auf jedem Dach ein Mann oder ein Junge, so wie wir hier jetzt liegen, für den Fall, dass Hubschrauber oder Bomber über die Berge kämen, damit der Junge oder der

Mann sie gleich hörte und den Rest der Familie warnen konnte, die dann in den Bunker rannte, wobei der Mann oder der Junge als Letzter an der Reihe war. Und wisst ihr, wer immer hier oben auf dem Dach lag? Wisst ihr das?‹

Wir wussten es, sagten aber nichts.

Als Guls Geschichten zu düster wurden, erzählte Dawood Mullah-Nasruddin-Witze, wie den, in dem Mullah Nasruddin seinen Esel auf dem Rücken trug, damit er nicht müde wurde, den, in dem er seinem Esel das Lesen beibringen wollte, um den Kaiser zu beeindrucken, oder den, in dem Mullah Nasruddin wütend auf Gott ist, weil er seinen Esel getötet hat, obwohl Mullah Nasruddin doch wollte, dass er seine Kuh tötete. Und obwohl sie nicht so witzig waren, haben wir doch immer gelacht, besonders ich und meine Brüder, die wir in der ersten Woche so viele Geschichten erzählt hatten, dass ich nun sagte, wir wüssten keine mehr. Aber ihr habt nicht hören wollen.

›Erzähl uns die Werwolf-Geschichte‹, sagtest du.

›Nein, eine amerikanische Geschichte‹, sagte Dawood, ›von den amerikanischen Mädchen.‹

›Was ist mit Shaghas Kriegsgeschichten?‹, fragte Gul.

Aber bevor ich ein weiteres Mal sagen konnte, dass ich keine Geschichte mehr wusste, meldete sich Gwora zu Wort.

›Ich habe eine Geschichte‹, sagte er.

Ich biss mir auf die Lippe, so wie Agha immer, wenn er wütend wird.

›Dann erzähl schon‹, sagte Gul.

›Einmal, vor dem Krieg‹, fing Gwora an.

›Welchem Krieg?‹, fragte Dawood.

›Vor allen‹, sagte Gwora. ›Einmal, vor dem Krieg, gab es ein böses Mädchen namens Marena. Die eines Tages die schlimme Sache auf dem Kamoot tat, und während sie die schlimme Sache tat, wurde sie von einem Licht, das sie in ihrem Kopf sah, abgelenkt, fiel durch das Loch und ertrank in ihrer eigenen Scheiße.‹ Gwora saugte sich voller Luft und fuhr fort: ›Aber bevor sie sterben konnte, traf sie einen Scheiße fressenden Dschinn, dunkelgrün, voller Haare und nach Verwesung stinkend, und mit Erlaubnis des Schaitans schloss der Scheiße-Dschinn einen Handel mit Marena: Er werde ihr das Leben schenken, sie neu aus Scheiße erschaffen, aber dann musste sie von Anwesen zu Anwesen kriechen und sich in den Kamoots verstecken, und wenn ein Junge oder ein Mann kam, um sich hinzuhocken und die schlimme Sache zu tun, musste sie ihn bei den Eiern packen, durchs Loch ziehen und in seiner eigenen …‹

›*Astaghfirullah*‹, sagtest du, wobei du besorgter aussahst als die anderen, ›wie stirbt sie?‹

›Eines Tages‹, fuhr er fort, ›nach vielen Wochen in der Dunkelheit. Nachdem sie viele Männer gepackt, in die Tiefe gerissen und ertränkt hat. Nachdem sie alles aus der Zeit vergessen hat, als sie noch ein Mädchen war. Sogar ihren Namen. Sie zieht sich hoch durch das Loch des Kamoot, wo sie zuerst versucht hat zu sterben, und sieht die Sonne, hört das Wasser und riecht die Maulbeeren, die sie als Mädchen immer gepflückt hat. Zum ersten Mal seit langer Zeit geht sie hinaus, und es ist der heißeste Tag des heißesten Sommers seit zehn Jahren, und die Scheiße und der Matsch rinnen von ihrer Haut und werden hart, und sie erstarrt, wo sie steht. Unter einem Baum. Den Arm nach einer Maulbeere ausgestreckt, die sie nie essen wird.‹

Gwora hat ein letztes Mal tief eingeatmet und den Mund geschlossen.

›Ist das das Ende?‹, fragte Dawood.

›Ja‹, sagte Gwora.

Gulbuddin klopfte ihm auf die Schulter. ›Maschallah‹, sagte er. ›Ein netter Versuch. Echt nett. Aber Gwora, das Ende war nicht gut. Das nächste Mal, wenn du die Geschichte erzählst‹, riet Gulbuddin ihm, ›ändere sie ein bisschen. Füg einen Helden hinzu oder, besser noch, gleich eine ganze Reihe Helden. Und eine Liebesgeschichte. Weil Gwora, es ist okay, eine Geschichte etwas zu ändern, wenn du sie besser machen kannst. Und Helden und Liebe, die machen immer alles besser. Aber ohne, ich meine, was bringt das?‹

Später an dem Abend wollte uns Gul nicht vom Dach herunterlassen. Er verlangte, dass wir dort oben schliefen und auf die Hubschrauber lauschten, die über den Gipfeln der Schwarzen Berge kreisten und alle paar Minuten etwas Donnerndes abwarfen, das uns im Tal kaum berührte. Es ist komisch, dachte ich, wie ein paar Kilometer den Bombenlärm in ein Schlaflied verwandeln können.

Und zwischen den Erschütterungen aus den Bergen und dem Schnarchen der Jungen lauschte ich dem Gescharre aus dem Obstgarten, in dem Budabasch umherlief. Die Nächte in Logar sind nie zu ruhig, aber die Geräusche haben einen Rhythmus: das Heulen und das

Donnern, die Grillen und das Schnarchen, und sie lassen mich so viel schneller einschlafen als der Klang Amerikas.

Am Ende träumte ich von meinem Finger.

Ich träumte, dass er geheilt wurde und wieder ganz war und nichts mehr von mir fehlte, und als ich vom Heulen eines Wolfs geweckt wurde, den ich nicht sehen konnte, fing der Geist meines Fingers am Ende meiner Hand an zu zucken und …«

»Wie Yasin«, unterbrach Zia meine Geschichte unter Wataks Maulbeerbaum.

»Ich kenne Yasin nicht«, sagte ich.

»Yasin ist mein drittbester Kumpel. Ihm fehlt ein Fuß.«

»Ich habe beide Füße.«

»Ja, aber Yasins Fuß verfolgt sein Bein wie dein Finger deine Hand. Er ist auf eine Mine getreten, hat den Fuß verloren und jetzt einen Geist an seiner Stelle. Er sagt, manchmal kann er ihn fühlen. Den verlorenen Fuß. Manchmal vergisst er, dass er nicht mehr da ist, wacht morgens auf, spürt ihn, springt aus dem Bett, will ohne ihn loslaufen und fällt flach auf den Bauch. Er sagt, der Geist seines Fußes spielt ihm einen Streich und lässt ihn stürzen. Und er weiß nicht, warum.« Aus irgendeinem Grund lachte Zia nervös. »Du solltest dankbar sein, dass es bei dir nur der Geist deines Fingers ist und nicht ein ganzer Fuß.«

»Es tut aber weh«, sagte ich. »Ich fühle ihn, wie er sich bewegt, und dann ist er wieder weg, und es tut weh wie an dem Tag, als Budabasch ihn mir abgebissen hat.«

»Du hättest nicht so schnell so nahe an ihn herangehen sollen. Du hast gedacht, er wäre wie ein amerikanischer Hund.«

»Ich habe gedacht, er wäre wie ein *alter* Hund.«

»Welcher alte Hund?«

Ich erzählte ihm, was ich dem Hund '99 angetan hatte.

DIE GESCHICHTE VOM ALTEN HUND

»Im Sommer vor sechs Jahren, ich erinnere mich, waren ich, Gwora und Mirwais im Obstgarten auf Moors Anwesen und suchten, glaube ich, nach diesem Nest mit den kleinen Vögeln, die wir mit Würmern und Maulbeeren füttern wollten, bis sie zu Phönixen oder Falken würden.

Der Obstgarten war überflutet gewesen und nass, und Baba und Rahmutallah Maamaa bauten ganze Teile eures Anwesens neu auf. Deine Familie war gerade erst aus Peschawar nach Logar zurückgekehrt. Deswegen war Agha in dem Sommer mit uns hergekommen. Es war das erste Mal, dass meine Moor ihr Zuhause wiedersah, nachdem sie in den '80ern vor den Russen geflohen waren.

Da waren wir also, und Agha und Moor halfen Rahmutallah beim Wiederaufbau, während wir, ich, Gwora und Mirwais, ein paar kleine Vögelchen aufpäppeln wollten. Wir gingen tiefer in den Obstgarten hinein, in Richtung der nördlichen Mauer, wo die kleinen roten Küken im Loch eines alten Raketeneinschlags saßen, und merkten nicht, wie matschig der Obstgarten an dem Morgen war. In unserer Eile, aus den kleinen Vögelchen große Spechte zu machen, rannten Gwora und Mirwais voraus, und ehe ich michs versah, steckten beide knöcheltief im Matsch. Und nicht nur das, jedes Mal, wenn sie die Füße hoben, um aus dem Schlamm herauszukommen, sanken sie noch tiefer hinein, als versuchte der Obstgaren sie und ihre neuen weißen Sachen zu verschlingen.

So stand ich also dort am Rand des Schlammlochs, immer noch so sauber und weiß wie je, und meine Brüder steckten mittendrin und wurden gefressen, und irgendwo hinter der neu befestigten Mauer des Hofes wartete der Zorn Moors auf uns. Ich sah meine Brüder an, und sie sahen mich an, und ich wusste, wir waren verloren, egal, was wir taten.

Es war zu viel für mich.

Ich sprang.

Zu dritt hopsten, sprangen und spielten wir im Matsch, bis wir reichlich Würmer fanden, die Vögel fütterten, Matschengel, Matschkuchen und Matschmänner produzierten, bis wir *Scooby-Doo*-Sumpfmonster aus uns machten und Moor, vielleicht weil sie spürte, dass wir schon zu lange weg waren, aus dem Hof unsere Namen rief.

Sie drehte durch, als sie uns sah. Verprügelte mich und Gwora mit allem, was sie in die Hände kriegte: mit Chaplacks und Stiefeln, Ästen und den alten afghanischen Besen, die aus Reisig zusammengebunden werden.

Ein wenig später besuchte ich den Hund.

Er war damals noch schöner. Ohne Narbe, Räude, und stank auch nicht. Wallah, selbst sein Fell war heller.

Hör zu, Zia, ich könnte dir sagen, dass ich den Hund schlug, weil ich selbst geschlagen worden war, dass ich sechs war und dumm und es nicht besser wusste. Aber da ist noch etwas anderes, was ich zugeben muss: Je mehr ich ihm wehtat und je mehr er von mir hinnahm, ganz ruhig, ohne auch nur zu knurren, desto mehr wuchs er mir ans Herz. Verstehst du, den ganzen Tag saß ich auf ihm, trat ihn, schlug ihn, warf mit Messern nach ihm, ließ riesige Steine auf seinen Rücken fallen und sah zu, wie seine Haut zitterte und zuckte. Aber ganz gleich, was ich tat, der Hund nahm es hin. Den Kopf gesenkt, den Blick auf die Erde gerichtet, wandte er sich nicht gegen mich. Er litt so still. Tag um Tag quälte ich ihn, bis mich Rahmutallah Maamaa eines Morgens dabei erwischte, wie ich ihm mit einem Knüppel auf den Rücken schlug. Er nahm mich beiseite, erzählte mir von Raqib und Atid, den Engeln der Gerechtigkeit, die alles aufschrieben, und fragte mich, warum ich das tat.

›Der Hund bellt nie‹, erwiderte ich. ›Er sagt mir nie, dass ich aufhören soll.‹

›Dann sage ich es dir‹, sagte Rahmutallah Maamaa mit aller Liebe, die er hinter seinem kleinen schwarzen Bart aufbringen konnte.

Aber ich hörte nicht auf. Ich wurde nur vorsichtiger. Und erst als ich zurück in die Staaten flog, wo mir meine amerikanischen Lehrer beibrachten, dass Hunde geliebt, gestreichelt, gehätschelt und manchmal auch angekettet und geschlagen, oft kastriert, aber niemals gequält werden durften, begriff ich, welches Leid ich dem alten Köter angetan hatte.«

Als ich meine Geschichte beendet hatte, erinnerte sich Zia für mich an ein Hadith aus dem *Sahīh Muslim*, in dem Abū Huraira berichtet, dass der Prophet Mohammed, möge der Frieden und Segen auf ihm sein, gesagt hat: »Eine Prostituierte sah einst an einem heißen Tag einen Hund bei einem Brunnen liegen, dem die Zunge heraushing und der kurz davor stand zu verdursten. Als sie das sah, nahm die Prostituierte ihr Kopftuch, band es um ihren Schuh, holte Wasser für den Hund aus dem Brunnen herauf und ließ ihn trinken. Und so vergab Allah ihr.«

Zia betonte, dass der Prophet (möge der Frieden und Segen auf ihm sein) alle Tiere liebte, selbst Wölfe, und die Tiere in jenen Tagen manchmal wie Menschen sprechen und ihren Wünschen und Rechten Ausdruck geben konnten. Als Beispiel zitierte Zia ein Hadith aus dem *Sahīh al-Buchārī*, in dem Abū Huraira erzählt, wie der Prophet (möge der Frieden und Segen auf ihm sein) berichtet, dass ein hungriger Wolf einst ein Schaf fing, und als der Schäfer ihn jagte, sagte der Wolf zu ihm: »Wer wird sein Beschützer am Tag der wilden Bestien sein, wenn es keinen anderen Hirten gibt außer mir?« Als er den Wolf so intelligent reden hörte, klatschte der Schäfer in die Hände und erklärte: »Was könnte wunderbarer als das sein?«

Dann rezitierte Zia, wie Abū Huraira berichtet, dass der Prophet sagt, der Wolf habe darauf geantwortet: »Es gibt tatsächlich etwas, das seltsamer und wunderbarer ist, und das ist die Nachricht des von Allah ausgewählten Apostels Mohammed aus Mekka, der die Menschen zum Islam einlädt.« Worauf der Schäfer, dem Rat des Wolfes folgend, seine Schafe nach Medina trieb, um mit dem Propheten zu sprechen. Er erzählte ihm die Geschichte des Wolfes, und als der Prophet sie hörte, trat er mit dem Schäfer vor die Gläubigen und bat ihn, sie noch einmal zu erzählen, was der Schäfer tat, und der Prophet erklärte, der Schäfer sei Zeuge eines der Zeichen des Jüngsten Tages geworden. Bei dem Einen, der meine Seele kontrolliert, fuhr der Prophet fort, der Jüngste Tag wird erst kommen, wenn die Tiere zu den Menschen sprechen. Und so war es.

Zia machte noch lange so weiter, zitierte ein Hadith nach dem anderen, über Spinnen, die den Propheten in einer Höhle versteckten, über sprechende Vögel und hilfreiche Pferde und so weiter und so fort, bis uns beiden auffiel, dass Gul schon zu lange weg war. Fast eine Stunde lang hatten wir uns unter dem Maulbeerbaum Geschichten erzählt, und obwohl Gul ein Sturkopf war, nahmen wir an, dass er Budabasch gefangen haben musste, da er sonst noch vor dem Ischā-Gebet zu uns zurückgekommen wäre.

Die Straßen wurden dunkel. Die Grillen zirpten. Die Esel schrien. Und von überallher roch es nach Rauch und Traurigkeit. Von Zeit zu Zeit wehte eine Brise durch die Straßen und zupfte an den Fetzen von Wataks Fahne, dann kam eine Böe aus dem Labyrinth und ließ das Laub des Maulbeerbaums rascheln, und fast war es so, als flüsterten sich die Fahne und der Baum etwas zu. Am Ende beschlossen ich und Zia, Guls ursprünglichen Plan aufzunehmen und die ein, zwei Kilometer weiter die Straße entlang bis zu Aghas Anwesen zu gehen. Aber gerade als wir aufstanden und unsere Sachen zusammenpackten, kam Dawood aus dem Labyrinth gewankt.

Wir rannten aufgeregt zu ihm hin und umarmten ihn

heftig, während er zeterte, dass wir nach Hause laufen, seine Brüder holen und Gul retten sollten. Wir freuten uns so sehr, ihn zu sehen und zu hören, dass wir, als er zu zetern aufhörte und in unseren Armen schwer wurde, nicht mal merkten, dass ihn allein unsere Umarmung noch auf den Beinen hielt.

Er wurde in unseren Armen ohnmächtig.

Wir versuchten ewig, ihn aufzuwecken, ohrfeigten und boxten ihn, zogen seine Augenlider hoch, schmierten ihm Maulbeeren unter die Nase und klatschten ihm Wasser ins Gesicht, rieben seinen Bauch und kniffen in die Haut über seinen Handgelenken. Aber nichts vermochte ihn aufzuwecken. Wir lauschten auf sein Herz, alle beide, und versicherten uns, dass es schlug.

Da uns keine andere Möglichkeit blieb, zogen ich und Zia Dawood unter Wataks Maulbeerbaum, plünderten ein paar Büsche entlang der Straße und beobachteten, nachdem wir uns in Zias Patu gewickelt hatten, Wataks Fahne, rochen die Asche und lauschten auf die Schritte jedes möglichen Killers in Logar: auf die psychopathischen weißen Jungs, die räuberischen Banditen, die T, die Gangster und die Drogenhändler, die Nierendiebe, die Roboter am Himmel, die Wölfe aus den Bergen und die Kojoten von den Flüssen, die Hexen in den Sickergruben und die Dschinns in den Bäumen, die Geister von den Friedhöfen und die Monster im Labyrinth.

Wir lagen links und rechts von Dawood. Ich hielt eine Hand und Zia die andere. Nach einer kurzen Weile sah ich über Dawoods Bauch und flüsterte zu Zia hinüber: »Es ist so dunkel.«

»Hast du Angst?«, fragte er.

»Mir fällt bloß auf, dass es in Amerika nicht so dunkel wird, weil wir überall Licht auf den Straßen haben.«

»Aber wer zahlt den Strom?«

»Ich glaube, die Steuern.«

»Vermisst du dein Leben da drüben?«

»Nein«, sagte ich. »Scheiß auf Amerika. Ich bin lieber hier.«

»Wallah?«, sagte er. »Keine Lügen in der Nacht, Marwand. Die Schlangen hören dich.«

»Nun«, meinte ich, »vielleicht nicht im Moment. Aber im Allgemeinen.«

»Du hast also Angst?«

»Vielleicht ein bisschen.«

»Vor dem Sterben?«, fragte er leise.

Ich sagte nichts. Ich atmete nur.

»Wenn wir sterben«, sagte Zia, »wird Gott da sein.«

»Wenn wir sterben«, sagte ich, »sagst du ihm dann, dass ich ein guter Mensch war?«

»In Ordnung«, sagte er und bat mich, ihm die rechte Hand zu geben, was ich tat, und nachdem er mir vorsichtig den Verband abgemacht hatte, der immer noch auf meiner Haut klebte, fuhr er, mit einem Finger, über den Beweis für die Existenz Gottes.

DIE GESCHICHTE VOM BEWEIS DER EXISTENZ GOTTES

»Innen in deiner rechten Hand, wenn du genau hinsiehst, hat Gott dir die arabische Zahl ١٨, also 18, eingeschrieben.

Und in deine linke Hand, wenn du genau hinsiehst, ٨١, die 81.

Wenn du die Ziffern zusammenzählst, bekommst du ٩٩.

Allah (gepriesen sei er und verherrlicht) hat ٩٩ Namen.

Und wenn du ١٨ nimmst und von ٨١ abziehst, erhältst du ٦٣, also 63.

Der Prophet (möge der Frieden und Segen auf ihm sein) ist mit dreiundsechzig gestorben.

Du siehst«, erklärte Zia, »Gott hat uns eine Erinnerung an Seine Herrlichkeit und Seinen geliebten Diener in unsere Hände geschrieben, und so …« Aber er beendete den Gedanken nicht, sondern wickelte mir nach seiner Demonstration den zerzausten Verband zurück um die Hand und ließ sie los.

Noch lange danach wusste ich auf die eine oder andere Weise, dass wir gerettet werden würden, ob nun in der Nacht, am nächsten oder einem der darauf folgenden Tage. Es war nur die Frage, wann, nicht, ob. Und irgendwann schliefen wir, ich und Zia, beide ein, und zum ersten Mal seit langer Zeit vergaß Zia zu beten.

لوگر AM DREIUNDDREISSIGSTEN MORGEN

Ich wachte direkt vor Sonnenaufgang von einem Schmerz in meinem Bauch auf, als fräße mich etwas von innen auf, und so lag ich eine Weile dort unter dem Maulbeerbaum und hielt mir den Magen mit der Fingerspitze, die ich nicht mehr hatte, bis der Adhān zum Fadschr von einer der nahen Moscheen erschallte und auch Zia weckte.

Dawood schlief immer noch zwischen uns und träumte, wie ich mir vorstellte, von Festessen und großen Servierplatten, Kabuler *Palaus* und Logarer Eintöpfen, von Kormas und Kebabs, Hühner-Currys, Ashaks und *Mantus*, von *Quroot* und *Maastay* und Dastarkhāns, so groß und mit so vielen Speisen (und so vielen verschiedenen Gästen), dass sich das Festessen von Kabul nach Kandahar, Merat und Mazar und wieder zurück nach Logar erstreckte, bis zu der Stelle unter dem Baum, wo er davon träumte, wo ich und Zia warteten und es wegen der Träume, die Dawood, wie ich mir vorstellte, träumte, fürchterlich in meinem Magen rumorte.

Wir versuchten ihn zu wecken, schrien, schüttelten

und kniffen ihn. Dann flüsterten wir ihm Dinge ins Ohr, ich in sein linkes, Zia in sein rechtes. Meine Gewaltandrohungen und Zias Bitten und Appelle sollten ihm direkt ins Gehirn stoßen. Ich erzählte ihm, es kämen Banditen, und Zia flüsterte ihm zu, das Essen sei fertig. Ich sagte, er habe ein Messer an der Kehle, und Zia versprach ihm, das Messer sei ein Geschenk. Ich warf ihm vor, er sei ein fauler Feigling, und Zia sagte, er werde ein mutiger Held, wenn er nur aufwache und uns nach Hause helfe. Nichts von alledem funktionierte. Wir begriffen, dass Dawood sich in einem tiefen Schlummer befand, der mehr ein Koma war – oder ein Bann. Er brauchte einen Doktor, einen Imam. Er brauchte Baba und Abo. Wirkliche Hilfe. Nicht zwei ausgehungerte Jungs auf der Straße, die zu schwach waren, ihn zu tragen, zu dumm, ihn aufzuwecken, und zu verängstigt, irgendetwas anderes zu unternehmen. Armer Dawood, dachte ich, er braucht Retter, aber er hat nur uns.

Im frühen Licht der Morgendämmerung untersuchte ich ihn eingehend.

Er war von Kopf bis Fuß mit Asche, Staub und etwas, das, wie ich dachte, Blut sein mochte, verschmiert, doch wahrscheinlich war es nur Lehm. Im Gesicht und auf den Händen hatte er Kratzer, und sein linker Ärmel war komplett vom Hemd heruntergerissen.

Ich fragte mich, was ihm das Labyrinth angetan hatte und was es mit Gul machen würde.

Seine zerrissenen Kleider gaben mir das Gefühl, mich in einem Traum zu befinden, und weder Zias plötzliche Traurigkeit (er ließ den Kopf hängen und wollte das Fadschr-Salät nicht sprechen) noch das schwache Licht der Dämmerung, das Heulen des Schakals, der Gebetsruf des Jungen, der Friede der Straße, der gluckernde Wasserlauf, die Wiederkehr des Geistes meiner Fingerspitze, der wie eine Raupe am Ende meines verbundenen Stumpfes zappelte, trugen dazu bei, dem Morgen etwas von seiner Traumhaftigkeit zu nehmen.

Auch unsere Besucher nicht.

Mit dem bewusstlosen Dawood zwischen uns, ohne Esel, Wagen oder Schubkarre, um ihn zu transportieren, und da Gul immer noch irgendwo im Labyrinth stecken musste, beschlossen wir wortlos, stinkend, müde, verdreckt, kaputt und verzweifelt, einfach unter unserem Baum sitzen zu bleiben und darauf zu warten, dass irgendein Logarer kam, um uns zu helfen.

Und dank der Gnade Allahs wurden uns gleich mehrere geschickt.

Erst kam Jawed, der Dieb.

Obwohl er mit einer Maske vor dem Gesicht auf uns zukam, einem Maschinengewehr unter dem Patu, einem Esel an seiner Seite und mit zwei blauen Augen (die, wie ich von Abo gelernt hatte, fast immer auf eine Neigung zum Diebstahl hindeuteten), hielt ich ihn nicht für einen Dieb, bis er sich zu uns kniete und durch unsere große schwarze Tasche wühlte. Erst als er meine Coolpix fand, fragte er uns, was wir hier auf der Straße machten. Wir erklärten ihm, wie wir Gul verloren und Dawood gefunden hatten.

Er rückte näher, so nahe, dass ich das Hasch in seinem Atem riechen und die Wärme des Gewehrs unter seinem Patu pulsieren fühlen konnte, so nahe, dass ich sah, seine Augen waren eher türkis als blau, und plötzlich wusste ich, er würde uns umbringen, obwohl ich nicht sagen konnte, warum. Er nahm seine Maske ab und zeigte uns ein Gesicht, das viel heller und ansehnlicher war, als ich gedacht hatte, auch wenn seine verkrüppelten Finger und sein vernarbter Schädel von früheren Foltern Zeugnis gaben. Und er bot uns einen Handel an.

Der ging folgendermaßen:

»Wie wäre es, wenn ich ins Labyrinth ginge? Und euren Gul suchte? Ihn zurückbrächte und euch nach Hause. Versteht ihr?«

Wir sagten, ja, das täten wir.

»Das alles mache ich unter einer Bedingung. Nun, zwei Bedingungen. Also okay, drei. Ja, unter nur drei Bedingungen, versteht ihr? Es ist ganz einfach, Jungs. Drei Stufen zur Rettung. Eins: Ihr lasst mich diese Kamera behalten, okay? Zwei: Ihr zeigt mir, wie sie funktioniert. Drei: Ihr stellt mit dem Jungen da nichts an, während er schläft. Vier, und das ist das Wichtigste: Wenn irgendwer die Straße hier herunterkommt und euch fragt, ob ihr einen Dieb namens Jawed gesehen habt, sagt ihr ihm, ja, das habt ihr, und er ist hinauf in die Schwarzen Berge gegangen. Versteht ihr?«

Wir nahmen die Bedingungen an und besiegelten unseren Handel mit einem Eid auf Jaweds dritte Mutter, eine buchstäbliche Heilige und lebender Geist, und schon verschwand er im Labyrinth und klickte sich durch die Fotos auf meiner Kamera. Als er weg war, wurde mir bewusst, wie sehr mich Jawed, der Dieb, an den T erinnerte, den ich auf dem Feld fotografiert und dessen Bilder ich nicht gelöscht hatte.

Als Nächstes kam ein kleiner Clan Kutschi-Nomadinnen, alle fünf in den altmodischen Kleidern, die auch die Mädchen in Fremont auf Hochzeiten und kulturellen Festen beim Attan-Tanzen trugen. Sie hatten ein zweihöckriges Kamel dabei.

Bevor wir sie um Hilfe bitten konnten, fragten sie uns nach Jawed.

»Wer ist Jawed?«, fragte Zia.

Und alle fünf antworteten gemeinsam: »Unser toter Verlobter.«

Natürlich auf Paschto.

Offenbar waren die fünf entfernte Cousinen rivalisierender Familien, deren Männer sich seit Jahrzehnten wegen kleinerer Streitigkeiten über Schafe, die Ehre oder Gott umbrachten, und laut ihrer Anführerin Zarghoona, die eine Sammlung verrosteter Messer an einem Höcker ihres Kamels hängen hatte, hatte Jawed jeder von ihnen einen Heiratsantrag gemacht, am selben Abend. Er war von einem Zelt zum nächsten gegangen und hatte den Familien jeweils ein zweihöckriges Kamel als Brautgeld angeboten. Durch Gottes Fügung hatte Zarghoona dann, nur ein paar Stunden bevor sie Jawed übergeben werden sollte, bei einem Verlobungseinkauf auf dem Markt in Wagh Jan eine ihrer Cousinen getroffen. Voller Glück über die bevorstehende Hochzeit beschloss sie, sich mit dem Mädchen auszusöhnen, gegen das sie keinen persönlichen Groll empfand, küsste ihre Wangen und fasste sie bei den Händen. Worauf sie herausfand, dass auch die andere bald heiraten würde, und zufällig kam noch eine weitere Cousine dazu und berichtete ebenfalls von ihrer bevorstehenden Heirat. Durch den Willen Allahs fanden so alle fünf Cousinen zusammen und erzählten die gleiche Geschichte. Und als sie begriffen, dass sie betrogen worden waren, vereinigten die fünf ihre rivalisierenden Familien unter dem alles umfassenden Banner der Rache und beschlossen, Jawed zu suchen.

»Er hat schöne blaue Augen, ist wahrscheinlich bewaffnet und sollte eine Maske tragen«, schloss Zarghoona. »Habt ihr ihn gesehen?«

Selbst angesichts ihrer verrosteten Machete logen ich und Zia sie an, zum Teil aus Angst vor Jawed, zum Teil, weil wir unser Wort halten wollten, vor allem aber, weil es uns schwerfiel zu petzen.

Zia sagte ihnen, wir hätten tatsächlich vor ein paar Minuten einen blauäugigen Banditen gesehen und dass er an uns vorbei und hoch zu den Schwarzen Bergen gezogen sei. Ich zeigte in die Richtung, in der sie ihn verfolgen sollten. Aber Zarghoona glaubte uns nicht.

»Jungs«, sagte sie, »Schlangen lügen. Männer nicht.«

Und damit führte sie ihre Truppe ins Labyrinth.

Kaum dass sie weg waren, kamen zwei Paschtunen, nicht viel älter als wir, die behaupteten, zu den T zu gehören. Sie trugen schmutzige schwarze Sachen und Pakols, und vor der Brust alte Gewehre, die aussahen, als wären sie vor hundertfünfzig Jahren gebaut worden, um scheiß Engländer damit zu erschießen.

Die Mini-T hatten einen Stier dabei, auf dem zwei gefesselte Gefangene saßen, Rücken an Rücken, blutig geschlagen und mit Reissäcken über den Köpfen. Die beiden flüsterten sich etwas zu. Wie es schien, stritten sie. Einer der Mini-T, der hässlichere, blieb stehen, grüßte und fragte uns nach einem Dieb namens Jawed.

Wir fragten, um was es ging.

Der hässliche T (der sich seiner Hässlichkeit nicht bewusst zu sein schien, sein Schnauzbart war geschnitten, das lockige Haar geölt, und er stank nach Parfüm – man fühlte sich gleich viel schöner, wenn man ihn ansah) lächelte uns mit einem breiten Grinsen an. Sein Mund war ein Friedhof, und er deutete auf die Gefangenen auf dem Stier und sagte: »Er gehört zu den beiden.«

»Nein, tut er nicht«, sagte der andere T, der besser aussah, dreckiger und haariger war (auf Kinn und Backen wucherten Bartflecken, wie Unkraut), schlimmer stank und bedrückt wirkte.

»Was haben sie gemacht?«, fragte Zia.

»Das sind Hascher«, sagte der hässliche T. »Einer verkauft Hasch, der andere raucht es, und wir kommen nicht dahinter, wer was macht. Wir haben sie bei einem Kauf erwischt, aber als wir die Tür eintraten, war der dreckige kleine Schuppen so verraucht, dass wir nicht sagen konnten, wer nun der Käufer und wer der Verkäufer war. Sie ließen alles fallen, Geld und Hasch, und bettelten um Gnade.«

»Im Namen Gottes«, rief einer der Gefangenen auf Farsi. »Ich bin der Käufer. Es fing alles an, als ich zum Arbeiten im Iran war, um für meinen einarmigen Vater zu sorgen. Sechzehn, achtzehn Stunden am Tag haben wir Straßen gebaut, in Teheran, und sie haben uns Koks gegeben, um uns wach zu halten, Heroin, um uns zu beruhigen. Und nachdem uns die Drogen alle Kraft genommen hatten, haben sie uns auf die Straße gesetzt, und die Polizei hat uns eingesperrt, geschlagen und zurück nach Kabul deportiert. Ich hatte alles Geld, das ich verdient hatte, an das Heroin verloren und kam in Schande zurück nach Hause. Mein Vater wollte mich nicht mal berühren. Ich bin kein Verkäufer, ich bin ein Süchtiger. Ein Narr. Ich rauche Hasch, um kein Heroin zu nehmen, ich würde dieses Leiden aber niemals einem anderen antun, bei Allah, ihr müsst mir glauben.«

»Im Namen Gottes«, rief der andere Gefangene auf Paschto, »ich bin der Käufer. Es fing alles damit an, dass ein Trupp Amerikaner zu uns kam, weil sie dachten, in unserem Obstgarten würden sich Taliban verstecken. Aber auch wenn wir den Taliban gern geholfen hätten, waren da keine, und so gab es nichts zu verstecken. Der Dolmetscher machte aus den Worten meines Vaters ein Geständnis, und sie wollten ihn mitnehmen, also habe ich mich an seiner Stelle schuldig bekannt, aber der verdammte Dolmetscher machte daraus eine Denunziation und brauchte zehn Minuten, bis er kapierte, dass ich der Verschwörer war, nicht mein Vater, der unter der Folter gestorben wäre. Dann haben sie mich mit in ihre Basis genommen und mir drei Tage und Nächte die Seele aus dem Leib geprügelt, weil sie Informationen wollten, die ich nicht hatte und auch nicht erfinden konnte. Nachdem sie mir eine Rippe gebrochen hatten, ließen sie mich laufen, aber die kaputte Rippe sticht mich nachts, und deshalb wollte ich Hasch kaufen, weil das die einzige Möglichkeit ist, etwas Schlaf zu finden. Im Namen Allahs, fragt meinen Vater, er wird meine Geschichte bestätigen.«

»Seht ihr«, sagte der Hässliche, »sie erzählen widersprüchliche Geschichten, und deshalb wissen wir nicht, wen wir schlagen und wen wir erschießen sollen, und deshalb werden wir beide erschießen. Zusammen mit Jawed.«

»Was hat Jawed gemacht?«, fragte ich.

»Jawed arbeitet für die Amerikaner«, sagte der gut aussehende T und musterte mich. »Wo kommst du her?«

Aber bevor ich etwas sagen konnte, schallte das Heulen einer Rakete irgendwo aus den Straßen, und die Mini-T eilten mit ihren Gefangenen ins Labyrinth.

Als Nächstes kam ein Trupp amerikanischer Soldaten.

Es waren fünf, vier Soldaten und ein Dolmetscher, der Zia auf Farsi fragte, ob er wisse, wo ein blauäugiger Ganove namens Jawed zu finden sei. Offenbar hatte Jawed Panzerwesten, Waffen und eine teure Kaffeemaschine aus der nahen Basis gestohlen.

Der Dolmetscher war ein dürrer, dunkler Bursche, der unter seinem Helm und seiner Panzerung sichtlich schwitzte. Hätten seine Lider nicht so schlaff nach unten gehangen (er wirkte fast gelangweilt), hätte ich gedacht, er sei völlig verängstigt. Die vier Soldaten hinter ihm steckten in ihrer Schutzkleidung, und mit der Brille, dem Helm, dem Kinnriemen und dem Mikro ließen sie sich nicht voneinander unterscheiden. Wahrscheinlich hatte jeder von ihnen seinen eigenen Rang, seinen eigenen Namen und seine eigene Geschichte. Und in diesem Moment nahmen die vier weißen Jungs (womöglich die ersten Weißen, die, seit der arme Watak Shahid vor fast zwanzig Jahren hier hingerichtet worden war, genau an dieser Stelle standen) bestimmt an, dass wir sie, wenn sie die einzige Sprache sprachen, die sie beherrschten, nicht verstehen würden.

 Was unsere früheren Besucher betraf, sagte Zia dem

Dolmetscher, dass wir einen blauäugigen Banditen hätten vorbeikommen sehen, aber ohne besondere Ausrüstung, ohne Panzerwesten und Nachtsichtbrille, ohne M4-Karabiner mit ACOG-Zieloptik und ohne Kaffeemaschine. Einfach nur mit einem AK, einem Patu und eine schwarze Pakol. Und im Übrigen habe es ausgesehen, als wollte er in die Schwarzen Berge.

Der Dolmetscher übersetzte das Meiste davon in ein so schlechtes Englisch, dass er es sechsmal wiederholen und wieder und wieder erklären musste, wo die Schwarzen Berge lagen. Einer der Soldaten nickte mit seinem Helm auf dem Kopf, tat so, als verstehe er, und sagte dem Dolmetscher, er solle Zia fragen, was wir hier machten, so früh am Morgen, ohne ihre oder die Zustimmung ihrer Regierung.

Der Dolmetscher tat, was ihm gesagt wurde, allerdings ließ er den Teil mit der Zustimmung weg.

Zia sagte etwas auf Farsi zu ihm, das ich nicht verstand, und der Dolmetscher sagte den Soldaten, dass Zia nicht kooperiere.

»Diese verfickten Dorfkids«, sagte der Soldat (was mich einen Moment lang sehr glücklich machte), »sag ihm, wenn er uns nicht sagt, was mit dem Dicken ist, dass sie dann alle drei mit uns zurück in die Basis kommen.«

Der Dolmetscher übersetzte das für Zia, allerdings ließ er das mit der Basis weg.

Aber bevor Zia ihm die Wahrheit sagen konnte, ging ich dazwischen und sprach die Soldaten direkt auf Englisch an. Ich erzählte ihnen eine lange Lüge, dass ich, Zia und Dawood Halbbrüder seien, mit verschiedenen Müttern, aber demselben Vater, der aus diesem Dorf stamme und Zia und Dawood und ihre Mütter habe zurücklassen müssen, damit ich, er und meine Mutter nach Amerika gehen und lernen konnten, gute Amerikaner zu werden, und dass wir, nachdem ich, meine Mutter und mein Vater die Staatsbürgerschaft bekommen hätten, jetzt zu Besuch hier in Logar seien, damit ich meine Halbbrüder besser kennenlernte und ein guter Afghane würde, und deshalb habe er uns hier abgesetzt, wo er früher immer mit seinen eigenen Brüdern schwimmen gegangen sei, die alle von den Kommunisten, später von den Warlords und T umgebracht worden seien, damit wir zusammen spielen und uns besser kennenlernen könnten, das Problem sei nur, während ich und Zia uns gut verstünden, weil unsere Mütter beide Farsi sprächen, hätten wir mit Dawood nicht viel zu reden, da seine Mutter eine Paschtunin sei, weshalb ihn unsere Gespräche auf Farsi langweilten und er eingeschlafen sei, wobei er natürlich, obwohl er Paschtune sei, immer noch unser Blut in sich trage und wir ihn nicht einfach hier zurücklassen, aber auch nicht einfach wecken könnten, weil uns unser Vater beigebracht habe, dass es eine Sünde sei, auch nur eine Schlange aufzuwecken, aber dass das alles schon in Ordnung sei, denn er, unser Vater, müsse jeden Moment zurückkommen, um uns abzuholen.

Dann holte ich tief Luft und schloss den Mund.

Derselbe Soldat von vorher trat vor den Dolmetscher, schubste ihn zur Seite und fragte mich, wo genau ich herkäme.

Aber bevor ich ihm antworten konnte, bekamen sie über Funk eine Nachricht über den möglichen Aufenthaltsort eines flüchtigen Trupps, und so marschierten sie ohne ein weiteres Wort, übersetzt oder nicht, hinein ins Labyrinth.

Um die Zeit des Zuhr kam schließlich ein einzelner Arbeiter heran, der von Kopf bis Fuß mit nassem Zement bedeckt war und eine Schubkarre vor sich herschob, die ebenfalls voller Zement war. Er sah aus, als hätte er es eilig, und erst schien es, als würde er nicht bei uns stehen bleiben, doch dann rief Zia Gottes Namen, und er hielt inne und kam zu uns hergeschlurft, große Kleckse Zement hinter sich zurücklassend. Zia erklärte ihm unsere üble Lage und bat um seine Hilfe.

»Wie weit ist es?«, fragte er auf Paschto, und sein Gesicht war so dick mit dem Zement bedeckt, dass ich nicht sagen konnte, ob er nun sechzehn oder sechzig, dunkel- oder hellhäutig, gut aussehend, hässlich oder etwas dazwischen war. Himmel, wären da nicht seine Kleider und die Haare gewesen, hätte ich kaum sagen können, ob er überhaupt ein Mann war.

Zia sagte es ihm.

»Hört zu«, sagte er und spuckte Zement, »ich muss das hier zur Baustelle bringen. Mein Maultier ist dahinten versteckt. Wie wäre es, wenn ich euch Jungs mit meiner Schubkarre mitnehme und meinen Boss frage, ob ich euch nicht nach Hause bringen kann. Versteht ihr?«

Das taten wir, und, Wallah, wäre er nicht so voller Zement gewesen, hätten ich und Zia ihm die Hand geküsst, als wäre er unser alter Vater, der von einer langen Reise zurückkam. Stattdessen hoben wir Dawood in die Schubkarre und machten uns auf den Weg die Straße hinunter. Bevor wir das Labyrinth aus dem Blick verloren, fragte ich Zia, ob wir nicht noch einmal zurück zur Gedenkstelle sollten, um für Guls sichere Rückkehr zu beten.

»Je schneller wir nach Hause kommen«, sagte Zia, »desto eher bringen wir Hilfe her.«

»Wenigstens ein Duʿāʾ.«

»Ich flüstere eins im Gehen.«

Aber ich sah nicht, dass sich seine Lippen bewegten.

لوگر

AM DREIUNDDREISSIGSTEN NACHMITTAG

Die neue, von der Kabuler Regierung in Auftrag gegebene Betonstraße sollte von der Hauptstraße Logars über den Markt von Wagh Jan, vorbei an der Brücke über den Logar, die Wagh Jan mit den inneren Dörfern verband, tief in die Gassen und Lehmlabyrinthe auf dem Land führen.

»Dann«, erklärte der Zementmann so langsam und einfach auf Paschto, als wüsste er sicher, dass ich nicht von hier stammte, »kann die Ernte der Logarer besser nach Kabul transportiert werden, und wenn der Verkauf besser läuft, wird auch das Geld leichter zwischen Landbesitzern und Händlern hin- und herfließen.

Seit wir Wataks Gedenkstelle verlassen hatten, redete der Zementmann. Mich störte es nicht so, weil mir gefiel, wie laut und ungezwungen er auf der Straße war, und obwohl ich wusste, dass wir ihm nicht wirklich trauen konnten (ich und Zia, wir zogen beide eines der Küchenmesser aus der großen schwarzen Tasche, als er nicht hinsah), war es doch ein gutes Gefühl, dass wir wieder einen Führer hatten. Im Übrigen war ich derjenige gewesen, der den Fehler gemacht hatte, ihn nach seiner Arbeit zu fragen.

»Das Problem ist«, fuhr der Arbeiter fort und wischte sich den Zement von den Lippen, um seine Aussprache noch klarer zu machen, »wann immer wir versuchen, ein Stück Straße von der Brücke zu den inneren Wegen zu befestigen, kommen die Taliban nachts und sprengen sie wieder.«

»Aber warum?«, rutschte es mir heraus.

»Siehst du«, spuckte der Zementmann, »so sehr die Straßen es erleichtern, mit Lastwagen und Lieferungen durch die Dörfer zu fahren, so sehr erleichtern sie es auch Humvees und Panzern. Dazu kommt, dass die Häuser eng zusammenstehen und, um richtige Straßen bauen zu können, einiges abgerissen werden muss. Bestimmte Leute im Dorf wissen das. Sie sehen, was da kommt. Eine Betonstraße ist nie bloß eine Betonstraße. Es ist der Anfang einer neuen Stadt. Und während die Regierung in Kabul jeden Morgen den Auftrag gibt, die Straße neu zu befestigen und wiederherzustellen, kommen nachts die Taliban und sprengen sie in die Luft. Solange die Amerikaner die Rechnung bezahlen, geben die Baufirmen die Aufträge an Subunternehmen weiter und stecken Millionen ein, und die Subunternehmer machen das Gleiche mit weiteren Subunternehmern. Sodass am Ende nichts fertig wird und ich nie ohne Arbeit bin. Und all der verlorene Zement stört niemanden. Nun, nur die Amerikaner.«

Ich dachte, dass er mich bei seinem letzten Wort direkt ansah, wobei ich mir nicht sicher sein konnte. Sein Gesicht, die Augen und die Kleider waren so voller Zement, dass er eine Spur hinter uns zurückließ.

Als wir endlich die Baustelle erreichten, lud der Zementmann Dawood und die große schwarze Tasche neben den Eseln ab und ging weg, um mit seinem Boss zu reden. Wir setzten Dawood an einen Baum, steckten die Messer zurück in die Tasche, drückten sie ihm unter den Arm und zogen ihm eine Pakol über die Augen, damit es aussah, als ruhte er sich nur etwas aus.

Schon war der Zementmann im Gewühl der Baustelle verschwunden.

Und schon hatte jemand einen Job für uns.

Wir waren nicht die einzigen Kinder auf der Baustelle, und auch nicht die jüngsten. Während ich und Zia Zementsäcke von den Lastwägen luden und Karren mit grauem Schlick zwischen Straße und Mischgraben hin- und herschoben, trugen kleinere Kinder, manche erst neun oder acht, Eimer voller Wasser vom Fluss herauf, schleppten Säcke und schoben Karren.

Auf der anderen Seite der Brücke, näher bei Wagh Jan, waren Männer und verlegten Stromleitungen. Von der Brücke an verliefen Reihen hölzerner Masten durch Wagh Jan, bis ganz hinüber, wie es schien, zur Hauptstraße nach Kabul. Ich fragte mich, wann die Masten auch Moors Haus erreichen würden. Dann hätten wir immer Strom und könnten endlos Filme gucken.

Nach ein, zwei Stunden Arbeit schlichen ich und Zia uns weg, um nach Dawood zu sehen, der immer noch zwischen den Bäumen saß und tief schlief. Einer der Esel, der des Zementmannes, war nicht angebunden, stand neben ihm und leckte ihm die Hände.

Es schien wie ein Zeichen. Wir hatten keine Ahnung, wo der Zementmann war oder wann er zurückkommen mochte, und er hatte uns den Esel ja bereits versprochen. Vielleicht, dachte ich, hatte er ihn extra losgebunden, damit wir ihn nehmen konnten, wenn wir wieder herkamen. Wer konnte das Gegenteil behaupten? Ich wollte gerade mit meiner Überlegung, uns den Esel auszuleihen, herauskommen, als Zia mir zuvorkam.

»Marwand«, sagte er, »nehmen wir ihn uns.«

»Bist du sicher?«

»Wir nehmen ihn, reiten nach Hause und bringen ihn zurück.«

Aber so einfach war es nicht.

Nachdem wir Dawood auf den Rücken des Esels gehievt hatten, stellten wir fest, dass wir das Tier ohne Geschirr oder Peitsche nicht vorantreiben konnten. Wir hatten nichts, womit wir es überzeugen konnten. Bis ich eines der Küchenmesser aus der großen schwarzen Tasche holte.

Selbst durch die dicke Zementschicht auf seinem Gesicht konnte ich sehen, wie Zia beim Anblick des Messers in sich zusammensackte. Einen Moment lang dachte ich, er könnte ein Hadith oder eine Sure zur Grausamkeit rezitieren und mir mit einem Hinweis auf Allahs Traurigkeit Schuldgefühle einreden oder mich an die Sünden erinnern, die ich ihm gebeichtet hatte. Was ich dem Hund angetan hatte.

Aber nein.

»Es ist für Gul«, sagte ich und hielt ihm ein Messer hin. »Allah wird uns vergeben.«

»Nein, ist es nicht«, sagte er, nahm das Messer aber dennoch.

 Zia gab dem Esel zunächst nur einen kleinen Stoß,

kaum einen Nadelstich, und er rührte sich nicht. Oh, auch wenn ich dem Esel gegenüber keinen Groll verspürte, war ich es so leid, so satt, verloren zu sein, trat vor und schnitt ihm seitlich ins Fell, tief hinein, und kaum dass er blutete, setzte sich der Esel langsam in Bewegung.

Den ganzen Weg nach Hause stach ich den Esel, so sanft ich konnte, trieb ihn den Weg entlang, und, Wallah, wenn ich ihn nur ein paar Sekunden in Ruhe ließ (weil meine Hand müde wurde oder weil mir das Zucken des Fleisches den Atem nahm), blieb er stehen, und Zia musste ihm ins Fell schneiden, und so ging es das ganze Stück zu uns zurück. Da, am Anfang oder Ende des ersten Labyrinths, stach ich den Esel ein letztes Mal, tief und bestimmt, und schickte ihn zurück, während wir Dawood nach Hause schleppten.

لوگر AM DREIUNDDREISSIGSTEN ABEND

Bevor wir klopften, versuchten wir uns, so gut es ging, zu säubern, besonders Dawood, von dem wir den Zement herunterkratzten und dessen Gesicht wir in einem nahen Kanal wuschen. Wir hielten ihn zwischen uns, als wäre er überhaupt nicht bewusstlos, sondern vielleicht müde, und in dem Moment, als Zia vortrat und die Faust hob, machte Abo das Tor auf.

Sie stand in der größten, blauesten Burka da, die ich je gesehen hatte, ein Holzscheit in einer Hand, eine Axt in der anderen. Abo sah wie die Strafe aus, auf die ich gewartet hatte, doch dann murmelte sie: »Kinder«, ließ ihre Waffen fallen und versuchte nicht einmal die anderen Frauen aufzuhalten, die hinaus auf den Weg strömten, uns umringten, küssten und kniffen und mich weiterreichten, bis ich zurück bei Moor war, die mich an ihre Brust drückte, mir die Backen tätschelte und mich segnete, genau wie es Zias Mom mit ihm machte.

Abo saß auf der Erde und hielt Dawood im Arm, von ihren Schwestern umgeben, die ihn ebenfalls aufzuwecken versuchten: Sie befingerten seinen Mund und seine

Augenlider, riefen und bettelten, bis Abo ihre Burka auszog und ihn zu küssen begann, kleine Küsschen auf Stirn, Augen und Hände.

Dann begann sie zu zählen.

Eins, zwei, drei.

Eins, zwei, drei.

Eins, zwei, drei.

Und bei der letzten Zahl des dritten Mals stellte sie die Frage, die zu beantworten ich mich fürchtete, seit ich, vielleicht erst ein paar Minuten zuvor, begriffen hatte, dass wir es tatsächlich nach Hause schaffen würden.

»Wo ist Gul?«, fragte sie.

Etwa eine halbe Stunde später fragte mich auch Rahmutallah Maamaa.

Ich sagte ihm, was ich Abo gesagt hatte: »Er ist im Labyrinth.«

»In welchem Labyrinth?«, fragte er, seine Hand auf meiner herabsinkenden Schulter.

»In Wataks Labyrinth«, sagte ich, da ich nicht wusste, wie sonst ich es nennen sollte.

Alle Männer (Baba, Rahmutallah, Agha, Ruhollah und ein paar entferntere Onkel und ältere Cousins) und einige der Mütter (Moor, Zias Mom und Abo) hatten sich in Babas Zimmer versammelt, um mich und Zia zu befragen. Sie schienen es nicht für nötig zu halten, uns die Tracht Prügel zu verabreichen, mit der ich so sicher gerechnet hatte. Tatsächlich hatten sich die Männer, als sie von ihrer Suche zurückgekommen waren und feststellen mussten, dass es nur drei von uns zurück nach Hause geschafft hatten, nicht mal die Zeit genommen, uns anzuschreien. Das war eine herbe Enttäuschung.

Mittlerweile fühlte ich mich angesichts der Familie, die wir in derartige Qualen gestürzt hatten, so schuldig, Gul zurückgelassen zu haben, dass ich hoffte, durch irgendeine Art von Strafe von diesem Druck befreit zu werden. Stattdessen ging es völlig sachlich zu: Sie wollten nur so schnell und genau wie möglich wissen, wann und wo wir Gul zuletzt gesehen hatten.

Wir sagten ihnen, was wir wussten, und Rahmutallah Maamaa versammelte die Männer von seiner Seite der Familie um sich, die wiederum ihre Cousins und entfernteren Verwandten aus dem Dorf zusammenriefen, Agha tat das Gleiche auf seiner Seite, und sie alle trafen sich irgendwo in der Nähe von Wataks Gedenkstelle. Zia nahmen sie als Führer mit, ich blieb bei den Kindern und Frauen.

Kaum dass sie mich im Hof ganz für sich hatte, sah sich Moor meinen kaputten Finger an, der mittlerweile von so vielen Schichten Dreck, Scheiße, Maulbeerschmier und Blut bedeckt war, dass es schien, als zerfiele er. Als sie den fauligen Verband herunterzog, konnte sogar ich sagen, dass der Finger entzündet war: Er eiterte, und das Fleisch war weichlich und weiß und stank.

Erst kam ihr afghanisches Todesstarren.

Obwohl Moor eine besonders kleine Frau war, war ich erst seit kurzer Zeit größer als sie, und es war immer noch komisch, hinunter statt hinauf in ihre Augen zu sehen. Sie zog mich in den Waschraum, wo es Jod und Reinigungsalkohol gab. Nachdem sie die Wunde desinfiziert hatte, untersuchte sie mein Gesicht, meine Arme und meine Brust, dann schrubbte sie meine Haut mit einem Waschlappen so wund, dass ich dachte, sie würde mein Fleisch aus mir herausreißen. Aber so angespannt, wie Moor war, traute ich mich nicht, mich ihr zu widersetzen.

Sie legte die Hände auf mein Gesicht und erklärte: »Gul ist okay.«

Moor hatte verschwielte Hände, von Feuer und Schmutz vernarbt, und wenn sie mich so anfasste, schämte ich mich immer dafür, wie viel weicher meine Haut war als ihre. Selbst in dem Moment, als all der Schmutz, das Blut und der Zement gerade erst wieder von mir herunter waren, nach all dem, was ich, wie ich dachte, hatte durchmachen müssen. Gott, das war noch gar nichts.

»Marwand«, sagte sie, »ist Gul okay?«

Der Waschraum, in dem wir knieten, war aus Stein, wie eine Höhle aus dem Lehm geschnitten, und wie in einer Höhle hallten jeder Tropfen und jedes Wort in ihm wider, und so war es nicht so, als stellte mir nur Moor diese Frage, sondern als bedrängte mich die ganze Familie, oder gar das ganze Dorf, wieder und wieder.

»Inschallah«, flüsterte ich, weil es das Leiseste war, was mir einfallen wollte.

Später, als ich nach meinen Brüdern suchte, musste ich feststellen, dass sie mich nicht sehen wollten. Gwora verbrachte seine ganze Zeit im Raum der Jungs, schrieb und las, überhörte meine Bitten und zwang Mirwais, es genauso zu machen. Ich konnte nichts tun, damit sie mir zuhörten.

Währenddessen wollten die Frauen im Haus, dass ich ihnen noch einmal erzählte, wie ich mich verlaufen und die anderen zum Weglaufen verleitet hatte, wie Gul mich hatte aufhalten wollen und ich, nachdem er verschwunden war, nichts getan hatte, um ihn wiederzufinden. Und jedes Mal, wenn sie fragten, ganz gleich, welche von ihnen, erzählte ich die Geschichte genau so, wie Gul es gewollt hätte. Ich meine, so, dass es meine Schuld war, dass er verschwunden war. Trotzdem gab es keine Strafe für mich, den Gast aus Amerika, der hinter dem ganzen Ärger steckte, sich wie ein Feigling verhalten und Gul sich selbst überlassen hatte. Der zurück nach Hause gekommen und nicht mal verprügelt worden war.

Was für eine miese Geschichte, dachte ich. Das einzig Gute war, dass meine Brüder mir aus dem Weg gingen: Sie waren nie dabei, um mit zuzuhören.

Für den Rest des Tages waren die Männer bei Wataks Gedenkstelle und durchsuchten die Gegend: die Felder hinter dem Kanal, die Wege und Straßen, die zur Fahne hin- und von der Fahne wegführten, und natürlich das Labyrinth selbst. Die Frauen zu Hause kümmerten sich um Dawood.

Wir saßen in dem Raum, in dem Dawood schlief. Abo hielt seinen Kopf und streichelte ihm das Gesicht. Nabila und Sadaf Khala saßen hinter ihm, rieben ihm den Bauch und rezitierten Suren, die sie als Kinder gelernt hatten. Moor hielt seine Füße. Hielt sie einfach nur. Hawa Khala und Shirin liefen immer wieder in die Küche, kochten ihm all seine Lieblingsspeisen (Samosas, Shorwa, Landi und Halwa) und hielten sie ihm unter die Nase. Wenn sie ihn damit nicht aufzuwecken vermochten, trugen sie die Köstlichkeiten wieder weg.

Ich saß mitten im Zimmer und erzählte meine Geschichte, wieder und wieder, bis ich kleine Dinge zu vergessen begann, die ich zuvor genannt hatte und die

Nabila (mehr als alle anderen) korrigierte. Aber selbst da war sie nicht böse. »Wa Marwand«, sagte sie leise, fast so, als wollte sie Dawood nicht wecken, »hat Gul das nicht eher so gesagt?«

»Ist dir das nicht misslungen?«

»Waren es nicht fünf Soldaten?«

»Sechs Kutschi?«

»Zwei Dolmetscher?«

»Hast du dich nicht mehr vor dem Labyrinth als vor der Straße gefürchtet?«

»War der zweite Besucher nicht der Dieb?«

»Und hast du nicht vergessen, den Zementmann nach seinem Namen zu fragen?«

Ich sagte jedes Mal Ja, auf jede Frage, bis spät in die Nacht, bis mich Moor schlafen schickte, auch wenn ich nicht schlafen konnte. Stunden noch hörte ich das Echo eines traurigen Liedes, das, wie ich wusste, Shirin sang, aber ich wünschte, dass es von mir käme.

»Marwand«, flüsterte mir Moor in dem Zimmer zu, in dem ich so tat, als schliefe ich.

Gwora und Mirwais lagen auf einer Seite von ihr, ich auf der anderen.

Agha war immer noch unterwegs.

»Marwand«, flüsterte Moor aufs Neue. Sie tastete mit geschlossenen Augen nach dem Verband an meinem Finger und hielt meine Hand wie früher, als ich klein gewesen war. »Ich war zu Guls Geburt nicht hier«, sagte sie. »Oder Dawoods. Ich habe ihnen aus Tausenden Kilometern Entfernung alles Gute gewünscht, durchs Telefon, während meine Schwestern am anderen Ende in Tränen ausbrachen. Marwand, erinnerst du dich an das letzte Mal, als wir hier waren? Gul wäre fast an einem Fieber gestorben. Einem alltäglichen Fieber. Ein paar Tage darauf wurde Dawood von einem Esel gegen die Brust getreten. Es hätte sein Herz zerschlagen können. Erinnerst du dich?«

Ich sagte, ja, das täte ich.

»Ich weiß nicht, was es ist. Was ich ihnen antue. Ich bin zu ihrer Geburt nicht hier, bin ihr ganzes Leben weg, und kaum dass ich herkomme, werden all meine Duʿā's zu Verwünschungen. Dein Vater. Es hätte ihn fast aus der Bahn geworfen, als sein Bruder starb. Es ist eine schreckliche, schreckliche Sache, mein kleiner Vogel. Es ist so, als wachtest du eines Morgens auf und dir fehlte ein Körperteil oder ein Organ. Du wärst ohne Lunge. Ohne Haut.«

Sie drückte meine Hand, und ein Schmerz durchfuhr mich.

»Marwand«, sagte sie. »Noch einmal.«

Diesmal erzählte ich die Geschichte langsam. Mit jeder kleinen Einzelheit. Jedem Seufzer, jedem Atemholen, jedem Herzschlag. Jedem Bild von der Straße. Einige real. Einige nicht. Ich erzählte so lange, wie ich konnte, bis ich dazu kam, wie ich versagt hatte. Wie alle Sorgen ihren Anfang genommen hatten.

Irgendwann zwischen dem Kadaver und der Gedenkstelle schlief Moor ein.

Morgens kamen die Männer ohne Gul zurück, und die Nachricht von seinem Verlust drang bis zu meinem fehlenden Maamaa Abdul-Abdul durch, der endlich aus der Basis zurück nach Hause kam.

DIE GESCHICHTE VON UNSEREM GEISTER-MAAMAA ABDUL-ABDUL

Laut Agha (und ein paar anderen Quellen, die ich ungenannt lasse) war Abdul-Abdul insgeheim ein ferner Cousin, den Moors Familie adoptiert hatte, nachdem seine Eltern durch ein russisches Bombardement umgekommen waren. Aber Baba zog ihn wie einen Sohn auf, und Moor liebte ihn wie einen Bruder, und auch wenn ich ihn nie persönlich kennengelernt oder gesehen hatte, sorgte Moor doch stets dafür, dass ich ihn als einen Maamaa betrachtete.

»Er hat nur diese schlechte Angewohnheit zu verschwinden«, sagte sie.

Er hatte früh schon damit angefangen. Als Kind in Pakistan verschwand er stundenlang zwischen den Zelten des Lagers. Rahmutallah Maamaa suchte ihn den ganzen Tag und fand ihn am nächsten Morgen nach *Naswar* stinkend im Bett.

Moor sagte, dass Baba, als er noch jung war, Abdul-Abdul bis an den Rand der Erschöpfung verprügelt habe und dass er, als er zu alt dafür wurde, Rahmutallah Maamaa den Stock und den Gürtel vererbt hatte, doch traurigerweise akzeptierte Abdul-Abdul die Bestrafungen und das Leben als Bauer nicht. Als Moors Familie '98 nach Logar zurückkehrte, kam Abdul-Abdul nicht mit. Er wusste, dass es für ihn in einem T-Staat keinen Platz gab.

Eine Zeitlang dachte Moors Familie, sie hätten Abdul-Abdul an die Stadt verloren. Bis zum Einmarsch der

Amerikaner '01, der Abdul-Abdul in gewisser Weise rettete. Unser Geister-Maamaa fand eine Anstellung als Dolmetscher, was keine zu große Ausbildung oder Erfahrung verlangte, ihn jedoch sofort in eine Machtposition brachte und ihm erlaubte, den Großteil seiner Zeit in einer befestigten Basis zu verbringen. Vor allem aber wurde er ziemlich gut bezahlt. Bald danach kehrte er zu seiner Familie in Logar zurück, trug eine ordentliche Arbeitsuniform, eine selbstbewusste Miene und einen Umschlag voller Geld in der Tasche. Obwohl die Quelle seines Einkommens für Rahmutallah Maamaa ein Thema war (besonders, da die T noch in Naw'e Kaleh präsent waren), sah Baba das mit dem frischen Geld eher locker und hieß seinen zurückgekehrten Sohn in der Familie willkommen.

Um die Zeit, da Gul im Labyrinth verloren ging, saß Abdul-Abdul für sechs Monate in Kandahar fest, wo er die Marines oder andere Spezialeinheiten bei einer äußerst geheimen Operation unterstützte. Aber am zweiten Tag nach Guls Verschwinden, als die Nachricht davon Abdul-Abdul in der Basis erreichte, beschloss er, nach Hause zu kommen, mit einem idiotensicheren Plan, wie sein kleiner Bruder zu retten wäre.

لوگر

AM FÜNFUNDDREISSIGSTEN TAG

Abdul-Abdul verkündete seinen Plan vor der ganzen Familie.

Nun, die Kinder ausgenommen.

Ich und Zia mussten uns oben auf die Ecke des Dachs gleich über Babas Zimmer schleichen, wo wir, so nahe es ging, an ein offenes Fenster herankrochen und dem Vorschlag lauschten. Mit einer so süßen wie brüchigen Stimme behauptete Abdul-Abdul, er habe während seiner Zeit bei den Amerikanern so viele Pluspunkte gesammelt, dass sie nun in seiner Schuld stünden. Wenn ihn Baba und Abo die Amerikaner nur rufen ließen, mit ihrem Radar, ihren Nachtsichtgeräten und ihren Roboteraugen, dann werde er Gul in wenigen Stunden finden können.

Ehrlich, das schien eine gute Idee. Oder doch wenigstens die beste Idee, die wir hatten. Auch wenn es ein paar drängende Fragen gab. Abo, die mit der Neigung ihres Sohnes, große Sprüche zu machen, gut vertraut war, wollte wissen, wie und warum die Amerikaner Abdul-Abdul bei der Suche nach Gul helfen sollten, wo sie doch den Saudi immer noch nicht gefunden hatten, hinter dem sie seit vier Jahren her waren.

»Liebe Mutter«, sagte Abdul-Abdul, »wenn ich solche Informationen weitergeben dürfte, würde ich es tun, aber gerade weil mir die Amerikaner mit ihren Geheimnissen vertrauen, werden sie mir all die Gefallen erwidern, die ich ihnen erwiesen habe.«

»Die Taliban werden uns Ärger machen«, sagte Rahmutallah.

»Und auch deine Nachbarn«, fügte Agha hinzu.

»Die Taliban sind am Ende«, meldete sich Ruhollah zu Wort und verteidigte seinen älteren Bruder.

Abdul-Abdul stimmte ihm zu und meinte, dass die T innerhalb von Monaten in Logar kein Thema mehr sein und die Amerikaner von ihrer Basis aus alle angrenzenden Provinzen vollkommen sichern würden. Den Taliban sei schon seit Monaten kein Bombenanschlag oder Hinterhalt mehr gelungen, sie kämpften mit verrosteten Kalaschnikows und billigen Sprengvorrichtungen gegen die technologisch fortgeschrittenste Militärmacht der Erde. Es seien nur blinder Wille, Angst, pakistanische Gehirnwäsche und selbstmörderische Neigungen, die sie weitermachen ließen.

Wallah, das war eine überzeugende Rede. Angefangen auf Farsi, dann auf Englisch und auf Paschto zu Ende geführt. Laut Agha war Abdul-Abdul in ganz Logar dafür bekannt, wie problemlos und schnell er reinen Unsinn zu einer Geschichte zu verweben wusste (in drei verschiedenen Sprachen!), trotzdem war es beeindruckend, ihn aus der Nähe zu hören. Seine Argumentation war so bündig, dass ich mich fragte, ob er dafür proben musste.

Am Ende beschlossen Baba und Rahmutallah Maamaa, Abdul-Abduls Plan zu folgen. Die Männer hatten das Vertrauen in die eigenen Möglichkeiten verloren und waren bereit, alles zu versuchen. Die gesamte Besprechung über blieb Agha ziemlich ruhig und hielt sich vor der Familie mit Einwänden zurück. Hinterher jedoch nahm er Rahmutallah Maamaa beiseite und redete mit ihm im Gästezimmer unter vier Augen.

Ich und Zia folgten ihnen auf dem Dach.

Agha begann auf Paschto.

»Um Himmels willen«, sagte er, »lass deinen Bruder das nicht versuchen.«

»Es sind jetzt zwei Tage, Shagha. Wenn Gul noch nicht tot ist, hält ihn jemand fest.«

»Es gibt andere Möglichkeiten. Wir holen mehr Männer. Waffen. Wir verbreiten in der ganzen Provinz, wenn jemand den Jungen wegen eines Lösegelds festhält ...«

»Wenn sie ihn immer noch festhalten, dann nicht, weil sie Lösegeld wollen.«

»Gott behüte.«

»So was passiert.«

»Aber das Dorf kennt ihn. Dich. Deinen Vater.«

»Und wo ist das Dorf? Warum sagt keiner was? Zwei Tage, und von den Nachbarn kommt nur Schweigen. Du warst lange weg, Shagha. Das Dorf hat sich verändert. Die Leute sind nicht mehr so wie früher.«

»Wer hat das Dorf geändert? Die Leute?«

»Jungen verschwinden nicht einfach von der Erdoberfläche. Leichen werden gefunden. Lösegeldforderungen. Finger oder Ohren. Irgendwas taucht immer auf. Es sei denn ...«

»Gott behüte.«

»Er glaubt, er ist ein Mann, weißt du, dabei ist er noch ein Junge.«

Agha sagte etwas auf Paschto, sehr leise, und dann wechselten beide zu Farsi. Einige Male ging es so hin und her.

Ich bat Zia zu übersetzen, aber er sagte, es sei immer noch das Gleiche: »Dein Vater will nicht, dass mein Vater Abdul-Abdul die Erlaubnis gibt, aber das muss er.«

»Nein, muss er nicht«, sagte ich.

Zia sah mich an, doch bevor er antworten konnte, brüllte Agha aus vollem Hals meinen Namen, rief nach meinen Brüdern und Moor und war so wütend, dass ich mit bebenden Muskeln vom Dach rutschte.

Die ganze Familie versammelte sich im Obstgarten um die beiden unter den Apfelbäumen parkenden Corollas. Abdul-Abdul und Ruhollah saßen in einem, um zur nächsten Basis zu fahren und um den großen Gefallen zu bitten, im anderen ich, meine Brüder, Moor und Agha, der zurück zu seinem Anwesen wollte.

Nach ein paar hastigen Abschiedsgrüßen fuhr unser Auto den Weg zum großen blauen Tor hinauf, Abdul-Abdul kam dicht hinter uns her. Ich saß vorn auf dem Beifahrersitz, Moor mit meinen Brüdern auf dem Rücksitz. Soweit ich wusste, hatte Agha ihr nicht gesagt, warum wir fuhren, und sie fragte mich nicht. Keiner von uns wollte weg, besonders Moor nicht, was alle wussten, aber niemand sagte etwas. Wir folgten einfach dem, was mein Vater tat, ohne ein Wort, selbst wenn es sich vielleicht nicht mehr rückgängig machen ließ.

Wir näherten uns dem großen blauen Tor. Jemand

musste es aufmachen. Zia. Und Wallah, bevor es irgendjemand merkte, bevor irgendjemand sie da vor dem Tor stehen sah (kurz davor zu klopfen), erblickte ich den Metzger und seinen Sohn, und da saß auch, müde auf einem schönen schwarzen Esel, unser Gul.

2

لوگر

AM FÜNFUNDDREISSIGSTEN TAG

Guls Rückkehr zerbrach etwas in mir, in der ganzen Familie.

Als er von seinem Esel stieg und mit Hilfe des Metzgers und seines Sohns durchs Tor humpelte, liefen ich und Agha zu ihm hin. Wir waren die Ersten, die ihn berührten, und da sahen ihn auch alle anderen. Sein Kopf war mit mehreren Verbänden umwickelt, das Gesicht wild zerschnitten und zerkratzt, und sogar durch seinen großen schwarzen Schnauzbart zog sich eine Wunde. Er umarmte mich und hielt meine Hand, während ich losheulte wie an dem Tag, da mich Budabasch gebissen hatte.

»Gul«, sagte ich und wischte mir den Rotz mit meinem Verband ab. »Ich dachte, du wärst tot.«

»Wirklich?«, sagte er, immer noch wie benommen.

»Ja, Gul. Wallah, das habe ich gedacht.«

»Ich verspreche…«, fing er an, doch da packte ihn Moor, und fast verübelte ich es ihr eine Viertelsekunde lang. Sie drückte ihn an sich, und das Weiß seines Kamiz kräuselte sich auf dem Blau ihrer Burka. Als Nächste kamen Ruhollah und Abdul-Abdul und beanspruchten ihren Anteil an Gul, worauf die ganze Familie herbeilief, sich zwischen den Corollas durchdrückte und über sie hinwegkletterte, um den Rückkehrer zu begrüßen. Fast jeder der Familie wollte zu ihm hin, um ihn zu umarmen, zu küssen oder wenigstens zu berühren, und wenn der Nächste an die Reihe kam, ging es weiter zum Metzger und seinem Sohn, um den beiden zu danken.

Nur Zia blieb am Tor stehen. Er hätte Gul als Erster begrüßen können, hatte es aber nicht getan. Als ich später zu ihm wollte und er mich kommen sah, verschwand er den Seitenweg hinunter zum Haupteingang.

Alle anderen vergossen auch weiter große, nasse Tränen, ohne jede Scham und ohne ein Taschentuch zu Hilfe zu nehmen wischten sie sich den Rotz und die Nässe in ihre Hemden, Hidschabs und Bärte. Selbst Agha weinte ein wenig. Es gab so viel Zärtlichkeit im Obstgarten, es musste einfach zu viel werden, kondensieren, zusammenlaufen, doch vorher ernüchterte Gul alle.

»Wo ist Dawood?«, wollte er wissen.

Wir führten ihn zu ihm.

Kaum dass Gul in das Zimmer kam, in dem Dawood schlief, lächelte er und schien etwas in seinem Bruder zu sehen, das der Rest von uns nicht sah. Dawoods Nase fing an zu zucken und zu schnuppern, und als sich Gul neben ihn setzte, die Hand vor Dawoods Mund, um seine Lippen zu berühren, öffneten sich dessen Augen mit einem Ruck. Er kam zu schnell hoch, wacklig und verwirrt, sah, wie sich die ganze Familie ins Zimmer zu drängen versuchte, sah Gul an, fasste nach ihm, und sie hielten sich eine Weile bei den Händen. Es war das erste und das letzte Mal, dass ich sie das tun sah.

»Wie fühlst du dich?«, fragte Gul

»Hungrig«, antwortete Dawood.

Wir weinten, lachten, weinten, und am Ende hatten wir alle ein ruhiges Lächeln auf dem Gesicht. Gleich darauf folgten Agha und Rahmutallah Dawoods Wunsch und gingen ein paar Kilo Fleisch kaufen, während Zias Mom, Moor, ihre Schwestern und sogar Abo zum Tandur eilten, um das Feuer anzufachen. Und so beschloss die Familie, dass es Zeit für ein Festessen war.

Abends breiteten wir einen großen Dastarkhān im Obstgarten aus, hängten Lampen in die Apfelbäume, spannten zwei Bahnen Moskitonetz von einer Mauer zur anderen, bis hinunter zur Erde (wie Spinnennetze schimmerten sie im künstlichen Licht) und luden die Familie des Metzgers ein, mit uns zu essen und zu trinken.

Während des Essens saß ich neben dem Metzgerssohn. Sein Name war Hamid, und trotz der Blutergüsse, die Gul ihm vor ein paar Tagen beigebracht hatte, sah er gut aus. Abo hatte ihn so weit von Nabila weggesetzt wie nur möglich. Er sprach ein leicht akzentuiertes Farsi, das Moor nicht ganz leicht zu übersetzen vermochte. Es sei ein nördlicher Dialekt, erklärte sie mir, vielleicht von seiner Mutter. Aller Augen (nur die Nabilas nicht) waren auf ihn gerichtet. Wir alle wollten hören, wie er Gul gerettet hatte, und das wusste er. Also wartete er eine Weile, aß winzige Bissen Reis, und etwa nach der Hälfte des Abends folgte er unserem Wunsch.

Hamid war auf dem Weg nach Wagh Jan gewesen und zu einem Kanal nahe bei ihrem Haus gegangen, um sich sein hübsches Gesicht zu waschen, da sah er Blütenblätter und Blutstropfen im Wasser treiben, hielt inne und folgte den Blättern fast anderthalb Kilometer den Kanal hinauf, bis er zu einer kleinen, provisorischen Brücke aus Ästen und Erde kam. Dort sah er Gul, der sich in der Brücke verfangen hatte, den Mund kaum über der Wasseroberfläche, den Kopf voller Risse, Schmutz und getrocknetem Blut. Der Metzgerssohn sagte, er habe versucht, Gul wach zu bekommen, vergeblich, und so habe er ihn aus dem Wasser gezogen, ihn sich, ohne ihn auch nur notdürftig zu trocknen, über die Schulter gelegt und bis zurück zu ihrem Haus getragen, was wiederum etwa anderthalb Kilometer waren, und da hätten ihn seine Mutter und sein Vater gefüttert und gekleidet, bis er sich gut genug fühlte, nach Hause zurückzukehren.

Die Familie applaudierte fast und dankte Hamid in drei verschiedenen Sprachen. Um ihm seine Güte zu vergelten, bot ihm Abo Essen, Geld und ihren Segen an. Sie bot ihm an, dass Dawood und Gul ihm im Geschäft seines Vaters helfen würden, bot ihm ihr Haus als Zuflucht und ihren Mann als Berater an. Fast alles und alle, die sie liebte und über denen sie stand, bot sie ihm an, nur die eine nicht, die er sich wirklich wünschte.

Nabila war das ganze Essen über seltsam ruhig.

Als die Familie des Metzgers schließlich spät nach Hause ging und uns für unsere Gastfreundschaft dankte, dabei aber wusste, dass wir ihnen in den nächsten Tagen noch mehr anzubieten hatten, versammelte sich der Rest von uns, ich meine, der Rest von Moors Familie, Frauen und Männer, die Kinder und sogar die Babys, auf der Veranda, damit Dawood, der immer noch am Knochen eines abgegessenen Hähnchens nagte, die Geschichte des Labyrinths erzählen konnte.

»Marwand produzierte Ghwul«, begann Dawood. »Zia betete, und Gul drehte durch, weil ihm zum ersten Mal seit ewigen Zeiten keiner zuhörte. Währenddessen saß ich unter dem Maulbeerbaum und starb vor Hunger, als ein großer schwarzer Schatten von etwas aus der Platanenhecke hervorbrach und im Labyrinth verschwand.«

»Das war kein Schatten«, unterbrach ihn Gul. »Das war Budabasch.«

»Und dann kommt Gul zu mir, quasselt was von Budabasch, dreht immer noch weiter durch und meint, wir müssen dem Schatten hinterher, ins Labyrinth, nur dass er nicht ›Schatten‹ sagte, sondern …« Dawood saugte gut hörbar an seinem Knochen, warf ihn auf einen kleinen Haufen in der Ecke der Veranda und nahm einen anderen. »Er schiebt sich durch die Hecke und kann weder Marwand noch Zia finden oder vielleicht doch einen von ihnen. Ich weiß es nicht. Auf jeden Fall ist er völlig wahnsinnig und rennt ins Labyrinth, dem Schatten hinterher, den er für Budabasch hält.«

»Es *war* Budabasch«, wiederholte Gul.

»Und ich, der liebe Kerl, der ich bin, ich laufe ihm hinterher, um dafür zu sorgen, dass er nicht gefressen wird.«

»Aber er war schneller als du?«, fragte ich.

»Doch das war er nicht«, sagte er und saugte an einem weiteren Knochen. »Ich bin ihm hinterher. Aber ich hatte nichts gegessen, und ich kriegte einen Krampf im Bein, und Gul war mir ein Stück voraus. Trotzdem, ich blieb die ganze Zeit direkt hinter ihm. Ich blieb an ihm dran. Wallah, ich würde ihn nicht verlieren, meinen Bruder doch nicht. Aber während ich rannte, kamen die Mauern des Labyrinths immer näher, und gerade als ich dachte, dass ich in so einer engen Gasse stecken bleiben könnte, traf mich dieser Wind mit all den weißen Blüten und diesem Sand, und die Mauern kamen so nah, dass …«

»Du bist stecken geblieben?«, lachte Ruhollah Maamaa.

»Nur für ein paar Minuten«, sagte Dawood. »Ich kam wieder frei. Am Ende. Aber meine Sachen zerrissen dabei, und ich hatte Guls Witterung verloren und wusste nicht, wohin. Also bin ich zurück zu Marwand und Zia, bin dann aber, glaube ich, eingeschlafen.«

»Hast du was geträumt?«, fragte jemand.

»Ja«, sagte er, »von einem langen Dastarkhān, der sich über Kilometer erstreckte und an dem wir lachten und aßen, nie wieder hungrig wurden oder uns verloren.«

Es gab keine Knochen mehr. Dawoods Geschichte war vorbei.

Gul nahm den Faden auf.

»Zunächst mal«, sagte er, »habe ich Budabasch gesehen. Unseren Budabasch. Vier Beine, zwei Augen, eine Narbe und eine Menge Zähne. Keinen Schatten. Keinen Dämon. Nichts anderes, nur …«

»Wir verstehen, Gul. Erzähl schon weiter«, sagte Rahmutallah Maamaa.

»In Ordnung, nun, Budabasch springt zwischen den Bäumen her, fliegt ins Labyrinth und lässt aber eine schwarze Spur hinter sich …«

 »Ich habe keine Spur gesehen«, sagte Dawood.

»Und als ich die schwarzen Abdrücke sehe, versuche ich Zia und Marwand in Gang zu bekommen, aber Marwand hatte sich vollgeschissen, und Zia tat so, als betete er. Also habe ich Dawood gerufen, und wir sind Budabasch hinterhergerannt. Aber Dawood, langsam, wie er ist, fiel zurück, und ich versuchte ebenfalls langsamer zu werden, aber die schwarzen Abdrücke wurden kleiner, je tiefer wir ins Labyrinth kamen, und ich hatte Angst, wir würden Budabasch wieder verlieren, also rannte ich schneller, und Dawood blieb hechelnd und keuchend zurück, bis ich ihn nicht mehr hören konnte, und jetzt waren es nur noch ich, die Spur, das Labyrinth und ...«

»Und die Wände kamen nicht näher?«, fragte ich, und ein paar von uns warfen einen schnellen Blick zu Dawood hinüber.

»Ein bisschen schon«, fuhr Gul fort, »aber ich glaube, ich habe einen anderen Weg genommen, weil sich die Mauern auch öffneten, ein wenig schlossen, anschließend jedoch weiter wurden, der Raum zwischen ihnen, aber auch der zwischen den Türen, weil, zu Anfang, da gab es so viele Türen und Tore, wisst ihr, wenigstens ein oder zwei Eingänge und Durchgänge bei jedem Anwesen, doch irgendwann hörte das auf, und das andere Komische war, dass die Mauern ihre Farbe veränderten. Nichts Verrücktes, etwa, dass sie grün oder blau geworden wären, sie nahmen einfach verschiedene Rot- und Brauntöne an, die immer dunkler wurden, je tiefer ich in das Labyrinth hineinrannte, bis der Weg und die Mauern, ja, das Labyrinth selbst zu so schwarzer Erde wurde, dass ich Budabaschs Abdrücke nicht mehr erkennen konnte, und als ich schließlich aufgab, kurz davor, vor Atemnot zu sterben, konnte ich nichts mehr in der schwarzen Nacht und dem schwarzen Labyrinth erkennen. So gut wie blind lief ich ein paar Minuten umher und beschloss, an eine der Türen zu klopfen und irgendeinen Nachbarn um Schutz zu bitten, doch ich konnte keine einzige Tür mehr finden. Stundenlang habe ich mich an den Mauern entlanggetastet und gehofft, auf so etwas wie Stahl oder Eisen zu treffen, doch da war nur der Lehm. Und die ganze Zeit über hatte ich das komische Gefühl, dass da etwas in der Nähe war, manchmal auch, dass es mich beobachtete, vielleicht schützte, vielleicht jagte, und dann wieder sagte mir mein Herz, dass ich dieses Etwas finden wollte, einfach, um herauszubringen, was es war, gleich darauf aber wollte ich nichts weniger und wäre lieber quer durch Afghanistan gerannt, den Iran, Afrika, Europa, den Ozean, Nord- und Südamerika, bis zu Shaghas Haus ...«

Da lachten wir alle. Besonders Agha.

»... nur, um von diesem Etwas in dem Labyrinth wegzukommen, das ich bei mir spürte.«

»Was hast du also gemacht?«, flüsterte jemand.

»Ich bin gegangen und gegangen und stand kurz davor, vor lauter Gehen zu sterben, als ich Wasser hörte, fließendes Wasser, und begriff, dass ich nun an eine Art Ende kam, und da bin ich mit letzter Kraft losgesprintet, ins Dunkel geschossen, auf das Wasser zu, bin gerannt, bis meine Beine nachgaben und ich strauchelte und mich verlor. Das Nächste, was ich weiß: Ich wache auf.«

»Im Haus des Metzgers?«, fragte Abo.

»Nein, Ma, auf der Straße.«

»Mit dem Sohn des Metzgers?«, fragte Nabila und bereute es sofort, da sie von allen Seiten angegrinst wurde.

»Nein«, sagte Gul. »Nicht mit dem Sohn des Metzgers.«

»Mit wem dann?«

DIE GESCHICHTE DER TÖCHTER DES METZGERS

Wie sich herausstellte, war es tatsächlich nicht der Sohn des Metzgers gewesen, der Gul aus dem Wasser gezogen und nach Hause getragen hatte. Es waren seine Töchter gewesen. Seine Zwillinge, um genau zu sein. Gul erklärte, dass er das Bewusstsein verloren habe, so müde und durstig, wie er noch nie gewesen sei, und als er aufwachte, schwebte er über der Straße und blickte in den schönsten blauen Himmel hinauf, den er je gesehen hatte, kein Hubschrauber oder Flugzeug bewegte sich über ihm, und Gul dachte, ein, zwei Sekunden lang, dass er tot wäre.

Ein »Gott behüte« strich durch die Familie.

Dann begriff Gul, dass er nicht hinauf in den Himmel schwebte, den ihm die Imame versprochen hatten, sondern dass er getragen wurde, und als er den Fehler machte, sehen zu wollen, wer ihn da trug, schrien seine beiden Retterinnen auf und ließen ihn mit dem Kopf voran zu Boden fallen. Daher die Wunde.

Seht ihr, die Mädchen trugen Gul so früh am Morgen in Sicherheit, dass kaum eine Seele auf der Straße war, um sie zu sehen, ihnen zu helfen oder sie zu schelten, weil sie ihre Schleier nicht trugen, obwohl sie doch genau in dem merkwürdigen Alter waren (zwischen zwölf und dreizehn), in dem von Mädchen, je nachdem, wie alt sie wirkten und wie schön sie waren, manchmal erwartet wurde, dass sie sich bedeckten, und manchmal nicht. Und in diesem besonderen Augenblick, als Gul schwebend erwachte, waren nicht nur die Gesichter der Mädchen unbedeckt, sondern selbst ihre *Tikrais* gefährlich nahe daran, sich zu lösen, während sie sich mit dem Gewicht dieses dummen Jungen abmühten, den sie aus dem Wasser gezogen hatten, ganz allein, da er sonst ertrunken wäre.

Nachdem die Mädchen ihn hatten fallen lassen, aber noch bevor er auf den Boden traf, schwor Gul, bekam er einen klaren Blick auf das Gesicht von einem der Mädchen. Das heißt, im Hinabfallen sah er die Haut der Metzgerstochter umrahmt vom Licht des Sonnenaufgangs, vor dem Hintergrund des Laubes, sah Augen von der Farbe der Platanenrinde, die Haut wie Getreide, die Lippen trocken und hell, die Spalte im Kinn, die winzige Narbe unter dem linken Nasenloch, die Brauen, die sich kaum in der Mitte berührten, ein Muttermal oder eine kleine Verbrennung auf der rechten Wange, und wie ihr das Haar, nicht wirklich rot, eher orangefarben, über das Gesicht fiel, während er selbst in den Dreck stürzte, auf die Straße, und etwas erfuhr, das er nicht richtig bezeichnen konnte.

Doch dann konnte er es.

Unter dem hörbaren Erschauern der Familie erklärte Gul, dass er sich eindeutig verliebt habe und beabsichtige, so es irgend möglich (oder unmöglich) war, die Tochter des Metzgers zu heiraten, seine Zeit ihrem Glück zu widmen und ihr zu vergelten, dass sie ihm das Leben gerettet hatte.

Still saß er da vor der ganzen Familie, überschäumend vor Liebe und darauf wartend, nur darauf wartend, dass es ihm jemand versagte.

So tat Abo es denn. »Auf gar keinen Fall«, sagte sie.

Die Bestimmtheit ihrer Antwort war fast so verblüffend wie Guls Erklärung.

»Dann werde ich hier so sitzen bleiben«, sagte er, »und sterben.«

»Der Tod!«, schrie Abo, und alle Männer waren so überrascht von der plötzlichen Wendung, die die Dinge nahmen, dass nur Rahmutallah Maamaa die Geistesgegenwart besaß, zwischen Abo und Gul zu treten, als sie auf ihr gerade erst zurückgekehrtes Kind losgehen wollte.

Die Männer umringten Abo und versuchten sie zur Vernunft zu bringen, die Frauen versuchten es bei Gul, und Minuten später schon war die Familie in der Lage, sich erneut zusammenzusetzen und die Sache zu besprechen.

Baba drängte Abo, sich anzuhören, was der Junge zu sagen hatte, doch davon wollte sie nichts wissen.

»Wenn wir da hingehen«, sagte sie, »und auf den Knien um die Hand eines Mädchens bitten, das nicht einmal keusch genug war, sich zu bedecken …«

»Während sie mir das Leben rettete«, sagte Gul.

Abo fuhr fort: »Dieser schamlose Dreckskerl von einem Esel kommt her, als wäre er Jesus. Ihr wisst, er wird uns seine Tochter nur geben, wenn er Nabila dafür bekommt. Er wird einen *Badal* wollen. Wollt ihr diesem verschlagenen Fleischhacker wirklich Nabila verkaufen, diesem …«

Aber noch bevor Abo ihre Tirade beenden konnte, glitt Nabila wie auf ein Stichwort an die Seite ihres Bruders und nahm seine Hand. Und die beiden, verrückt vor Liebe, saßen stur und trotzig da, bereit auf sich zu nehmen, was immer kommen mochte.

Abo wurde sehr still.

Tatsächlich wurden alle sehr still.

Nachtvögel sangen im Obstgarten, ohne zu wissen, in welcher Gefahr sie sich befanden. Wölfe wie Budabasch heulten in den Bergen, und auch die Grillen zirpten weiter. Abo schoss eine wahre Fluchkanonade ab, so böse, so komplex, vertrackt, persönlich und grausam, so kreativ und dreckig, dass ich mich nur verletzt fühlen konnte, als sie in den Waschraum hinübermarschierte, Ruhollah in einen Rosenbusch stieß, sich säuberte, betete und den Rest das Abends allein in Babas Kammer verbrachte, in die Baba selbst nicht hineindurfte.

Gul und Nabila waren außer sich vor Glück.

Am nächsten Morgen zog sich Abo, wie es fast alle vorausgesehen hatten, ihr schönstes Kutschi-Kleid an, ein Paar ihrer stabilsten Schuhe, ihre größte, blaueste Burka und verlangte, ohne irgendwen zu konsultieren, dass Baba, Rahmutallah Maamaa und Moor sie zum Haus des Metzgers begleiteten, wo sie, Inschallah, in die Verhandlungen eintreten würden.

Und so geschah es.

لوگر

AM ZWEIUNDVIERZIGSTEN TAG

Während der nächsten Tage drehte sich das Gespräch im Haus um nichts anderes. Da sich die Werbesituation umgekehrt hatte, boten Abo und Baba einen so fairen wie einfachen Badal an: Dein Sohn heiratet unsere Tochter, unser Sohn heiratet deine Tochter. Kein Brautgeld. Die Kosten für die Doppelhochzeit übernehmen wir zu gleichen Teilen.

Beim ersten Besuch lehnte der Metzger das rundweg ab, doch beim vierten oder fünften wurden Fortschritte sichtbar: Theoretisch stimmte der Metzger dem Badal jetzt zu, zögerte aber, seine Tochter so jung mit jemandem zu verheiraten, der noch keine klaren Aussichten hatte. Das Gegenangebot des Metzgers lautete: Sein Sohn und Nabila heirateten so bald wie möglich, während Gul und seine Tochter erst Mann und Frau werden würden, wenn sie fünfzehn war, also im gesetzlichen Heiratsalter, folgte man der Interimsregierung in Kabul.

Die meisten Frauen auf dem Anwesen hielten das für eine vernünftige Forderung und drängten Abo, den Bedingungen zuzustimmen und den Streit beizulegen. Aber

Abo wollte nichts davon hören. »Wenn das Mädchen ihre Periode hatte«, argumentierte sie, »und bereit ist, den Jungen zu heiraten, sollten die beiden Hochzeiten gemeinsam stattfinden. Kommt mir nicht mit irgendeinem Scheiß über das gesetzliche Alter.«

Und das tat auch niemand.

Währenddessen hatte ich meine eigenen Probleme.

Seht ihr, in der Nacht, nachdem Gul zurückgekommen war, träumte ich von einem Mädchen in einer Burka, das an einer Straße saß, und all diese Blütenblätter regneten von einem Baum herunter, den ich nicht sehen konnte, da die Segel des Schiffes, das ich steuerte, im Weg waren. So viele Blätter sammelten sich zu ihren Füßen, dass ich Sorge hatte, sie könne darin ertrinken. Als ich dann etwa zur Zeit des Fadschr aufwachte, kribbelte mein kaputter Finger mit seinem Geist, und ich fühlte mich seekrank: Mein Magen taumelte, und mein Kopf drehte sich. Und um dem allen noch eins draufzusetzen, rann mir etwas das Bein herunter. Erst dachte ich, es sei Blut, doch dann stellte ich fest, dass es eine Flüssigkeit war, die ich nicht kannte. Das Gefühl, seekrank zu sein, blieb bestehen, manchmal ebbte es ab, dann brandete es wieder auf, immer kurz davor, wie es schien, mir das Bewusstsein zu nehmen.

Es half auch nicht, dass ich die ganze Zeit allein war. Gul und Dawood waren wieder in der Schule, nur meine Brüder waren noch da, die mir jedoch immer noch nicht verziehen hatten, dass ich sie nicht mitgenommen hatte. Als ich wirklich nicht mehr konnte, steckte ich den Kopf ins Zimmer, wo sie lasen und schrieben, legte mich eine Weile zu ihnen, rieb mir den Bauch und hoffte, dass sie etwas sagten, doch sie blendeten mich mit einer Beharrlichkeit aus, wie ich es noch nicht erlebt hatte. Ehrlich, es war durchaus beeindruckend. Zu Hause in den Staaten hielten sie es schon nach zwei Tagen nicht mehr aus. Vielleicht hatte sie die Landschaft hier härter gemacht.

Jedenfalls hatte ich, während die Jungs in der Schule und meine Brüder immer noch sauer auf mich waren, Agha im eigenen Haus Reparaturen vornahm, Ruhollah bei der Arbeit war, Abdul-Abdul zurück in der Basis, Rahmutallah sämtliche Risse in den Mauern des Anwesens flickte, sich Moor mit den anderen Frauen um den Badal kümmerte und Budabasch immer noch draußen auf den Straßen herumlief, jedenfalls hatte ich da den ganzen Tag mit so ziemlich niemandem Kontakt.

Bis Zias sechs Schwestern aus ihrem Versteck kamen.

Sie hießen Bibi, Miriam, Susu, Sahar, Bahar und Asma. Bulbul, oder Bibi, war in meinem Alter. Die Erwachsenen nannten sie Bulbul (was eine Art Singvogel ist), weil sie pfiff, wenn sie lachte, und wann immer sie lachte, hielt sie sich wegen ihrer vorstehenden Zähne eine Hand vor den Mund. Die Kinder nannten sie alle nur Bibi, weil sie immer die Mutter spielte. Sie war nicht *so* groß, *so* dunkel oder *so* dünn wie ihre eigene Mutter, aber doch von allem etwas. Sie wich ihr kaum von der Seite, half ihr beim Kochen und Putzen, sah nach den kleineren Schwestern, und selbst wenn sie spielte, schien sie sich nie hinzusetzen und zu entspannen. Ihre Augen waren ständig auf der Suche und sahen nach Hawa Khala, die, wie sie wusste, überarbeitet und viel zu nett war und der sie helfen wollte, wann immer sie konnte.

Miriam war ein paar Jahre jünger als ich, klein für ihr

Alter und kränklich. Ein blasses Mädchen, das im Gegensatz zu ihrer älteren Schwester kaum lachte und nie lächelte. Immer in Erwartung, wie es schien, der nächsten Krankheit, die sie bekommen würde. Solange sie gesund war, verbrachte sie fast ihre ganze Zeit mit ihrer kleinen Schwester Asma und trug sie mit sich herum, wo immer sie hinging. Fütterte sie beim Essen. Wusch sie, las ihr Geschichten vor, spielte mit ihr und suchte aus, was sie anziehen sollte.

Susu war zu der Zeit erst sechs, aber bereits brillant. Sie kannte zwanzig Suren auswendig und konnte auf Paschto und Farsi lesen und schreiben. Multiplizieren, Dividieren, Bruchrechnung. Daddys kleine Gelehrte.

Sahar und Bahar waren Zwillinge. Vier Jahre alt. Kleine Energiebündel.

Asma war noch ein Baby.

Während meiner ersten Wochen in Logar waren mir Zias Schwestern nie wirklich aufgefallen, außer wenn sie ihren Aufgaben auf dem Anwesen nachkamen. Aber jetzt, wo ich niemanden zum Spielen hatte, schienen sie plötzlich überall aufzutauchen und meine einsamen Streifzüge zu unterbrechen. Einmal brauchten sie einen zusätzlichen Spieler für ihr Kartenspiel, sahen mich Trübsal blasen und boten mir einen Platz in ihrem Kreis an.

Ich tat so, als wäre es nichts Besonderes.

Wir spielten Teka, im Obstgarten, ich und Susu gegen Miriam und Bibi. Wir verloren ständig, ohne dass mir Susu je die Schuld gegeben hätte. Wir spielten um Äpfel, Beeren und manchmal auch um Süßigkeiten. Miriam gewann jedes Mal, weil niemand, bis auf Bibi, ihre Miene lesen konnte. Sie hatten ein geheimes Arsenal unmerklicher kleiner Zuckungen, die sie als Signale benutzten. Bei Teka geht es darum, die Gegner auszutricksen und denken zu lassen, du hättest eine bestimmte Karte, wohingegen dein Partner erkennen soll, dass du eine andere hast. Susu tat ihr Bestes, mir beizubringen, wie man etwas sagte, ohne etwas zu sagen, aber so ganz begriff ich es nie.

Wenn wir nicht gerade Karten spielten, versuchten die Mädchen mir andere Sachen beizubringen. Im Tandur-Khana zeigten sie mir, wie man Teig hochwarf und lockere ovale Dodis buk, aber nachdem ich drei Brote nacheinander ruiniert hatte, weil das Feuer mich schneller als die Mädchen verbrannte, warfen Shirin und Sadaf Khala mich hinaus. Darauf führten mich die Mädchen zum Hühnerstall, doch der kleine weiße Hahn, George Bush, ging auf meine Hände los, sobald ich nach einem Ei griff. Ich lief davon, die Hände voller Eigelb. Später versuchte ich, die Familienkuh zu melken, wie Bibi es mir zeigte, doch am Ende kam Blut statt Milch. »Vorsichtig!« Bibi schrie fast.

Ich gab auf. Wir blieben bei Teka.

Während eines unserer Kartenspiele kam Zia komisch verärgert zu uns. Seit wir zurückgekommen waren, verhielt er sich merkwürdig, betete sieben, acht Mal am Tag, fastete in der heißen Sonne, brach sein Fasten nur mit einer einzelnen Dattel und einem Glas Wasser, las den Koran, ohne dass es ihm einer gesagt hätte, und wenn er nicht gerade mit Gott zu sprechen versuchte, war er bei den Kühen oder im Hühnerstall und redete leise mit den Tieren, statt mit mir, seinem Kumpel.

Zia wollte mit mir sprechen (das erste Mal seit einer Woche), aber Miriam meinte, er solle warten, bis sie mir meine Karten abgenommen habe. Zia wurde wütend und sagte etwas in der Art, dass er keine Widerworte dulde, und Bibi, die kaum elf Monate jünger war als er, erwiderte, er solle sich beruhigen, was ihn nur noch mehr aufbrachte, bis er, Miriam und Bibi sich laut anschrien und aus vollem Hals auf Farsi beschimpften. Ich sah nur zu, aber als Zia die Fäuste ballte und seine Schwestern ihre, ging ich dazwischen und zog Zia weg, um zu hören, was er mir zu sagen hatte.

Er erklärte mir, dass ich kein *Mahram* mehr sei und zu alt, um mit seinen Schwestern Karten zu spielen, was für sich genommen schon eine Sünde sei. So belehrte er mich gute fünf Minuten lang, und ich hörte ihm zu und nickte, da er Hadiths und Verse zitierte, und als er fertig war, erklärte ich ihm, dass ich tun würde, was er sagte. Ich meine, er hatte den Propheten im Rücken.

So fiel ich zurück in meine Einsamkeit, in Langeweile und benommenes Umherstreifen, und die hohen, dicken Mauern des Anwesens, die Rahmutallah Maamaa ständig ausbesserte und verstärkte, um sie und uns auf ein Unglück vorzubereiten, dessen Näherkommen er unterbewusst spürte, jedoch nicht in Worte zu fassen wusste, vermittelten mir nicht mehr das Gefühl, dass sie mich schützten, sondern sich um mich schlossen.

Ich setzte mich oben auf diese Mauern, sah zu den Schwarzen Bergen und den Kanälen zwischen den Feldern hinüber, zu den Straßen, über die wir gezogen waren, und erwischte mich verschiedentlich dabei, wie ich die Landschaft nach dem Schatten der Bestie absuchte, die wir nicht hatten fangen können. Manchmal fühlte ich mich versucht, hinunter auf den Pfad zu springen und einfach loszulaufen, aber wann immer ich allein war, und besonders wenn ich mich in der Nähe der Mauer befand, wusste ich, dass mir Abos Sauron-Auge folgte, jede meiner Bewegungen beobachtete und, wie es schien, meine Absichten kannte.

»Es ist viel zu hoch«, sagte sie eines Tages zu mir, als ich aus dem Obstgarten zurückkam. Wir saßen auf der Veranda. Zias Mom und Bibi flickten einen Kamiz. »Du brichst dir ein Bein«, flüsterte sie. »Ich weiß, es sieht nicht so aus, aber es sind nur deine Langeweile und deine Seekrankheit, die dich verrückt machen.«

»Ich bin nicht krank, Abo.«

»Glaubst du, ich sehe nicht, wie du dir den Bauch reibst, wenn du denkst, es guckt keiner zu dir hin? Glaubst du, ich höre nicht, dass du furzt wie ein Maschinengewehr, wenn du auf dem Kamoot hockst? Denkst du, ich sehe nicht den Schmerz in deiner Haut? Seit einem Monat geht das so, Kind.«

Ich sagte nichts.

»Das Einzige, was ich nicht verstehe, ist, wie du auf festem Land seekrank werden kannst.«

»Es ist nicht so schlimm, Abo. Mir wird nur ein wenig schwindelig, und mein Bauch tut etwas weh. Es ist nicht so schlimm.«

»Ich weiß, was schlimm ist. Du bist schwach, aber dir geht es nicht wirklich schlecht. Und weißt du, warum? Weil ich dich bei deiner Geburt gesegnet habe. Weil ich es war, die dich aus deiner Mutter gezogen hat. Verstehst du? Ich war die Erste, die dich gesehen, dich gehalten und dir das Wort Allahs geschenkt hat. Ich und du, wir sind durch etwas Realeres verbunden als durch Blut. Ich werde dich heilen. Noch ein paar Wochen, und ich spüle die Krankheit ganz aus dir heraus. Bulbul«, rief Abo plötzlich laut, obwohl Bibi direkt bei ihr saß, »hol mir meinen Mörser.«

Abo zerdrückte Gewürze und Teeblätter, Minze und Baumrinde, einen Klumpen braunen Zuckers und den Dotter eines hartgekochten Eis, dazu kam eine Prise von etwas, das wie einfacher Dreck aussah, und sie mischte noch einen Teelöffel Quellwasser darunter, spuckte eine Sure heraus, rührte den Trank etwa eine Minute lang um, füllte ihn in sieben neutrale Plastikfläschchen und befahl mir, während der nächsten sieben Wochen jeweils nach dem Freitagsgebet eine Flasche davon zu trinken.

»Denk daran, dass ich zusehe«, sagte sie. »Immer.«

Doch das stimmte nicht ganz.

Zwischen ein und fünf Uhr morgens, das wusste ich sicher, reichte ihr Blick nicht in den Obstgarten, weil ich, Dawood und Gul uns fast jede Nacht, seit Gul wieder da war, hinausschlichen, auf die obersten Äste der Apfelbäume kletterten und die dunklen Straßen beobachteten. Wir drei hatten schon seit über einer Woche nicht mehr durchgeschlafen.

Wobei das tatsächlich auch auf Zia zutraf. Er betete irgendwo auf dem Anwesen die ganze Nacht hindurch, las im Koran, lernte Suren auswendig, Hadiths, perfektionierte sein *Tadschwīd* und zählte die neunundneunzig Namen Allahs an seinen Fingern ab.

Ich, Gul und Dawood saßen in den Bäumen und beobachteten die kleinen, in den Bergen aufflammenden Feuer.

»Was machen die da?«, fragte ich. »Was töten sie dort oben?«

Aber niemand antwortete mir.

Gul, weil alles, worüber er reden und nachdenken und wovon er träumen wollte, die Tochter des Metzgers war. Tag und Nacht beschrieb er jede Einzelheit ihres Gesichts, immer wieder neu, ihre Kleider, ihre Art.

»Als mich ihre Mutter in ihrem Haus verarztet hat, habe ich zwischendurch so getan, als schliefe ich, und wenn sie an meinem Zimmer vorbeikam, konnte ich sie riechen, ich schwöre bei Gott, wie Holzrauch und nasses Laub.«

Es wurde merkwürdig.

Dawood dagegen hatte einfach den Mund voll. Seit er wieder aufgewacht war, fraß er sich auf fast schon absurde Weise voll, bis zu dem einen Abendessen, als er sich auf Ruhollahs Seite des Tellers bediente, den sie sich teilten, und Ruhollah ihn so heftig schlug, dass Rahmutallah ausrastete und sie beide verfluchte.

Wieder ein kleines Licht im Dunkel, dann ein Grollen, und der Ast, auf dem wir saßen, bewegte sich leicht.

»Vielleicht suchen sie nach etwas«, sagte ich.

Dawood kaute auf seinem Apfel.

»Wenn ich malen könnte«, sagte Gul, »würde ich ihr Gesicht malen. Das ist alles, was ich den ganzen Tag machen würde. Wallah.«

»Weißt du«, sagte ich, »Gwora ist ein ziemlich guter Zeichner.«

»Ja?«, sagte Gul und antwortete mir damit zum ersten Mal in dieser Nacht.

»Er hat ein paar Skizzen von Budabasch gemacht, die echt aussahen wie er.«

»Glaubst du, du könntest ihn dazu bringen, mir ein Bild von ihr zu zeichnen?«

»Im Augenblick nicht. Du wolltest nicht, dass er mit uns kommt.«

»Wollte er auch verloren gehen?«

»Jedenfalls ist er immer noch sauer. Er will nicht mal mit mir reden.«

»Das macht nichts«, sagte Gul. »Das biege ich wieder hin.«

Am nächsten Morgen schlich ich mich in den Raum, in dem Gwora und Mirwais schliefen, trug dabei Aghas Waskat und Pakol und ließ meine Stimme so tief und weich klingen wie nur möglich. Ich weckte meine Brüder.

»Kleine Vögelchen«, flüsterte ich so, wie es Agha manchmal morgens am Wochenende tat, wenn er nicht arbeiten musste, »wollt ihr eine Geschichte hören?«

Gwora rieb sich den Schlaf aus den Augen, blinzelte gegen das Sonnenlicht zu mir hin und sagte: »Agha?« Und so einfach war der Bann gebrochen. Auch wenn es ein Trick war, Gwora redete mit mir, erkannte an, dass ich da war, schenkte mir ein Wort. Und bevor einer von den beiden noch etwas sagen konnte, erzählte ich ihnen die ganze Geschichte noch einmal, von Anfang bis Ende, vom Tor zum Baum zur Brücke und dem Weg wieder zurück zum Tor. Danach konnten sie mir nicht mehr böse sein. Sie wollten die Einzelheiten.

Gwora lief in unser Zimmer und holte sein Notizbuch, und als er zurückkam, saß Gul neben mir. Wir mussten ihn ein paarmal bitten, in verschiedenen Sprachen, und am Ende gab Gwora nach und willigte ein, ein hübsches Bild von Guls großer Liebe zu zeichnen. Aber gerade als

Gul die Schönheit des Mädchens beschreiben wollte, kam Bibi mit einem so breiten Lächeln hereingestürzt, dass sie es auch mit sechs Händen nicht hätte verbergen können, und als sie und Gul sich ansahen, vermochte sie nicht mehr aufzuhören zu kichern. »Du schuldest mir ein Geschenk«, brachte sie gerade so heraus.

»Du lügst«, sagte Gul.

Worauf sie sang: »Gesegneter!«

Alle wollten wissen, wie der Metzger nun Abo herumbekommen hatte, aber es war seine Tochter, die den Widerstand der alten Frau hatte hinschmelzen lassen. Erst hatte Abo das Mädchen für zu zaghaft gehalten, zu blass und zu schwächlich, um die Horde Enkel zu produzieren, die sie sich wünschte. Aber mit der Zeit, von Besuch zu Besuch, begriff Abo, dass das Mädchen durchaus Schwung hatte und nicht einfach nur blass und fade war. Es begann mit einem einzelnen hohen Lacher, bei dem Abo dachte, sich verhört zu haben. Dann, beim nächsten Besuch, saß das Mädchen direkt neben Abo, sah ihr in die Augen und sagte: »Ehrbare Mutter, kennen Sie schon den von dem Hazara, dem Tadschiken, dem Paschtunen und der Prostituierten, die zusammen schwimmen gehen?«

Kannte sie nicht.

Und von dem Punkt an, obwohl Abo nie wirklich lachte, erzählte ihr die Metzgerstochter, kaum dass der Vater den Raum verließ, Witz um Witz, Kalauer um Kalauer, alberne alte Geschichten, die eine tote Ama ihr erzählt hatte, bis Abo nicht mehr anders konnte und ein winziges Lächeln sehen ließ.

»Das Mädchen ist es wert«, schloss sie. »Sie wird die

Freude in unser Haus bringen, die wir mit unserer Nabila verlieren.«

Endlich wurde das Datum festgesetzt. Hamid sollte Nabila innerhalb eines Monats heiraten und Gul zum Zug kommen, sobald die Tochter des Metzgers das gesetzliche Alter für eine Heirat erreicht hatte, was zufällig mit der Zeit zusammenfallen würde, da Gul womöglich zu arbeiten begann.

Kaum dass er das gehört hatte, lief Gul hinaus in den Hof, wo die Frauen des Hauses darauf warteten, sich auf den zukünftigen Bräutigam zu stürzen. Nabila umarmte ihn als Letzte und am längsten. Seine Liebe hatte ihre möglich gemacht. Abo war die Einzige, die auf der Veranda saß und sich ausruhte, auf ihrem Lieblingsplatz, einem Toschak. Sie trank eine heiße Tasse Chai, fühlte sich aber, da war ich sicher, kühl wie sonst was.

Gul ging zu ihr, küsste ihr die Hand und die Stirn und entschuldigte sich dafür, dass er mit ihr gestritten hatte. Sie sagte eine Weile nichts, sondern ließ ihren Blick über ihn gleiten. Es waren nur sie und er auf der Veranda. Während Gul auf ihre Antwort wartete, nippte sie an ihrem Chai, schüttete sich eine weitere Tasse ein und nippte weiter. Erst nach der zweiten Tasse erhob sie sich von ihrem Platz, sehr langsam, und ging an Gul vorbei von der Veranda und hoch in ihr Zimmer.

Gul verstand. Er schmollte nicht, redete keinen Scheiß oder sonst etwas. Stattdessen ging er in den Waschraum. Alle anderen warteten noch im Hof auf ihn, längst nicht bereit, die frühen Vorfeierlichkeiten zu beenden. Als Gul den Kopf schließlich nach draußen reckte, fingen alle meine Khalas an zu schimpfen.

»Dieser Mistkerl«, sagten sie auf die eine oder andere Weise, als Gul hinaus in die Sonne trat, deren Licht zum ersten Mal seit fast einem Jahr auf seine Oberlippe fiel. Ehrlich, ich musste es zugeben, ohne Schnauzbart sah Gul besser aus denn je.

Und damit fingen die Hochzeitsvorbereitungen wirklich an.

لوگر

AM NEUNUNDVIERZIGSTEN TAG

Während der nächsten Woche oder so kamen Familien überall aus dem Dorf, um Nabila und Gul zu ihren Verlobungen zu gratulieren und sich einen Platz auf der Gästeliste zu sichern. Eine nach der anderen tauchten sie an unserem Tor auf, Stunde um Stunde, fast so, als hätten sie sich vorher abgesprochen, was sie natürlich nicht hatten, und gelegentlich kamen einige Familien zur gleichen Zeit, worauf sich Männer und Frauen aufteilten: Die Frauen setzten sich auf die Veranda, die Männer tranken ihren Chai im Obstgarten. Bei einem dieser Besuche schlichen wir uns, ich, Mirwais und Gwora, auf das Dach über der Veranda. Flach auf den Bäuchen lagen wir da, wie Soldaten, und während ich und Mirwais lauschten und flüsterten, beschäftigte sich Gwora mit seinem Notizbuch.

Offensichtlich hatte er, seit ich hinaus auf die Straße gezogen war, nichts anderes getan. Verprügelt und zurückgelassen, hatte Gwora seine Papiere und Aufzeichnungen genommen, sich in unserem Zimmer eingeschlossen und zwei Tage lang ohne Unterbrechung Dinge in sein Notizbuch geschrieben. Während die gesamte Familie den Verstand verlor, weil wir verschwunden waren, schrieb Gwora auf, was er hörte oder sah. Zumindest stellte ich es mir so vor. Nachdem wir uns wieder vertragen hatten, wollte er, dass ich ihm unseren ganzen Weg noch einmal erklärte, bis in die Einzelheiten, und immer noch wollte er mir nicht zeigen, woran genau er arbeitete. Er hielt seine Notizbücher eng bei seinem Herzen oder seinen Eiern, und wann immer eins voll war, versteckte er es irgendwo auf dem Anwesen.

Wir lagen nahe am Rand des Daches, zum Obstgarten hin, um die Männer zu belauschen, als sie jedoch über den Zustand ihrer Felder zu reden begannen und wie sie sich am besten abernten ließen (ein Thema, das eine Gruppe Afghanen stundenlang beschäftigen konnte), beschlossen wir, zu den Frauen zu kriechen, die auf der Veranda miteinander schwatzten.

Wir hörten, wie sich die Frauen von einer älteren Paschtunin verabschiedeten, die ganz allein gekommen war, ohne Mann oder Kinder, und die auch allein wieder ging. Als sie weg war, wollten die anderen Gäste wissen, wer sie war und warum sie so ganz allein gekommen und gegangen war.

»Hat sie keinen Bruder, keinen Sohn oder wenigstens einen Neffen?«, fragte eine der Frauen.

»Einen Sohn hat sie«, sagte Abo.

»Nur einen?«

»Nur einen.«

»Nun, erzählen Sie schon.«

Aber bevor sie begann, unterstrich Abo ausdrücklich, dass das jetzt kein Tratsch sei, sondern sie die Geschichte für Nabila erzählte.

»Sie heißt Khaista«, sagte Abo, »was einmal gut zu ihr passte, weil sie zu ihrer Zeit eine große Schönheit war. Und wie es bei großen Schönheiten so ist, klopften viele einsame Männer aus dem Dorf an die Tür ihres Anwesens. Aber sie mussten erst an ihrer Mutter und ihrem Vater vorbei, anständigen Leuten, um ehrlich zu sein, und ihren sechs vertrottelten Brüdern, von denen keiner in seinem Leben mehr erreicht hatte, als ein schönes Mädchen zur Schwester zu haben.

Am Ende jedoch, wie es so geht, gelang es dem Verehrer mit dem besten Ruf und dem höchsten Brautgeld, ihr Dusmal zu gewinnen. Ein gut aussehender junger Mann namens Atal. Es begann also gut für sie. Alles in allem. Erst nach dem *Nikāh* wandte sich alles zum Schlechten.

Obwohl ein Imam den Nikāh zwischen Khaista und Atal offiziell für rechtmäßig erklärte und den beiden das heilige Recht gab, so oft miteinander ins Bett zu gehen, wie sie wollten, wurde die arme Khaista von ihren sechs idiotischen Brüdern bedrängt, deren Ehre sich nur zeigte, wenn es keine Umstände machte oder sich eine Möglichkeit zur Grausamkeit bot. Sie wollten nicht, dass ihre Schwester mit ihrem Mann vor der eigentlichen Hochzeit schlief, die erst in ein paar Monaten stattfinden sollte. Als die sechs niederträchtigen Frauen der sechs idiotischen Brüder ihren Männern also berichteten, dass ihre Schwester schwanger sei, fielen diese eines Morgens über sie her und schlugen stundenlang böse auf sie ein, weil sie das Kind in ihrem Bauch töten wollten. Aber so blöd sie waren, gelang es ihnen nicht, das arme Baby zu töten, auch nicht bei einem zweiten und dritten Versuch.

Nachdem sie die arme Khaista, die damals vielleicht fünfzehn war, auch ein viertes und fünftes Mal verprügelt hatten, bekam sie eine solche Angst um ihr Leben, dass sie ging und einen ganzen Kanister Öl trank, weil sie von einer alten Hure gehört hatte, dass das Öl nur das Kind und nicht auch sie dabei töten würde. Aber Gottes Wille ließ sie und ihr Baby den Vergiftungsversuch überleben. Das war, bevor ...«

Hier wurde Abos Stimme sehr leise, sie flüsterte nur noch, und ich hing halb vom Dach herunter, um sie zu verstehen. Gwora schrieb weiter in seinem Notizbuch, während Mirwais mit seinen kleinen Armen meine Beine hielt.

»Am Ende kam sie nieder ...«

Ich rutschte noch ein Stück weiter.

»Und etwa einen Monat später fingen die Russen und die Khalqer mit ihren Tötungen an ...«

Gwora legte sein Notizbuch beiseite, fasste eines meiner Beine, und Mirwais hielt das andere.

»So wurde sie mit sechzehn schon Witwe, verstoßen mit einem Baby ...«

An dem Punkt hing ich so weit über den Rand des Daches, dass eine der Frauen meinen Kopf herunterhängen sah und einen schnellen Schrei ausstieß, der Mirwais so erschreckte, dass er gegen Gwora stieß, der mein Bein losließ – und ich fiel hinunter in den Hof vor die versammelten Frauen.

لوگر AM FÜNFZIGSTEN TAG

Der Sturz war nicht so schlimm. Es gab nur eine Beule, ein paar Hautabschürfungen, und mein kaputter Finger landete im Dreck. Weit schlimmer war, dass plötzlich alle dachten, ich sei ein Schnüffler, womöglich ein kleiner Perverser und wer weiß was noch. Die Sache machte schnell die Runde, Agha hörte es und beschloss, dass ich Moors Haus für ein paar Tage verlassen musste. Gwora und Mirwais wurden gleich mit verbannt, und obwohl es nur fünf, sechs Kilometer die Straße hinunterging, sagten wir unsere Salāms doch mit einer Traurigkeit, die Mirwais überwältigte.

Er fing an zu weinen. Der Einzige von uns, dem das noch erlaubt war.

Auf dem Weg zu seinem Haus hielt Agha ein paar Minuten bei Wataks Gedenkstelle. Wir parkten am Eingang zum Labyrinth, und ich stand zu lange unter dem Maulbeerbaum, starrte in die Lehmgasse und lauschte auf irgendein Lebenszeichen: einen Schrei, einen Fluch, vielleicht sogar ein Knurren.

Da ich nichts hörte, kniete ich mich an die Stelle, wo Zia und ich geschlafen und geflüstert hatten, wo wir

Angst um unser Leben bekommen und er mir den Beweis für die Existenz Allahs in meinen Händen gezeigt hatte:

٩٩ = ١٨ + ٨١

Als ich die Hände hob, um mir die Zahlen anzusehen, erwachte der Geist meines Fingers mit ihnen, wand sich am Ende seiner Wunde und wollte, wie mir mein Gefühl sagte, Budabaschs Leben. In diesem Moment rief Agha meinen Namen. Schnell und klar, aber ohne Zorn. Und, Alhamdulillah, als ich zu ihm und meinen Brüdern neben Wataks Fahne trat, war der Geist wieder verschwunden.

Ich und Gwora sprachen ein leises Duʿā' für Wataks Seele, aber Mirwais erklärte Agha, er wisse nicht, was er sagen solle. Agha lächelte. Er hatte das zu dunkle Gesicht eines Mannes, der sein Leben lang gearbeitet hatte: gezeichnet und pockennarbig und mit Resten von Verbrennungen auf dem Hals, der Stirn und an den Rändern seines fast völlig ergrauten Bartes. »Bitte Allah, deinen Watak Kaakaa zu segnen«, sagte er. »Bitte Allah, ihm seine kleinen Sünden zu vergeben, ihn zu nehmen, wie er ist, und ihn mit Freude und Stolz auf uns herabsehen zu lassen. Danach kannst du einfach ein bisschen mit ihm reden. Sage ihm, dass du ihn liebst und an ihn denkst. Unsere Gebete sind Genüsse für die Seelen der Verblichenen. Wenn wir uns an sie erinnern, wenn wir für sie beten, spüren sie es, und es bringt ihnen Freude. Und so wachen sie über uns.«

»Wie ist unser Watak Maamaa gestorben?«, fragte Mirwais.

»Watak Kaakaa wurde getötet.«

»Von den Russen?«, fragte ich. Ich konnte nicht anders.

Aber Agha antwortete nicht. Er holte etwas Asche

zwischen den Steinen vor und rieb sie zwischen den Fingern. Er schien leicht abwesend, als wüsste er einen Moment lang nicht, wo er war.

Mirwais zog ihn am Ärmel, und Agha sah zu ihm hinab und sagte, wir könnten ein paar Beeren pflücken, wenn wir wollten. Er betete an der Gedenkstelle, während ich, Gwora und Mirwais zum Maulbeerbaum hinübergingen. Ich zeigte ihnen, wo genau ich geschlafen hatte, und Gwora zog sein Notizbuch hervor und hielt alles fest. Fast verleidete mir sein ständiges Mitschreiben, ihnen das alles zu erzählen. Gerade als ich mich dem Kanal hinter der Hecke zuwandte, wo der Schatten aus dem Feld gesprungen war, rief Agha, dass wir weiterwollten.

Vor seinem Anwesen deutete Agha als Erstes auf die tiefe Delle mitten im großen roten Eingangstor, die, wie er erklärte, von einer russischen Rakete stammte.

»Euer Großvater hat das Tor vor fast achtzig Jahren gebaut«, sagte er, »und es hat allen Kugeln und Bomben standgehalten. Seht es an, Jungs, es ist immer noch da.«

Drinnen fuhren wir an den Teilen des Hauses vorbei, die Aghas Halbbrüdern gehörten. Sie lebten in Alabama und konnten aus Gründen, die ich nicht ganz verstand, nicht zurück nach Logar kommen. Im Moment ließen sie entfernte Verwandte hier wohnen.

Aghas Teil des Hauses lag ganz hinten.

Während dieser ersten Wochen unseres Aufenthalts verwandte er ziemlich viel seiner Zeit und seines Landschaftsgärtner-Einkommens darauf, seinen Teil des Anwesens wieder instand zu setzen, was bereits zu einigen gedämpften Auseinandersetzungen zwischen ihm und Moor geführt hatte. Sämtliche Wände wurden mit frischen Lehmschichten versehen, das Dach ausgebessert, das Fundament verstärkt, aber das Beste war, dass er viele der Krater auffüllen ließ. Verglichen mit Moors Haus war das hier alles kaum der Rede wert, aber immerhin verkam Aghas Teil des Anwesens nicht wie der Rest.

Malang empfing uns an der Tür zu Aghas Haus. Er war ein entfernter Verwandter, der sich um alles kümmerte. Sein eigener Pops hatte ihm sein rechtmäßig gehörendes Land kurz nach dem Einmarsch der US-Truppen unter dem Hintern weg an zwei Bauunternehmer aus Kabul verkauft, und hätte Agha ihm nicht geholfen, wäre Malang wahrscheinlich unter irgendeiner Brücke gelandet. Es hieß zwar, er sei ein Hascher und Faulenzer, aber er war ein anständiger Kerl. Nur die Art Mensch eben, die zu faul ist, irgendwen bei einem Handel zu übervorteilen. »Heutzutage«, sagte Agha, »kannst du nicht mehr verlangen.«

»Salāmoonaa«, sagte Malang langgezogen. Seine Leute kamen aus den Bergen, und er sprach Paschto mit dem entsprechenden Akzent. Es hörte sich hübsch an. Mein Vater nahm seine Hand und umarmte ihn, und wir drei Jungs taten das Gleiche.

»Bleiben die drei über Nacht?«, fragte Malang.

»Ein paar Tage«, sagte Agha. »Sie haben bei ihrer Mutter Ärger gemacht.«

»Nicht diese drei.«

»Ihre Familie ist weich. Sie lassen die Jungs tun, was sie wollen. Wir werden sie hier ein paar Tage rannehmen. Versteht ihr, Jungs?«

Das taten wir nicht, würden es aber.

Am nächsten Morgen scheuchte uns Agha schon bei Sonnenaufgang zum Waschen (unserer Eier) und zum Beten (unsere Gebete sowie ein Duʿā' für Watak), und dann ging es hinaus aufs Land, die Felder hinter dem Anwesen einsäen. Ich grub mit Agha die Erde um, Gwora formte mit den Händen kleine Löcher, und Mirwais verteilte die Samen darin. Von Zeit zu Zeit fing es in meinem Bauch an zu schwappen, und wenn Agha gerade nicht hersah, musste ich stehen bleiben und tief die aus den Bergen herunterwehende Luft einatmen. Das beruhigte die Wellen.

Wir arbeiteten hart für Agha, aber er arbeitete noch härter. Er hatte in seiner Jugend eine geradezu verrückte Leistungsfähigkeit entwickelt. Sein Vater war fast sechzig, als Agha geboren wurde, seine älteren Halbbrüder nie zu Hause, und so übernahm er schon mit zwölf den Großteil der Arbeit auf dem Hof. Hatte als Kind angefangen und nie wirklich wieder losgelassen.

In den Staaten sahen wir ihn nicht zu oft. Das lag nicht daran, dass er ein Faulenzer war wie die Dads von einigen meiner Kumpel, die den ganzen Tag betrunken oder high waren und die Arbeitsunfähigkeitsschecks ihrer Frauen durchbrachten. Mein Vater arbeitete. Von sechs Uhr morgens bis sieben Uhr abends schleppte er Fässer mit Pflanzenschutzmitteln, fuhr Lastwagen und legte Rasenflächen in weißen Vierteln an. Wochentags, aber auch an den Wochenenden und Feiertagen. Manchmal, wenn er nach Hause kam, war er so müde, dass er sich nur in seinen Sessel setzte, seinen Chai trank und mit Moor flüsterte. Man sah, dass er alles tat, um dafür zu sorgen, dass keiner von uns zu Schaden kam. Es war klar zu erkennen. Wie sehr er sich mühte, sich nicht unterkriegen zu lassen und auch uns davor zu schützen.

Dieser Tag mit Agha auf den Feldern dort war ein guter Tag. Er sang die ganze Zeit. Wallah, wie er die Schaufel in den harten Lehm rammte, massige Stücke Erde anhob, umdrehte, auf sie einstach und zerkleinerte, und die ganze Zeit sang er. Alles auf Paschto, alte Liebeslieder, Kriegsgesänge und Sufi-Gedichte für Gott. Er hatte die schrille Stimme eines Maultiers, aber ich und meine Brüder, wir liebten es, ihm zuzuhören, ihn zu riechen und in der Sonne zu sehen. So arbeitend waren wir eine Einheit.

Als wir fertig waren, setzte uns Agha in den Schatten von Großvaters Maulbeerbaum am Rand zweier zusammentreffender Felder und erzählte uns Geschichten über seinen Bruder Watak, seine Halbschwester Zarmina, seinen besten Freund Merzaghul und all die anderen Menschen, die er geliebt hatte und die im Krieg umgekommen waren. Wobei, er erzählte auch schöne Geschichten. Wir saßen da, hörten zu und sahen auf die Felder, die Schwarzen Berge und den sich rötenden Himmel, bis Mirwais auf Aghas Schoß einschlief. Dann trotteten wir zurück zum Haus und aßen Blumenkohl und Hühner-Shorwa.

Kaum dass es dunkel wurde, fingen wir an, uns aufs Bett vorzubereiten, denn Agha hatte keinen Fernseher bei sich. Wenn sich einer von uns deswegen beschwerte (für gewöhnlich Mirwais), erzählte Agha uns Geschichten aus seiner Jugend: dass sie nie Licht in Logar gehabt hatten und wie er nachts auf den Berg Seloo geklettert war, um die Lichter Kabuls blinken zu sehen; und er war schon fast sechzehn gewesen, als er zum ersten Mal einen Fernseher sah, in Kabul.

»Damals«, sagte er, »verbrachten Watak, meine Cousins und ich die ganze Nacht damit, uns Geschichten zu erzählen. Wir brauchten kein Fernsehen oder Filme.«

Als ich einwandte, dass Filme auch Geschichten seien, blieb er ganz ruhig

»Aber nicht unsere Geschichten«, sagte er. »Verstehst du?«

Ich sagte Ja.

Aghas Haus lag nur ein paar Kilometer näher an den Schwarzen Bergen, aber die Bomben dröhnten nachts weit heftiger als bei Moor. Ich konnte sowieso nicht gut schlafen mit meiner Seekrankheit, die kam und ging, doch die Bomben machten schon den Versuch unmöglich. Mirwais schlief tief und hätte womöglich den ganzen Krieg verschlafen, wenn wir ihn gelassen hätten, aber Gwora war ebenfalls wach und schrieb und schrieb. Als ich aus dem Zimmer ging, um das Anwesen zu erkunden, folgte er mir.

Oben auf dem Dach, am Rand, den Blick auf die Schwarzen Berge gerichtet, fanden wir Agha, der rauchte. Wir dachten, er hätte vor ein paar Jahren damit aufgehört, während des Ramadan, und deshalb wollten ich und Gwora ihn nicht überraschen, aber er spürte, dass wir da waren, und sagte, wir sollten kommen und uns zu ihm setzen.

Oben auf Aghas Dach donnerten die Bomben nicht nur, sondern erleuchteten auch die Berge. Sie schimmerten in einem Rot so bleich über das Land, dass es fast orange war, oder rosa, und schickten zuerst ein Kreischen, dann den Donner, der uns in Moors Haus womöglich eingeschläfert hätte.

»Agha, was machen die da in den Bergen?«, fragte ich.

»Ich habe einen Verdacht.«

»Was werfen die da ab?«, fragte Gwora.

»Um ehrlich zu sein, ich bin nicht sicher.«

Was merkwürdig war, wirklich, da die meisten alten Afghanen schon so lange bombardiert wurden, durchgehend, von so vielen Nationen, Glaubensrichtungen und Organisationen, mit so unterschiedlich fortgeschrittenen Waffen (improvisierten Sprengsätzen, Raketen, von Hightech-Kampfjets aus, mit Granaten, Minen, sogar in Schmetterlingsform, aus Mörsern, mit Splitter- und Sprengbomben und von verdammten Fernlenkwaffen), dass sie einem mit furchterregender Genauigkeit sagen konnten, wie sich der Ton und die Zerstörungskraft von Autobomben, Raketen und Granaten unterschieden. Agha kannte sich ebenfalls mit Bomben aus. Er kannte russische, afghanische und seit Neuestem auch amerikanische Sprengsätze. Nun, bis auf das Donnern in den Bergen. Das war ihm ein Rätsel.

»Dieses Kreischen habe ich noch nie gehört«, sagte er, »aber ich erinnere mich an eine Geschichte, die mir euer Großvater Nikeh mal über die Schwarzen Berge erzählt hat.«

Und so hörten wir sie.

DIE GESCHICHTE DER GEHEIMEN STADT IN DEN BERGEN

»Seht ihr«, sagte Agha, »vor etwa siebzig Jahren, nachdem die Engländer zum dritten Mal in Logar einmarschiert waren, ging euer Nikeh hinauf in die Schwarzen Berge, um herumziehenden Einheiten der hell gekleideten Briten Hinterhalte zu stellen, wie es sein Vater schon vierzig Jahre zuvor getan hatte. Aber die Engländer übernahmen schnell die Kontrolle über einige Dörfer in Logar, auch über Naw'e Kaleh, und viele Familien flohen, eben durch die Schwarzen Berge. Euer Nikeh führte eine dieser Flüchtlingsgruppen, als ein britisches Regiment (eigentlich bekannt dafür, eselslangsam zu sein) sie mitten in den Bergen stellte. Es kam zu einem Massaker, bei dem die Engländer die fliehenden, unbewaffneten Dorfbewohner hinmetzelten. Nur eurem Nikeh gelang die Flucht. Allerdings kroch er so tief in eine Reihe miteinander verbundener Höhlen und Durchgänge, dass er sich hoffnungslos unter der Erde verlief.

Mehrere Tage irrte er durch die Gänge, ohne Essen, ohne Wasser, ohne zu wissen, in welche Richtung er beten sollte, und nicht einmal sicher, ob Gott ihn so tief im schwarzen Gestein überhaupt hörte. Am Ende, kurz bevor er vor Durst zusammenbrach, stieß er auf eine geheime Stadt tief im Berg. Eine Stadt aus Gold und Juwelen, voller Statuen, Götterbilder und anderer Überbleibsel von den Feuer liebenden Kaffern, von denen wir abstammen. Das Beste war jedoch, dass euer Nikeh eine geheime Quelle fand. Nachdem er seinen Durst gestillt hatte, sammelte er so viel von den Schätzen zusammen, wie er tragen konnte, und machte sich auf den Weg zurück nach draußen. Aber er verlief sich wieder und wurde so schwach, dass er alle Edelsteine, einen nach dem anderen, zurückließ, Allah schenkte und darauf hoffte, dass Er ihn dafür rettete. Schließlich entkam euer Nikeh dem Berg, mit nur noch einem Goldklumpen, den er sich so tief in den Darm geschoben hatte, dass er annahm, selbst Allah würde ihn nicht finden.

Mittlerweile war der Krieg vorbei.«

»Nun«, nahm Agha an, »vielleicht haben die Amerikaner mit ihren Nachtsichtgeräten und ihrem Radar etwas in den Bergen gefunden, das es lohnt, gefunden und freigesprengt zu werden.«

»Was ist mit Nikehs Goldklumpen geschehen?«, fragte ich.

»Euer Nikeh hat ihn tief unter seinem Maulbeerbaum vergraben und viele Jahre nicht angerührt, bis wir Logar verlassen wollten. Da haben wir damit die Leute bezahlt, die uns nach Amerika gebracht haben. Das Komischste an der Sache war, dass der Klumpen nach all den Jahren in der Erde immer noch eindeutig nach meinem Vater roch. Er hat Zwiebeln geliebt, sie sein ganzes Leben roh gegessen. Bis zum Ende. So ist er hundertzwanzig Jahre alt geworden.«

»Es mag also einen Schatz in den Bergen geben?«, sagte ich.

Agha nahm einen langen Zug aus seiner Zigarette und sah mich mit einem Blick an, der *Träum nicht mal davon* sagte.

Und, Wallah, ich habe es versucht, aber wann immer ich meine Augen schloss, konnte ich mich durch diese Höhlen in den Bergen laufen sehen, im tiefsten Inneren Logars nach dem Gold suchend.

لوگر

AM SIEBENUNDFÜNFZIGSTEN MORGEN

Wann immer wir während der nächsten Tage nicht arbeiteten, erkundeten wir die Gräber auf Aghas Anwesen: gruben die zerbombten Unterstände aus, kletterten über zerstörte Mauern und versteckten uns in Kratern, um uns gegenseitig zu erschrecken. Wir fragten uns, welcher Schutthaufen einmal Aghas Zimmer gewesen war, welcher Wataks und in welchem Unterstand sie den Kommunisten versteckt hatten, die Kinder, die Waffen, sich selbst. Wir mussten auf dem Anwesen bleiben, weil mir Agha draußen allein mit meinen Brüdern immer noch nicht traute. Dann beim Freitagsgebet, dem Tag, an dem ich die erste kleine Flasche mit Abos Gebräu trinken sollte, fuhr Agha mit Wasim wegen eines alten Darlehens einige Freunde in Kabul besuchen und ließ uns mit Malang allein, der jedoch verschwand, kaum dass Agha davongefahren war.

Auch ohne Überwachung war ich vorsichtig, was unseren Ausbruch betraf. Erst warteten ich und meine Brüder eine Weile und saßen oben in Aghas Zimmer im ersten Stock. Wir taten so, als läsen und schrieben wir, und warfen gelegentlich einen Blick aus dem großen Fenster, um uns zu versichern, dass Aghas Corolla nicht die Straße wieder herunterkam. Als wir endlich überzeugt waren, dass Agha uns keinen Streich spielte, stahlen ich, Gwora und Mirwais uns hinauf aufs Dach, schlichen eine Weile an den Rändern entlang und fanden ganz hinten an der äußersten Ecke zu den Schwarzen Bergen hin einen Maulbeerbaum, der nahe genug an der Mauer stand, um hineinspringen zu können. Ich war mittlerweile so leicht (Krankheit und Arbeit hatten meinen Speck wegschmelzen lassen), dass ich nicht mal den Anlauf brauchte, den ich nahm. Ich schwebte fast in den Baum. Als Nächstes signalisierte ich Gwora, mir Mirwais herüberzuwerfen. Er war ebenfalls abgemagert, und so konnte ich ihn leicht fangen.

Bevor Gwora sprang, schrieb er etwas in sein Notizbuch. Die Qualität seiner Notizbücher war seit Beginn unserer Reise stetig zurückgegangen. An unserem ersten Tag in Logar hatte er eines mit einem harten grünen Einband gehabt, einer Schnalle, einem Schloss und allem Drum und Dran. Nach und nach wurden die Einbände dann dünner und schäbiger. Mittlerweile schrieb er in die gleichen schäbigen UNICEF-Hefte, in denen ich meine Hausaufgaben machte. So tat, als ob.

»Dein Testament?«, fragte ich.

Er rollte das Heft zusammen, steckte es sich in die Hose und knotete sein Partug neu zu.

»Warum wirfst du mir dein Notizbuch nicht einfach herüber«, sagte ich, »damit es dir nicht aus der Hose rutscht?«

Er wollte nicht.

»Okay«, sagte ich, »aber gib mir nicht die Schuld, wenn es dir aus dem Hosenbein fällt, der Wind es fängt, die Blätter herausreißt und deine Geheimnisse durch ganz Logar weht, in die Moscheen zu den Mullahs, in alle Häuser und zu all den Hāddschīs und hübschen Mädchen.«

Er tat den Sprung, das Notizbuch sicher bei seinen Eiern, wo er wusste, dass niemand herankam. Oben in den Ästen des Maulbeerbaums stopften wir uns Beeren in den Mund, kratzten an alten, in der Rinde steckenden Gewehrkugeln und redeten über den Spaß, den wir in Moors Haus haben könnten. Obwohl die Beeren bitter waren (von den Kugeln, meinte Gwora, die schon seit den frühen Achtzigern in der Rinde steckten), aßen wir so viele von ihnen, wie wir konnten, bevor es unseren Mägen zu viel wurde. Das waren zehn für mich, vierzehn oder so für Gwora und nur fünf für Mirwais, weil sein Durchfall einfach nicht aufhören wollte. Um ehrlich zu sein, hätte ich ihn nicht eine einzige essen lassen sollen, aber wenn er wieder krank wurde, fühlte sich Agha womöglich gezwungen, uns zurück zu Moor zu bringen. Die Möglichkeit bestand.

Nach den Beeren kletterten ich und meine Brüder den Stamm des Maulbeerbaums hinunter und landeten zum ersten Mal seit, wie es sich anfühlte, hundert Jahren auf freier Erde. Links sah ich einen schmalen Feldweg, der auf die Hauptstraße Logars führte, und wenn wir die eine Weile entlangliefen und vielleicht nach der Richtung fragten, kamen wir womöglich zurück zu Moors Haus. Rechts, das wusste ich, ging der Weg ums Haus und schließlich hinunter zum Ufer des hübschen kleinen Wasserlaufs. Felder, Morgen um Morgen, breiteten sich vor uns aus, und in der Ferne ragten die Schwarzen Berge auf. Einsam und stolz standen sie da. Keine Flugzeuge. Keine Bomben. Keine Amerikaner.

Ich hob eine einzelne schmutzige Beere vom Boden auf und steckte sie mir in den Mund. Ich wusste, dass ich meinen Bauch durcheinanderbrachte. Dann lief ich hinaus auf die Felder in Richtung der Schwarzen Berge.

»Wo willst du hin?«, rief Gwora.

Meine Brüder folgten mir nicht. Sie standen neben dem Stamm des Baumes. Keine Beeren in der Hand.

»Gehen wir«, sagte ich.

»Wohin?«

Ich sah zu den Bergen hinüber. »Wir könnten zurück zu Moor laufen.«

»Das wäre diese Richtung«, sagte Gwora und zeigte nach links.

»Das hier ist die landschaftlich schönere Strecke.«

»Du kennst dich überhaupt nicht aus.«

Ich stand auf einem erhöhten Weg. Eine kleine Mauer verlief zwischen zwei Kornfeldern, die beide, wie ich wusste, meinem Vater gehörten, was irgendwie bedeutete, dass sie auch mir gehörten. So funktionierte es in Logar. Land ging vom Vater auf den Sohn über, vom Vater auf den Sohn, vom Vater auf den Sohn und wieder auf den Vater.

»Wallah«, sagte ich und geriet leicht in Verzweiflung, »wir gehen nicht zu weit. Wir behalten das Anwesen im Blick, und wenn es zu klein wird, kehren wir um. Oder wir gehen zu Moor. Oder ich zeige euch den Weg zu Wataks Gedenkstelle. Einfach den Wasserlauf entlang, und auf der anderen Seite liegt das Labyrinth, zwischen Wasser und Labyrinth die Gedenkstelle. Versteht ihr?«

Gwora und Mirwais blieben unter dem Maulbeerbaum stehen und starrten zu mir herüber.

»Wallah«, fuhr ich fort, »wir verirren uns schon nicht. Ihr könnt ja eine Karte zeichnen, während wir gehen. Ich meine, wie sollen wir uns verirren, wenn wir einen Kartenzeichner dabeihaben?«

Aber statt einer Antwort hörte ich das charakteristische Tuckern eines Corolla-Motors, gefolgt vom Schaben des großen Tors von Aghas Anwesen. Wir kletterten, so schnell es ging, den Baum wieder hinauf, sprangen oben aufs Dach über Aghas Zimmer im ersten Stock, und als unsere Besucher auf Aghas Teil des Anwesens kamen, lagen wir bereits auf unseren Toschaks und taten so, als läsen und schrieben wir. Und so fanden uns denn auch unsere Besucher, im Zimmer verstreut, verschwitzt, verstaubt und bemüht, nicht zu schnell zu atmen.

Unsere Besucher standen eine Weile da und spürten gleich, dachte ich, dass da was nicht stimmte: so wie wir für sie dalagen. Aus dem Augenwinkel konnte ich Rahmutallah Maamaa ausmachen, und zwei Frauen in Burkas. Ich war sicher, eine von ihnen war Moor, konnte aber nicht sagen, welche.

»Was habt ihr Jungs angestellt?«, fragte Moor und gab sich zu erkennen.

Ich hob den Blick und tat überrascht, sie zu sehen. »Wir haben nur gelesen«, sagte ich.

»Ganz für euch allein?« Sie trat zu Mirwais und wischte etwas Erde von seiner Stirn. »Wo ist euer Vater?«

 »Geschäfte«, sagte Gwora.

Moor sah Rahmutallah an. »Er hat sie bei Malang gelassen.«

»Und wo ist Malang?«, fragte er.

»Wahrscheinlich high«, sagte Nabila und zog ebenfalls ihre Burka aus.

Moor flüsterte Nabila etwas auf Farsi zu, und es ging eine Weile hin und her. Währenddessen sah Rahmutallah aus dem Fenster in Aghas Hof. Er fragte uns, was Agha zuletzt gemacht hätte.

»Alles«, sagte ich. »Er verputzt, brennt Ziegel, hat die Zimmer frisch gestrichen und Blumen und Bohnen gepflanzt. Und Kanäle hat er graben. Und er baut einen neuen Speicher für das Korn.«

»Er braucht ganz schön lange.«

»Er hat nicht so viele Helfer«, sagte Gwora.

»Ihr Jungs helft eurem Vater nicht?«

»Wenn wir können«, sagte ich.

»Ich wette, der Hascher hat nichts getan«, sagte Nabila.

»Nabila, um Himmels willen«, sagte Moor auf Paschto, »kannst du nicht ein Mal den Mund halten?«

»Aber Nabila Khala hat recht. Er tut nichts und ist nie hier«, sagte ich. In dem Moment sah Nabila durchs Fenster und entdeckte Malang. Sie zog ihre Burka wieder an, Moor nicht, da ihr das Haus in einer Weise ebenso sehr gehörte wie Agha.

Als er hereinkam, sah Malang Moor und Nabila lange an, bevor er den Blick abwandte, auf den Boden sah, dann zu mir, Gwora und Mirwais und schließlich dahin, wohin er blicken sollte: auf Rahmutallahs haarige Hände.

Den Rest des Gesprächs über sah er die Frauen nicht wieder an.

»Salāmoonaa«, sagte er auf seine langgezogene Art.

Rahmutallah sagte: »'alaikum«, Nabila nichts. Und Moor hielt sich gar nicht erst mit einer Begrüßung auf und fragte Malang gleich, wo er gewesen sei und warum er nicht auf ihre Söhne aufgepasst habe, wie er das sollte. Malang ignorierte, was sie sagte, und fragte Rahmutallah, wie es ihm gehe und ob er Durst oder Hunger habe. Als Rahmutallah Moors Frage wiederholte, behauptete Malang, er sei nur ein paar Minuten weg gewesen und habe einem alten Schäfer geholfen, ein paar seiner Schafe zu schlachten.

»Gerade als Maamaa weg ist«, begann er, »kommt ein Schäfer an unser Tor und heult mir vor, dass etliche seiner Schafe verkrüppelt sind. Ich gehe also raus, um zu sehen, wovon er redet, und der alte Mann führt mich zu einer Schneise im Korn, wo er mir gleich mehrere seiner Schafe zeigt, vielleicht zwanzig oder so, denen allen ein Huf weggerissen wurde, unten am Ansatz, sodass sie nicht mehr laufen können. Und bei allen ist es der gleiche Huf.«

Der Adhān zum Freitagsgebet klang von der nächsten Moschee herüber, und Malang hielt inne und wartete. Er schien verärgert, dass er unterbrochen wurde, oder tat sich schwer, sich an den Rest der Geschichte zu erinnern.

»Welcher Huf war es?«, fragte ich.

»Der rechte«, sagte er. »Der vordere rechte Huf, bei jedem Schaf. Und alle stehen sie auf diesem Feld, bluten und schreien, und der Schäfer bietet mir einen Teil des

Fleisches an, wenn ich ihm helfe, sie halal zu schlachten.«

Malang fuhr fort, dass er, eine Weile nachdem er dem Schäfer geholfen hatte, auf dem Weg zurück einen Maurer sah, der seinen verkrüppelten Esel bejammerte, dessen rechter Huf ebenfalls vom Knochen weggerissen worden war, und dann traf er einen Bauern, dessen Hühner alle die rechte Kralle verloren hatten, sah sogar einen Stier und eine Kuh: beide mit einem abgetrennten rechten vorderen Huf.

»Mit einem Messer?«, fragte Rahmutallah.

»Sah für mich eher aus wie abgebissen.«

Rahmutallah antwortete nicht. Auch sonst sagte niemand etwas. Malang schien so zufrieden mit dem Schweigen (sein Blick schweifte zum Dach und zum Fenster), dass ich argwöhnisch wurde. Nach einer Weile sah Rahmutallah Moor an und fragte sie, was sie mit ihren Jungs machen wolle.

»Bringen wir sie zurück«, sagte sie.

»Was ist mit Agha?«, fragte ich.

»Wir treffen deinen Vater zum Freitagsgebet in der Moschee«, sagte Rahmutallah.

»Nein, dafür sind Sie zu spät«, sagte Malang. »In Alos Moschee beten sie früher.«

»Warum haben Sie nichts gesagt?«, fragte Moor.

Malang zuckte mit den Schultern.

»Wir kommen nicht zu spät«, sagte Rahmutallah und stand auf.

Aber das taten wir.

Rahmutallah, Malang, Gwora, Mirwais und ich kamen während des zweiten *Rak'a* des Fard herein, gerade als sich alle zum *Sudschūd* vorbeugten. Die Moschee war randvoll, und wir mussten uns ganz hinten hineindrängen, mit den Hintern an der Lehmwand. Als ich mich zum *Taschahhud* hinkniete, nach vorn sah und Aghas Kopf in den Reihen der Betenden suchte, konnte ich mich nicht an die Farbe seines Kamiz erinnern, den er am Morgen getragen hatte.

Nach dem Gebet stand der Imam vor der Moschee und bat um Spenden, um die Verkabelung des Minaretts zu reparieren und den Lautsprecher wieder nutzen zu können.

»So, wie es jetzt ist, Brüder«, rief der Imam, »können uns die Familien beim Fluss kaum hören.«

Ich und meine Brüder suchten nach Agha, während Rahmutallah und Malang damit zu tun hatten, Nachbarn und Freunde zu begrüßen. Ich lief von einem bärtigen Logarer zum nächsten und hoffte auf das Gesicht meines Vaters, seinen Bart, sein Lächeln, und gerade als ich dachte, dass ich ihn nicht mehr finden würde, hörte ich eine Stimme, die ich für seine hielt, und meinte zudem seine Hand auf meiner Schulter zu spüren. Aber es war ein Fremder, ein blauäugiger Sufi mit rotem Bart.

»Marwand«, sagte er, und das Licht schimmerte aus seiner Haut, »der ist für dich.« Und er gab mir einen in glänzendes blaues Leinen gebundenen Koran. »Du sollst ihn lesen«, fuhr er fort. »Stell ihn nicht einfach ins Regal und erwarte, dass er dich schützt und liebt, ohne dass du ihn zurückliebst, verstehst du?«

Ich sagte, das werde ich tun, und er lächelte mich mit perfekt weißen Zähnen an, berührte mein Gesicht, mein Kinn und ging davon, gerade als Rahmutallah Maamaa kam und fragte, ob wir Shagha gefunden hätten. Als ich sagte, nein, das hätten wir nicht, holte Rahmutallah Malang, der mit einer Gruppe weißbärtiger Hāddschīs über die schlechten Nebenwirkungen von zu viel Coca-Cola stritt. Dann hörten wir noch eine der letzten Mitteilungen des Imam. Es ging um eine Serie geheimnisvoller Angriffe, bei denen örtliches Vieh verstümmelt und verwundet worden sei. Die Tiere hätten ihre Hufe verloren.

»Seid vorsichtig, Brüder«, schloss der Imam, »die Zeichen sind klar. Möge Allah euch schützen.«

Und so gingen wir.

Wir setzten Malang ab und fuhren mit Moor und Nabila zurück zu Moors Anwesen, und die ganze Fahrt über flüsterten Moor und Nabila auf dem Rücksitz miteinander. Ich saß bei Rahmutallah Maamaa vorn und wollte ihn fragen, ob er dachte, dass es Budabasch war, der den Tieren die Füße wegbiss, aber er war so auf die Straße und seine Gedanken konzentriert, dass er nicht mal daran dachte, mich nach dem Koran zu fragen, den ich auf meinem Schoß liegen hatte.

Ich sah aus dem Fenster des Corolla und rieb über den Verband, der für immer auf dem Stummel meines Fingers saß, und mir war, als drängten die Bäume, das Korn und selbst der Schmutz von der Straße auf mich ein. Budabasch war immer noch da draußen.

Er lebte noch.

لوگر

AM SIEBENUNDFÜNFZIGSTEN TAG

Als ich an diesem Tag zurück zum Anwesen kam, waren die hölzernen Masten vor dem großen grünen Tor das Erste, was mir auffiel. Die Arbeiten hatten gerade erst angefangen, und so säumten die Masten nackt und allein den Weg: ohne Leitungen oder Kabel. Nur Holz und Erde und das Versprechen von etwas, das kommen würde.

Ich rannte in den Hof, suchte meine kleinen Maamaas und fand sie im Jungenzimmer.

Als Erstes fragte ich nach den Masten.

Wie sich herausstellte, hatte Abdul-Abdul Verbindungen zur örtlichen Regierung, und laut Gul würde Moors Haus bis Ende des Jahres das erste in Naw'e Kaleh mit einem Stromanschluss sein.

»Unser Bruder hat es geschafft«, sagte er, als hätte er immer schon fest damit gerechnet.

Als Nächstes erzählte ich ihnen Malangs Geschichte von den Hufen und von der Warnung des Imam.

»Malang?«, sagte Dawood. »Dein Hascher-Cousin?«

Wenn Dawood während der paar Tage, die ich weg gewesen war, nicht so ein Riese geworden wäre, hätte ich

Malang womöglich verteidigt, aber er war wenigstens zehn Zentimeter gewachsen und wahrscheinlich zehn, fünfzehn Kilo schwerer. Zudem war sein Gesicht überall geschwollen, weil Ruhollah ihm jedes Mal eine verpasst hatte, wenn er ihn beim heimlich Essen zwischen den Mahlzeiten erwischte. Offenbar schlich er sich in die Küche und fraß sich voll, wann immer er die Gelegenheit dazu bekam. Mit oder ohne Prügel. Stehlend, schreiend. Wie immer. Wallah, er konnte einem Angst machen.

»Nichts für ungut, Marwand«, sagte Gul, »aber ich bin sicher, Malang hat bei seinen Abenteuern schon viel Schrägeres gesehen als ein paar humpelnde Schafe. Wir haben größere Probleme, die es zu lösen gilt.«

Seit Gul offiziell mit der Tochter des Metzgers verlobt war, riss er sich in der Schule den Arsch auf, lernte auch zwischendurch, bestand alle Prüfungen mit Bestnote und machte keinen Ärger mehr. Keine Faustkämpfe. Keine Widerreden. Kein Zuspätkommen oder Fehlen, keine Streiche oder anderen Unsinn. Alle waren begeistert, wie Gul sich plötzlich geändert hatte. Auch Abdul-Abdul, der jetzt öfter kam, um zu sehen, wie es mit dem Strom voranging, und wegen, wie er behauptete, Nabilas Hochzeit. Tatsächlich war Abdul-Abdul so froh über Guls Erfolge, dass er ihm ein verfrühtes Hochzeitsgeschenk machte: ein kleines chinesisches Motorrad.

Aber Abo würde ihren vierzehnjährigen Sohn, ob nun verlobt oder nicht, gut in der Schule oder nicht, friedlich oder nicht, kaum wie einen Gangster allein über die Straßen Logars fahren lassen. Sie wollte, dass das Motorrad wieder verschwand, doch Abdul-Abdul weigerte sich, es zurückzugeben, und Baba und Rahmutallah

Maamaa waren nicht gewillt, gutes Geld wegzuwerfen. So beschlossen sie, es im Geräteraum einzuschließen, bis sie einen Käufer dafür fanden. Bis es so weit war, bis das Motorrad wieder weg war, weigerte sich Abo, mit ihrem Mann oder einem ihrer Söhne zu sprechen. Gul sagte, er hätte sie beinahe so weit gehabt, ihm zu vergeben, dass er sich in die Tochter des Metzgers verliebt hatte, aber das Motorrad jetzt, das er doch nie gewollt habe, werfe ihn im Verhältnis zu seiner Mom wieder komplett zurück.

Dawood hatte seine eigenen Probleme: Während Guls Noten immer noch besser wurden, stürzten seine ab. Er verpatzte seine große Englischprüfung, schwor, alle Vokabeln in seinem Kopf zu haben, aber kaum dass er mit seinem Stift vor dem leeren Blatt Papier saß, fing dieses *Popp-Popp-Popp* in seinem Hirn an, und er konnte sich auf nichts mehr konzentrieren, abgesehen vom Duft weißer Blumen.

»Ich kann nichts anderes mehr riechen«, sagte Dawood, »selbst beim Essen nicht.«

Auf der einen Seite bekam er also Druck von Ruhollah, weil er heimlich Essen in sich reinstopfte, auf der anderen von Rahmutallah, weil er in der Schule versagte. Und um alles noch schlimmer zu machen, kam Abdul-Abdul eines Abends, eine Zigarette zwischen den Zähnen und einen Umschlag mit Geld in der Tasche seiner Armeehose, und sagte, vielleicht, weil ihm auffiel, wie massig Dawood mittlerweile geworden war, er solle sich wegen der Schule keine Sorgen machen: Er werde seinem kleinen Bruder einen ruhigen Job bei der Armee besorgen, sobald er sechzehn sei.

Als Rahmutallah von Dawoods neuem Plan erfuhr, wollte er ihm seine Flausen austreiben, aber Ruhollah und Abdul-Abdul stellten sich zwischen den ältesten und den jüngsten Bruder und sagten, Dawood habe einfach nicht den Kopf für die Schule und es gebe schlimmere Dinge, als Soldat zu werden. Und offenbar hatte Rahmutallah daraufhin seine drei jüngeren Brüder angesehen, wie sie sich da gegen ihn verbündeten, gegen seine Pläne und seine Träume, und gab auf. Danach machte er niemandem mehr Druck. Dawood war hin- und hergerissen, was das anging.

»Es ist so«, sagte er und schien kurz davor zu schluchzen, »als wäre ich es nicht wert, dass man mir den Hintern versohlt.«

Ich sagte etwas in der Richtung, dass Abdul-Abdul immer alles kaputt mache, und Dawood erwiderte ruhig, ich solle die Schnauze halten.

»Hör zu, Marwand«, sagte Gul, »du bist unser Kumpel und Teil der Familie, aber Abdul-Abdul ist unser Bruder, und du nimmst seinen Namen besser nicht in den Mund, verstehst du?«

Das tat ich, war jedoch sauer und ging hinaus in den Hof, wo die Frauen immer noch mit den Vorbereitungen für die Hochzeit beschäftigt waren. Zias sechs Schwestern schnitten Blumen, fegten die Blütenblätter zusammen und reihten sie zu Girlanden auf, die an den Mauern und Durchgängen im Hof befestigt werden sollten. Der Großteil meiner Khalas saß auf der Veranda und nähte und änderte die drei Hochzeitskleider, die Nabila während der Zeremonie tragen wollte. Nabila selbst führte dabei das Kommando und instruierte ihre Schwestern, einschließlich Moor und Hawa Khala, welche Muster, Farben und Blumen sie auf den einzelnen Kleidern wollte. Moor riet Nabila zu dezenteren, traditionelleren Dessins, doch Nabila wollte davon nichts hören.

»Dieses eine Mal«, sagte sie. »Dieses eine Mal bekomme ich meinen Auftritt. Danach, meine lieben Schwestern, reihe ich mich wieder ein. Ich schwöre, das werde ich. Im Übrigen, denkt an all die Gäste, die darauf gespannt sind, meine neuen Schnitte und Dessins zu sehen. Die werden bald schon zu Kunden.«

Und so ließ Moor Nabila ihren Willen.

Das erste Kleid war leuchtend lila, mit luftigen Ärmeln, einem schimmernden, fast durchsichtigen Schal und einem Rock so groß und bauschig wie bei einem Kutschi-Kleid. Das zweite war einer ihrer eigenen Kutschi-Schnitte, die in Kabul immer noch als der letzte Schrei galten. Das dritte Kleid wollte sie niemandem zeigen, besonders Abo nicht, offenbar weil es weiß sein würde.

Während ich beim Brunnen stand und so tat, als wollte ich Wasser holen, rief Abo mich auf die Veranda. Sie saß in ihrer Ecke, Moor direkt neben ihr, und die beiden rückten etwas auseinander, um mir Platz zwischen ihnen zu machen. Nachdem ich mich gesetzt hatte, nahm Abo mein Kinn und musterte mein Gesicht.

»Hat dein Vater dich arbeiten lassen?«, fragte sie.

Ich nickte mit dem Kinn in ihrer Hand, während Moor meine rechte Hand nahm, den Verband abmachte und meinen Finger begutachtete, der, wie sie bemerkte, nicht richtig heile.

»Und sieh nur, wie dunkel dein Vater dich so kurz vor der Hochzeit hat werden lassen«, sagte sie.

Moor, ihre Schwestern und auch einige von den jüngeren Mädchen waren sehr vorsichtig damit, wie lange sie in der Sonne blieben. Nabila hatte sich sogar angewöhnt, ihre Haut mit einer weißen Paste einzureiben, die sie in Kabul gekauft hatte.

»Was ist mit deiner Seekrankheit?«, fragte mich Abo.

»Die kommt und geht.«

»Nimmst du die Medizin, die ich dir gemacht habe?«

»Es tut mir leid, Abo, ich habe die Flaschen bei Agha vergessen, ich werde sie also nicht nehmen können, aber das ist nicht so schlimm. Mir wird nur etwas schwindelig, ich merke es kaum noch.«

»Keine Sorge«, sagte Moor, »ich habe an die Flaschen gedacht. Sie sind in meiner Tasche im Gästezimmer. Warum gehst du nicht und trinkst eine?«

Ich lief ins Gästezimmer, nahm eine Flasche und wirbelte den Trank darin herum, der die Beschaffenheit von weichem, flüssigem Matsch hatte. Als ich den Verschluss öffnete und das Zeug roch, musste ich so heftig würgen, dass ich in den Waschraum schlich und die Medizin in den Abfluss schüttete. Zurück auf der Veranda, gab ich Abo das leere Fläschchen und war so gut wie sicher, dass sie meinen Betrug spüren würde.

Ohne ein Lächeln küsste sie mich auf die Stirn. »Inschallah«, sagte sie, »du wirst gesund.«

Nachdem ich Abo hinters Licht geführt hatte, suchte ich nach Zia und fand ihn im Zimmer seiner Eltern in seinem Koran lesend. Er war während der letzten Tage so dünn geworden, dass ich ihn kaum in der Ecke entdeckte, wo er gerade genug Licht hatte, um seine Suren zu lesen.

Erst wollte er nichts von meiner Zeit in Aghas Haus hören, auch nichts von den verstümmelten Schafen, aber als ich ihm meinen neuen Koran mit dem glänzenden blauen Einband zeigte und ihm sagte, es sei ein Geschenk, ihm sagte, ich hätte ihn auf dem Markt in Kabul gekauft, für ihn, da endlich gewann ich seine Aufmerksamkeit. Er schien angerührt von meiner Geste. Aber als er das heilige Buch öffnete und hineinsah, schloss er die Augen, gab es mir zurück und bat mich, sehr leise, bitte, bitte, bitte, bitte, bitte, bitte, bitte das Zimmer zu verlassen.

Was ich tat.

Auf dem Weg hinaus öffnete ich den Koran und sah, was Zia gesehen hatte: das nämlich, was Jawed, der Dieb, in der Moschee als Sufi verkleidet dem Wort Gottes angetan hatte. Im Inneren des Koran lag meine Coolpix. Der Dieb hatte ein Rechteck aus den Seiten herausgeschnitten, das perfekte Versteck für meine Kamera. In die zerschnittenen Seiten eingebettet lag sie da, mit der Linse nach oben.

Ich starrte mich selbst in der Linse an und fragte mich, wo sonst ich wohl noch, ohne es zu wissen, mit dem Dieb gesprochen hatte, begann meinen Erinnerungen zu misstrauen, den Leuten, die ich auf der Straße getroffen hatte, allem, was ich gedacht hatte, und schloss das Buch, ließ die Kamera darin und versteckte es in einer meiner Taschen, weil ich nicht wusste, was man mit einem zerschnittenen Koran machte. Von Gul hatte ich gehört, dass die amerikanischen Soldaten in einer nahe gelegenen Basis zusammengekommen waren und auf einen ganzen Stapel Korane gepinkelt hatten, weil einer ihrer Kameraden getötet worden war. Fotografiert hatten sie es sogar. Und während ich mich noch fragte, was sie mit den Büchern anschließend gemacht hatten, rief Moor mich zum Essen herein.

Abdul-Abdul kam direkt zum Maghrib, setzte sich, wo Agha normalerweise saß, zog die langen Beine an den Körper und nahm trotzdem die halbe Veranda in Anspruch. Wir waren zusammengekommen, um Hühner-Shorwa zu essen, gewürfelte Tomaten und Zwiebeln. Ich teilte mir eine Schüssel mit meinen Brüdern, rührte sie aber kaum an, da mir vom Geruch übel wurde.

Ich saß gegenüber von Dawood und Zia, die ihre eigene Schüssel teilten. Zia brach sein tägliches Fasten nur mit einer Dattel und einem Glas Wasser und rührte die Shorwa kaum an. Dawood dagegen verschlang Schüssel um Schüssel. Er aß mit offenem Mund, kaute kaum einmal oder genoss den Geschmack, und doch schienen seine Augen vor Glück ganz glasig zu werden. Shorwa war die eine Speise, bei der ihn niemand schalt, zu viel zu essen, da es im Grunde nur Brot und Brühe war. Und er musste um seine Portionen nicht kämpfen, da Zia kaum etwas wollte.

Obwohl (soweit ich wusste) Rahmutallah Zia nicht sagte, er solle mit dem Fasten aufhören, hielt er den Blick doch die ganze Zeit auf ihn gerichtet. Er war der Junge, den er immer gewollt hatte. Sein zukünftiger *Qāri'*, sein baldiger Scheich, der betete und fastete und so heilig wurde, dass es ihn auffraß. Selbst Hawa Khala bot Zia nur zweimal etwas an, bevor sie sich dem Nächsten zuwandte. Ich bin sicher, sie waren insgeheim besorgt, aber sie beide hätten Zia niemals für seine Hingabe an Allah verurteilt. Er war alles, was sie hatten.

Das ganze Essen über hatte Zia nicht einen einzigen Blick für mich übrig.

Auf der Männerseite der Veranda sprachen Abdul-Abdul und Ruhollah über den Stand beim Bau der Betonstraße, die sich nach Naw'e Kaleh hineinwand. Abdul-Abdul sagte, dass es zum ersten Mal seit sechs Monaten wieder voranging. »Bei dem Tempo«, behauptete er, »werden wir in ein paar Jahren im ganzen Dorf Strom haben. Keine Generatoren, keine Laternen mehr, und wenn die Unruhen endlich befriedet sind, wird unser Land ein Vermögen wert sein.«

Rahmutallah und Baba unterhielten sich auf Farsi über die, wie ich dachte, Verstümmelungen im Dorf. Aber vielleicht ging es auch um die Zugvögel, die neuen Erntetechniken oder Zias Hunger. Ich war nicht sicher.

Auf der anderen Seite der Veranda planten Nabila und ihre Schwestern das Tanzprogramm für die Hochzeit. Offenbar hatten Sadaf und Shirin, inspiriert von einem Bollywood-Film, eine ganze Nummer choreografiert, wussten aber noch nicht, ob Gul mit den jüngeren Männern der Familie einen *Attan* würde organisieren können. Alle erwarteten, dass ich mich daran beteiligte, da sie davon ausgingen, dass Shaghas Sohn tanzen konnte.

Man muss wissen, dass Agha von Naw'e Kaleh über Peschawar bis Fremont, West Sac und LA für seine tänzerischen Fähigkeiten bekannt war. Als Kind hatte er auf allen örtlichen Hochzeiten bei den Attans mitgemacht, und weil es damals keinen Krieg gab, keine Besatzung und keine Bombardements, dafür aber viele Hochzeiten und nur wenige Beerdigungen, konnte Agha üben, wann immer er wollte. Er hatte kleine Füße und bewegliche

Hände, hübsches langes Haar und, das war das Wichtigste, die Hemmungslosigkeit, sich aufzuplustern, die alle großen Attan-Männer brauchten. Seine Drehungen waren stürmisch und schnell, die Gesten seiner Hände anmutig, und er hielt den Hals beweglich, schwenkte herum, drehte sich, wippte und fuhr im Rhythmus der Trommeln vor und zurück.

Agha kam ein paar Minuten nach Beginn des Abendessens ins Haus. Moor und ihre Familie hatten nicht mit ihm gerechnet, wenigstens sagten sie das, und als Agha auf die Veranda kam und sah, dass es keinen Platz für ihn gab, musste er sich herabgewürdigt fühlen.

Abdul-Abdul und Ruhollah standen beide gleich auf, um ihm ihre Plätze anzubieten, doch Agha sah nicht mal zu ihnen hin, sondern holte sich einen Stuhl nach draußen vor die Veranda und wollte im Hof essen.

»Ich muss niemandem Umstände machen«, sagte er. »Ich esse hier.«

Rahmutallah Maamaa war wie seine Brüder ebenfalls aufgestanden.

»Wenn ihr euch nicht gleich wieder setzt«, sagte Agha, »Wallah, gehe ich wieder.«

Die Männer versuchten ihn zum Einlenken zu bewegen und baten Agha, sie nicht zu beschämen, da sie ohne ihn angefangen hätten zu essen, statt zu warten.

»Warum beschämen?«, erwiderte Agha. »Setzt euch auf eure Plätze, und ich sitze hier, und wir essen alle gemeinsam.«

Mittlerweile redeten auch die Frauen auf Agha ein. Das heißt, alle bis auf Abo, die das ganze Essen über komisch still war, und Moor, die seit Aghas Ankunft kein Wort gesagt hatte, obwohl es wahrscheinlich ihre Entschuldigung war, die er vor allem hören wollte. Am Ende setzte sich Agha erst zu uns, als Abdul-Abdul und Ruhollah gingen.

Noch bevor das Essen beendet war, schlich ich mich von der Veranda und durch den dunklen Hof zum Gästezimmer, wo, wie ich annahm, Moor und Agha ihren Streit aus Rücksicht auf mich und meine Brüder austragen würden. Ich versteckte mich hinter einem Stapel Toschaks in der Ecke des Zimmers und wartete auf die beiden.

Agha kam als Erster. Er entzündete eine Laterne, ging zum Rauchen ans Fenster und sah hinaus in den Hof. Wegen des Freitagsgebets trug er einen weißen Kamiz, und das Licht der Laterne darauf ließ ihn heilig oder gespenstisch erscheinen. Ich versuchte nicht zu tief zu atmen, weil ich Angst hatte, dass mich der Gestank des Rauchs husten lassen würde.

Moor kam, setzte sich zu Agha auf die Fensterbank und sagte nichts.

Die Lampe stand zwischen ihnen. Die Flamme brannte hoch und schmal und flackerte nicht.

Den Beginn machte Agha mit der Frage, warum Moor beschlossen habe, die Jungs zurück ins Haus ihres Vaters zu bringen, ohne seinen Rat einzuholen, und Moor antwortete mit der Frage, warum er Malang zu unserem Babysitter gemacht habe.

Sie schrien nicht. Ganz allgemein hoben meine Eltern nicht ihre Stimmen oder verfluchten sich, wenn sie stritten, besonders nicht hier im Anwesen, wo jedes Wort bis in jedes Zimmer zu hallen schien. Gelegentlich wurde

Agha wütend und zerbrach einen Teller oder schlug mit der Faust durch einen Glastisch, aber nie im Leben, soweit ich wusste, hatte er Moor geschlagen. Während die Väter all meiner Kumpel ihre Frauen schlugen (was der afghanische Alltagstratsch zu berichten wusste), war ich der Einzige, der wusste, dass er diese Sünde nicht zu verbergen hatte.

»Du weißt, dass Marwand seit unserer Ankunft hier verrückt spielt und die Jungs zu ihrer Jagd angestiftet hat«, sagte Moor.

»Marwand hat niemanden angestiftet.«

»Er hat es selbst gesagt.«

»Das war eine Lüge. Bei Jungs in dem Alter ist das so. Es war entweder Gul oder Dawood. Deine Brüder sind die Einzigen, die den nötigen Mut haben.«

»Damit sind wir wieder bei meinen Brüdern.«

»Genau, bei deinen Brüdern. Der Spion taucht ständig mit seinem Geld und seinem Schwachsinn hier auf: kauft einem Vierzehnjährigen ein Motorrad und gibt mit seinen militärischen Verbindungen an. Und jetzt zieht er auch noch Dawood da mit rein?«

»Rahmutallah wird ihn nicht lassen.«

»Wie Ruhollah? Der war ein guter Kerl, bevor er bei den Amerikanern angefangen hat.«

»Er ist immer noch ein guter Kerl.«

»Du weißt, was sie alles machen in ihren Basen?«

»Ich weiß.«

»Mit dem Alkohol, dem Heroin und den Chai-Boys?«

»Ich weiß.«

»Also was?«

»Sie müssen essen.«

»Also essen sie Fleisch?«

Moor antwortete nicht. Sie sah aus dem Fenster und dann nach hinten ins Zimmer, und, Wallah, sie starrte gute fünf Sekunden lang in die Ecke, in der ich mich versteckte. Die Lampe zwischen den beiden hellte Moors Haut auf. Während Gwora und Mirwais Moors hellere Färbung geerbt hatten, wurde ich dunkel wie mein Vater.

»Und wir sind da ganz unschuldig?«, sagte Moor jetzt. »Wir tragen da keine Last auf unseren Schultern?«

»Wie? Ich arbeite. Ich bete. Ich bringe *Sadaqas* dar und unterstütze die Eindringlinge nicht.«

»Adaam«, sagte sie, »wir leben in ihrem Land. Wir arbeiten mit ihnen. Unsere Jungs lernen mit ihnen. Sie kennen ihre Sprache besser als unsere. Ihre Kultur. Alles. Und wir unterstützen sie nicht?«

Agha biss sich auf die Lippe und antwortete nicht.

»Nein«, sagte er schließlich und holte tief Luft, er rutschte von der Fensterbank, kniete sich neben Moors Beine und nahm ihre Hand. Er blockierte das Licht, aber es schien hinter ihm hervor.

»Hör zu«, sagte er. »Ich habe nachgedacht. Deiner Familie geht es gut. Es gibt nicht zu viel Ärger in Logar. Ich habe mir überlegt, wir könnten uns etwas in Kabul suchen. Sehen, was es an Schulen gibt. Ich habe ein paar Dinge in Arbeit. Mit dem Land und den Wagen könnten wir hier ein Auskommen haben. Du könntest in der Nähe deiner Eltern bleiben, und wir könnten die Jungen in ihrem eigenen Land großziehen. Was denkst du?«, sagte er.

Moor schüttelte den Kopf und berührte Aghas Wange.
 Ließ ihre Hand dort. Das Licht der langen Flamme si-

ckerte von hinten in den Raum zwischen seiner Haut und ihrer Hand. Ihr Fleisch schien in der Dunkelheit zu brennen. Sie sagten lange nichts, fast wäre ich eingeschlafen. Dann kam ein Klopfen von der Tür.

Es war Bibi.

Sie weinte, auf Farsi.

»Abo« war alles, was ich verstand.

لوگر

IN DER SIEBENUNDFÜNFZIGSTEN NACHT

Nabila fand Abo flach auf dem Boden des Waschraums liegend, kaum bei Bewusstsein und ein Gebet murmelnd, gerade so laut, dass man es hören konnte. Als sie Abo nicht aufzuwecken vermochte, rief Nabila nach ihrem Vater, doch erst einmal kam Bibi, die fast sofort zu weinen begann, und es war ihr Schluchzen, das auch den Rest der Familie alarmierte. Bald schon standen alle im und um den Waschraum. Nabila, Rahmutallah und Dawood waren es, die Abo hochhoben. Nabila hielt ihren Kopf, Rahmutallah ihren Rücken, Dawood die Füße. Sie trugen sie hinauf in Babas Kammer, wir folgten ihnen. Wir saßen da und lauschten, wie Abo murmelte, stöhnte und ihr Gesicht befühlte. Baba holte seinen Medizinkoffer und bereitete eine Infusion vor, schien aber seine Finger nicht ruhig genug halten zu können. So musste Rahmutallah Maamaa denn einspringen.

Obwohl es bereits spät war, als sie die Infusion legten, ging niemand in der Familie, nicht mal die Kleinsten, während der nächsten Stunden schlafen, in denen

Abo immer wieder in Bewusstlosigkeit fiel. Etwa gegen vier Uhr morgens dann schien sie lange genug aus ihrer Trance zu erwachen, um allen zu befehlen, sofort das Zimmer zu verlassen.

»Ihr steckt euch nur an. Wahrscheinlich habt ihr es schon. Doktor Sahib«, sagte sie und sah Baba an, »siehst du nicht, wenn einer unter landbedingter Seekrankheit leidet? Du lässt mich die ganze Familie anstecken.«

»Wa, Abo«, sagte Baba, »seekrank kann man an Land nicht werden, und auf See ist es nicht ansteckend.«

Abo seufzte ein tiefes Krankenseufzen. »Du wirst schon sehen«, sagte sie.

Und das taten wir.

Am nächsten Tag erkrankte einer nach dem anderen, fast die ganze Familie, ernsthaft an der landbedingten Seekrankheit. Zu den Symptomen gehörte:

1. Ein so schlimmer Anfall von Schwindel, dass die Welt unter den Füßen zu Wachs wurde.
2. Eine fortdauernde leichte Übelkeit, die nie wirklich zu Erbrechen führte.
3. Ein gelegentliches Versinken in einer Zwischenwelt aus Tagtraum, Wahnvorstellungen und Trugbildern.
4. Einsamkeit.
5. Erschöpfung.
6. Schädelsprengende Migräne.
7. Rülpser, die nach Spinat schmeckten.
8. Eine Veränderung des Herzschlags, die zu viel Blut in die Herzkammern schwemmte, was mitunter, wenn auch sehr selten, zum Explodieren der Brust führte.

Baba wurde als Erster krank, entweder wegen seines schwachen Immunsystems oder weil er so nahe bei Abo war. Vielleicht wollte er auch unbedingt krank werden, da er darin das sicherste Zeichen seiner Liebe sah. Als er begriff, dass er sich mit Abos landbedingter Seekrankheit angesteckt hatte, ergab er sich seiner neuen Verfassung, streckte sich neben ihr aus und wickelte sich und seine Frau in seinen Patu, damit sie wenigstens behaglich litten. Rahmutallah Maamaa legte ihnen eine Infusion.

Als Nächste erkrankte Nabila. Sie säumte gerade den Rock ihres Hochzeitskleides und war während eines kurzen Moments nicht bei ihrer Mutter, als sich ihr Kopf zu drehen begann, die Erde zu Wachs und ihr so schwindelig wurde, dass es ihr nur deshalb gelang, aus ihrer Werkstatt zu kommen, weil sie Angst hatte, sich auf ihr Hochzeitskleid zu erbrechen. So lag sie eine Weile draußen im Schmutz und hielt sich den Kopf, als könnte sie so den Himmel anhalten, bis Moor sie fand und in den Raum brachte, in dem die kleinen Schwestern schliefen.

Rahmutallah legte auch ihr eine Infusion, verbot allen, die Kranken zu besuchen, besonders den Kleinen, und wurde prompt selbst krank. Als er gerade weitere Medizin aus seinem Zimmer holen wollte, traf ihn die erste Welle der Seekrankheit, er wankte, hielt die Medizintasche aber noch fest in der Hand und musste von seiner Frau, Hawa Khala, aufgefangen werden, die es irgendwie schaffte, all sein Gewicht und ihr eigenes Gleichgewicht zu halten und ihn sanft auf eine Matratze sinken zu lassen. Danach übernahm Hawa Khala die medizinischen Aufgaben ihres Mannes, erkrankte jedoch ebenfalls sehr schnell. Zufällig brach sie neben ihrem

Mann zusammen, und sie wickelten sich beide in einen dicken Patu.

Es folgten Sadaf und Shirin. Sie legten sich zu Nabila ins Zimmer. In einem dicken Bündel von Decken und Tüchern sang Shirin leise Lieder über den kommenden Verlust ihrer Schwester. Gemeinsam lagen sie da, benommen wie verirrte Vögel, und schienen all die Liebeslieder vergessen zu haben, mit denen sie aufgewachsen waren.

Moor und Agha erkrankten direkt vor dem Zuhr, während sie in ihrem Zimmer stritten, wo sie sich in einen dicken Patu hüllten.

Die ganze Zeit erzählte Abo niemandem, dass ich die Quelle der Krankheit war.

Ich sagte auch nichts.

Am Ende des Tages standen nur noch ich und meine Brüder, Gul, Dawood und Zia.

Wir trafen uns in der entlegensten Ecke des Obstgartens, so weit von den anderen entfernt wie nur möglich, ohne das Anwesen zu verlassen, nicht weit von der Stelle, wo Budabasch immer geschlafen hatte. Wir stritten eine Weile.

»Wir brauchen einen Arzt«, sagte Gul.

»Ärzte kosten Geld«, sagte Zia.

»Ich besorge welches.«

»Nein, das wirst du nicht«, sagte jemand hinter mir.

Es war Miriam. Sie näherte sich unserer Gruppe durch einen kreisrunden Flecken Minze und trug den großen blauen Tschador ihrer Mutter. Ich sah sie als Letzter, Zia als Erster, der verlangte, dass sie zu ihren Schwestern zurückging, um sich von ihrer Krankheit zu erholen, aber Miriam sagte, sie sei so gesund, wie sie nur sein könne.

Weil Miriam ständig krank war, schien sie die plötzliche Seekrankheit so gut wie gar nicht zu beeinträchtigen. Sie fühlte sich nicht schläfrig, und ihr war auch nicht übel oder schwindelig. Ihr Kopf schmerzte ein wenig, aber nicht mehr als sonst jeden Tag ihres Lebens.

»Ich meine, das solltet ihr nicht, sollten wir nicht«, sagte Miriam, und sie erklärte, dass wir laut Bibi, die immer noch sprechen konnte, ohne zu sprechen, das Anwesen nicht verlassen durften, bis wir sicher waren, die Krankheit nicht im Rest des Dorfes zu verbreiten, was bedeutete, dass wir erst hinaus konnten, wenn alle wieder gesund waren, und alle würden wieder gesund werden, behauptete Bibi, solange wir hierblieben, uns um die Kranken kümmerten und nicht wieder in irgendein dummes Abenteuer hineinliefen. Im Übrigen würden Abdul-Abdul und Ruhollah am Abend kommen, und wir könnten sie stoppen, bevor sie hereinkamen, ihnen erklären, was passiert war, und sie würden dann einen Arzt holen, nicht wir.

»Ihr müsst verstehen, Jungs«, fuhr sie fort, »Bibi sagt, das Beste, was wir im Moment tun können, ist, dafür zu sorgen, dass es alle so angenehm wie möglich haben.«

Sie sagte das alles auf einmal, fast in einem Atemzug, damit Gul, Dawood, Zia und ich sie nicht unterbrechen konnten, wie wir es etwa zwanzigmal vorhatten. Als sie dann jedoch fertig war und tief durchatmete, sah Zia seine kleine, ständig kranke Schwester mit dem Tschador seiner Mutter an und gab nach: »Wie sieht der Plan also aus?«

Folgendermaßen:

 Ich und Gwora würden uns um Agha und Moor kümmern: dass sie genug zu essen hatten, genug tranken und ihre Seekrankheit nicht noch schlimmer wurde.

»Ihr müsst regelmäßig nach ihnen sehen«, sagte Miriam, »richtet euch Schichten ein und achtet darauf, dass ihr euch nicht überfordert.«

»Was ist mit Mirwais?«, fragte ich.

»Mirwais wird mein Assistent«, sagte sie und nahm seine Hand.

Er widersprach nicht.

Miriam übertrug sich selbst die Sorge um Bibi und ihre Schwestern. Zia sollte sich um seine Eltern kümmern, Dawood um Abo und Baba, Gul um Nabila und ihre Schwestern, was für ihn ein Problem war, da er als ältester Sohn natürlich die Verantwortung für seine Eltern hatte. Aber Miriam erklärte ihm, dass Abo immer noch wütend auf ihn sei, wegen der Hochzeit und dem Motorrad. Und weil es wichtig war, dass sie so ruhig wie nur möglich blieb, durfte Gul nicht in ihre Nähe. Während Dawood, sagte sie, im Moment Abos Liebling sei.

»Er ist der Jüngste«, erklärte sie, »und der Heilloseste.«

Dawood sagte dazu nichts. Alle stimmten schließlich zu: Wir würden Bibis und Miriams Plan folgen und unsere Pflegearbeit so bald wie möglich beginnen.

Als Gwora und ich das erste Mal nach unseren Eltern sahen, brachten wir ihnen einen Krug Wasser und frisches Gemüse aus dem Garten (Gurken, Auberginen und Okra). Wir fanden die beiden in ihrem Zimmer, näher aneinandergekuschelt, als wir es je erlebt hatten. Ihr Kopf auf seiner Schulter. Seine Hand in ihrem Haar.

Moor und Agha neigten allgemein nicht dazu, ihre

Gefühle füreinander zur Schau zu stellen, abgesehen von den seltenen Gelegenheiten, wenn Agha seine albernen fünf Minuten hatte und so tat, als wollte er Moor küssen, wobei er wusste, dass sie ihn zurückstoßen oder ihm einen Klaps auf die Wange geben würde. Manchmal sang er paschtunische Sindaras oder persische Liebesgedichte für sie, aber immer nur als Witz, damit sie rot wurde, um uns in Verlegenheit zu bringen oder sich über sein eigenes dummes Herz lustig zu machen.

Die beiden wirkten benommen und verwirrt, aber in aller Benommenheit und Verwirrung auch zufrieden. Sie lächelten sich liebevoll zu, und nichts an der Art, wie sie sich ansahen und hielten, schien ein Scherz zu sein. Tatsächlich schienen sie so versunken, dass ich es kaum über mich brachte, sie zu stören.

Wir mussten ihnen beim Essen und Trinken helfen, denn als sie sich aufsetzten und an die Wand lehnten, wurde ihnen so schwindelig, dass sie kaum ihre Tassen halten konnten. Es war, als quälten wir sie, indem wir sie voneinander trennten. Aber nachdem wir sie gefüttert und sie sich wieder hingelegt hatten, kuschelten sie sich aufs Neue unter ihrem Patu aneinander und schienen zu vergessen, was wir ihnen angetan hatten. Was sie sich selbst angetan hatten.

»Wir gehen wieder«, sagte ich zu ihnen.

»Ja«, sagte Moor und rückte noch näher an Agha heran, »ihr solltet gehen.«

Wir beeilten uns.

Obwohl es bereits dunkel wurde, waren Abdul-Abdul und Ruhollah noch nicht zum Essen zurück. Wir Kinder versammelten uns im Hof, informierten uns gegenseitig über den Zustand unserer Patienten und hörten immer wieder die gleichen Symptome. Schwindel und Verwirrung. Kaum Appetit. Ein Übermaß an Gefühlen. Und der komische Eindruck, dass die Kranken im Zimmer nicht wirklich bei einem waren, sondern irgendwo anders, gemeinsam, aber doch allein.

»Nun, das Essen ist nicht so wichtig, aber egal, was«, sagte Miriam, »sie müssen trinken.«

Bei unserem zweiten Besuch hatte sich Moors und Aghas Stimmung sehr verändert. Sie kuschelten sich immer noch aneinander, unangenehm nahe, aber sie schienen den Tränen nahe zu sein. Ihre Berührungen hatten etwas Verzweifeltes, sie klammerten sich aneinander. Wir setzten sie wieder auf, und beide mussten zwei Tassen Wasser trinken, die sie, wie es schien, kaum herunterzubekommen vermochten. Ihre Seekrankheit wurde schlimmer. Anschließend legten wir sie wieder hin und wischten ihnen Stirn und Gesicht mit nassen Handtüchern ab.

Während ich über Aghas Stirn strich, legte ich die rechte Hand auf seine Brust, und er berührte sie und fragte, was mit meinem Finger sei. Ich sagte, den habe Budabasch mir gestohlen.

»Weißt du«, sagte er, »ich habe auch mal einen Finger gestohlen.«

Und so fing er an.

»Hör zu, kleiner Vogel«, flüsterte er mir zu, als wäre ich ein kleines Kind, »im Herbst '82 drohte Naw'e Kaleh zu verhungern.

Unser Widerstand tobte in den Bergen und auf den Straßen, und die Sowjets rächten sich an unserem Dorf. In Wagh Jan zerschossen sie mit ihren Maschinengewehren einen Bus voller Schuljungen, weil sie dachten, es wären Mudschaheddin. Im Tangi-Tal übersäten sie die Wege mit Minen in Form von Schmetterlingen, und unsere Kinder hoben sie auf, hielten sie für Spielzeug und sahen, wie es ihre Hände zerfetzte. Kleiner Vogel, selbst unsere Sänger wurden nicht geschont. Der arme Doray Logari, der in seinem Leben kein Gewehr angerührt hatte und mit seinen Liedern unsere Wunden heilte, wurde ins Herz getroffen, während er eine Ballade sang.

Es war sein letztes Lied.

Wir hatten so eine Angst, aus dem Haus zu gehen, dass unsere Ernten auf den Feldern verrotteten.

Zum Glück hatte dein Nikeh den Hunger während des Krieges vorausgesehen, und wir hatten Reis und Korn gehortet.

Deine Zarmina Khala hatte es weniger gut. Sie lebte mit ihren kleinen Kindern und ihrem Mann drüben bei Wagh Jan. Er war Anwalt, hatte keine Ahnung vom Krieg und nie rationieren müssen. Sie hungerten schlimmer als wir.

 Du musst verstehen, kleiner Vogel, Zarmina war die

Erstgeborene deines Nikeh und das Kind, das ihm am ähnlichsten war. Sie waren beide groß und schlank, hatten massige Hände und waren ungeheuer stolz. Sie liebten einander, dennoch wuchs der Groll wie ein Tumor in ihnen, und trotz Krieg und Hunger wussten sie ihren Stolz nicht zu überwinden.

›Sie wird kommen und fragen‹, sagte Nikeh.

›Er wird kommen und Hilfe anbieten‹, sagte Zarmina.

Und so warteten sie.

Aber ich ertrug es nicht.

Weißt du, Zarmina war eine Stiefschwester, die mich immer wie einen richtigen Bruder behandelte. Sie fütterte mich mit Mantu und Palau, und ich tanzte auf ihrer Hochzeit. Sie erzählte mir Witze und Geschichten, und ich arbeitete in ihrem Haus. Als Junge hatte sie mich vor den Schlägen meiner Stiefbrüder geschützt, und als ich mich den Mudschaheddin anschloss, hatte ich vor, sie vor den Sowjets zu schützen.

Und so nahm ich eines Nachts, ohne meinen Vater zu fragen, eine Tüte Reis und schlich mich zu ihrem Haus.

Als ich ihr Anwesen erreichte, sie das Tor öffnete und mich mit der Tüte Reis sah, einer einzelnen gestohlenen Tüte Reis, fiel sie fast auf die Knie.

Sie küsste mir die Hände und segnete mich tausendmal.

Hör zu, kleiner Vogel, wenn du deine Stiefschwester, die dich liebt wie einen richtigen Bruder, selbst aber lieber verhungert, als über ihren Schatten zu springen, wenn du sie noch nie so hungrig gesehen hast, so schwach, und sie dir die Hände küsst und dich segnet, weil du ihr hilfst, dann spürst du ihre Lippen auf ewig auf deiner Haut, und ihr tausendfacher Segen folgt dir durch diese Welt.

Ich bat sie aufzustehen. Meine ältere Schwester.

Sie bat mich hinein, um den Reis mit ihrer Familie zusammen zu essen, aber obwohl ich selbst auch hungrig war und eigentlich vorgehabt hatte, über Nacht zu bleiben, sah ich an ihren Lippen und dem Zittern ihrer Hände, dass eine Tüte Reis nicht ausreichen würde, sie durch den Monat oder auch nur die nächste Woche zu bringen.

Und so ging ich wieder, bevor sie mich aufhalten konnte.

Mit dem Plan, eine weitere Tüte zu stehlen.

Aber auf dem Weg zurück zu unserem Haus bombardierten die Sowjets unser Dorf.

Die erste Rakete hörte ich, als ich an den Kanal kam, nahe bei der Stelle, wo dein Watak Kaakaa eines Tages ermordet werden würde. Ich sprang hinunter und drückte mich in den Lehm. Die Raketen rauschten heran, und ich zitterte und erinnerte mich an die Jungs aus dem Tunnel.«

DIE GESCHICHTE VON DEN JUNGS IM TUNNEL

»Kleiner Vogel, ich erinnere mich an das erste Mal, wie sich meine Truppe in einer Moschee traf, um einen Hinterhalt zu planen, in den wir die Sowjets locken wollten. Wir hatten nur chinesische Gewehre, ein paar Kalaschnikows und einen einzelnen Raketenwerfer. Die meisten

von uns hatten jedoch alte englische Flinten, die während der anglo-afghanischen Kriege erbeutet worden waren. Unsere Kommandeure warnten uns, dass am Morgen sowjetische Einheiten durch Wagh Jan rollen würden. Mit Panzern und Hubschraubern.

Wir waren vielleicht vierzig. Hauptsächlich Tadschiken, aber auch ein paar Paschtunen. Zwei Tage und zwei Nächte verbrachten wir in der Moschee, warteten auf Instruktionen von den Kommandeuren, deren Decknamen wir durcheinanderbrachten. Wir beteten viel und trugen Dschuz's und *Tesbihs* von unseren Vätern oder Schwestern bei uns, von denen wir hofften, dass sie uns in den kommenden Tagen beschützten. Wir alle waren Jungen aus dem Dorf.

Am Morgen des Hinterhalts hetzten wir die sowjetischen Panzer im Schutz von Land und Busch durch Wagh Jan und feuerten aus dem Laub entlang des Logar. Zwei Hubschrauber dröhnten über uns, und die Maschinengewehre prasselten los. Einige von uns wurden von unsichtbaren Kugeln getroffen, pressten die Hände auf Wunden, die es nicht gab, und stürzten in den Tod, der tatsächlich das Leben war.

Sobald ich die Panzer sah, gab ich, ohne zu zielen, sechs schnelle Feuerstöße ab und rannte los, um mich zu verstecken und nachzuladen. Mein von Stoff und Klebestreifen zusammengehaltenes chinesisches Gewehr bockte in meinen Händen, und ich betete zu Allah, dass es beim Schießen nicht auseinanderflog. Während des gesamten Gefechts hatte ich Angst, mich zu verstecken und erwischt zu werden. Davonzulaufen und getroffen zu werden. Zu schießen und zum Mörder zu werden. Und alle diese Ängste bekriegten sich in mir, bis sie sich gegenseitig massakrierten, sodass es kein Mut war, der mich weiterkämpfen ließ, sondern ihr Tod.

Am Ende gelang es meinem Cousin Abdur Rahman, der den Raketenwerfer trug, einen der Panzer in Brand zu setzen. Wir rochen, wie die Russen brannten, und hofften, sie würden herauskommen, damit wir sie erschießen konnten, doch sie entkamen erst Stunden später, als Rauch.

Nach diesem ersten Gefecht war die Hälfte unserer Truppe tot oder verschwunden. Wir suchten die Vermissten im Wasser und fanden zehn Mudschaheddin in einem großen Tunnel unter einem Damm im Logar. Sie waren tropfnass, lagen Seite an Seite und klammerten sich aneinander, wie junge Brüder an einem kalten Morgen in den Bergen. Sie stanken nach Scheiße, und das vorbeiströmende Wasser konnte sie nicht reinigen. Ich schämte mich für sie. Ich kämpfte weiter.

Ich sah Abdur Rahman in die Mitte des Schlachtfelds rennen. Er erledigte sechs Panzer mit dem Raketenwerfer auf seiner Schulter und starb neben einem Baum, mit so viel Löchern in sich, dass der Wind seinen Körper fast hätte hinwegtragen können. Ich sah, wie mein Stiefcousin Abdul sein Gewehr wegwarf, ›Scheiß auf den Krieg!‹ rief und für immer verschwand. Ich habe ihn lange dafür gehasst, bis zu dem Moment in dem Graben mit den Bomben, als der Himmel so laut brüllte, dass ich vergaß, wer ich war. Und wo. Und welche Geschichte ich beenden sollte.

Als das Bombardement aufhörte, rannte ich zurück nach Hause und vergaß die zweite Tüte.

Die Jets kamen in der Nacht zurück und bestraften Naw'e Kaleh mit ihrem Feuer.

Morgens hörte ich, dass Zarminas Haus getroffen worden war.

Als ich hinkam, durchsuchten die Nachbarn bereits die Trümmer. Zarmina und ihre ganze Familie waren zerfetzt worden, nur der kleine Wasim nicht.

Weil es unmöglich war, Zarmina von ihrem Mann und ihren Kindern zu unterscheiden, konnten wir ihren Leichnam nicht nach Hause holen. Wir begruben sie alle zusammen, die ganze Familie in einem riesigen Grab, ganz in der Nähe des Ortes, wo sie gestorben waren.

In der Nacht besuchte mich Zarmina im Traum.

Sie trug eine weiße Burka, wie einen Schleier, und ich konnte weder ihr Gesicht noch ihre Augen sehen.

Sie flehte mich an, sie wieder ganz zu machen, aber ich verstand sie nicht.

In der nächsten Nacht kam sie erneut im Schlaf zu mir und flehte mich an, sie wieder ganz zu machen, und wieder verstand ich sie nicht.

Als ich aufwachte, durchsuchte ich mein Zimmer und befragte meine Brüder, um mich zu versichern, dass Zarmina nicht irrtümlich zu mir kam. Jeden Zentimeter des Anwesens durchsuchte ich, bis ich in der kleinsten Tasche meiner Waskat fand, was ich von ihr gestohlen hatte.

Siehst du, kleiner Vogel, als ich die Teile von Zarminas Familie zusammensuchte, hatte ich in den Trümmern die Fingerspitze einer Frau gefunden, immer noch hennagefärbt, und ich wusste, sie war von Zarmina. Im Durcheinander, der ganzen Verwirrung und Trauer hatte ich jedoch vergessen, dass ich den Finger in meine Waskat gesteckt hatte, um wenigstens etwas von meiner Schwester auf unserem Land begraben zu können.

Als ich Zarminas Finger an dem Morgen fand, wollte ein stiller Teil von mir ihn behalten, in der Tasche meiner Waskat, und wie ich mich erinnere, dauerte es eine Weile, bis dieses Bedürfnis verstummte.

Erst da wickelte ich den Finger in ein weißes Dusmal und fuhr zu ihrem Haus.

Watak kam mit.

Das war Tage vor seinem Tod.

Dort, bei Zarminas Gedenkstein, begrub ich ihren Finger und betete, dass meine Stiefschwester wieder ganz wurde.

Und dort, bei Zarminas Gedenkstein, gestand mir Watak, dass sie auch ihn in seinen Träumen besucht hatte.

Ich fragte, ob sie etwas gesagt habe.

Er sagte ja, das habe sie. Sie habe ihm einen Platz im Garten des Himmels versprochen.

So war das.«

لوگر

AM ACHTUNDFÜNFZIGSTEN TAG

Es war fast Mitternacht, und Abdul-Abdul und Ruhollah waren immer noch nicht da. Dawood und Gul hatten noch Hoffnung, aber der Rest von uns war weniger optimistisch. Wir hielten uns an unsere Pflichten. Miriam kochte einen Topf Sarsar, und bevor wir unsere Patienten füttern gingen, trafen wir uns auf der Veranda, wo Zia ein Jamā'ah-Salāt mit uns betete, ohne die Suren jedoch laut zu rezitieren. Als er das *Takbīrat* sprach, schien ihm seine Stimme den Dienst versagen zu wollen.

Bei unserem dritten Besuch erhöhten ich und Gwora unsere Anstrengungen. Er fütterte Agha und ich Moor. Es dauerte lange, ihnen auch nur ein paar Löffel einzuflößen, aber sie schienen die Sarsar zu genießen. Auch wenn sie ihnen Übelkeit verursachte.

»Wer hat die Suppe gekocht?«, fragte Moor.

Ich sagte: »Miriam«, und erklärte ihr, dass sie diejenige war, die dafür sorgte, dass alle im Haus aßen, tranken und versorgt wurden, und dass wir ohne sie wahrscheinlich große Probleme bekommen hätten.

»Sie ist ein kluges Mädchen, oder?«

Ich sagte, ja, das sei sie. Schnell und sachlich.

»Und sie weiß mit Kindern umzugehen.«

»Mit Mirwais wenigstens.«

»Und betet all ihre Gebete.«

»Mehr als ich.«

»Und hübsch ist sie auch, oder?«

Länger hatte ich seit Tagen nicht mit Moor reden können, und ich wollte nicht aufhören, aber auch nicht fortfahren.

»Denkst du nicht, dass sie eine nette Ehefrau wäre?«

Und in diesem Moment begriff ich, warum Zia mich nicht bei seinen Schwestern wollte. Er wusste immer als Erster, worüber geredet wurde, und ich fragte mich, wie lange Moor und meine Khalas schon planten, mich mit Miriam zu verbinden. Vielleicht verhielt sich Zia mir gegenüber deswegen schon die ganze Zeit so merkwürdig.

Moor fragte noch einmal: »Ist sie nicht hübsch, Marwand?«

Ich sagte in dem Moment nichts dazu, aber den Rest des Abends über, wenn ich nicht gerade bei meinen Eltern war oder etwas anderes zu tun hatte, beobachtete ich Miriam. Die Sache war, dass sie nie lang genug ruhig dastand, um sie genau ansehen zu können. Zwar hatte sie sich eigentlich nur um ihre Schwestern zu kümmern, allerdings brach sie die eigenen Regeln und hatte ein Auge auf alle Mitglieder der Familie.

Sie ging von Zimmer zu Zimmer, und ihre Laterne schwebte vor ihr her und erleuchtete den Weg und ihr Kleid, aber nicht ihr Gesicht, das sie, wie es schien, fast schon versteckte. Am Ende erwischte ich sie ein paar

Augenblicke im Tandur-Khana. Sie kochte schönen Chai und buk Brot, und ich bot an, ihr zu helfen.

»Du wirst dich verbrennen«, sagte sie und zeigte mir, wie zart meine Finger waren.

Die Laterne stand in der Ecke, und ihr flackerndes Licht erreichte die schwarze Grube des Tandurs kaum. Wir sprachen darüber, was sie vorhatte, wenn Abdul-Abdul und Ruhollah nicht kamen, und für welche Medizin, wenn sie denn kamen, wir uns entscheiden sollten, aber sie schien nicht allzu besorgt.

»Sie brauchen keine Medizin«, sagte sie. »Sie brauchen uns.«

In dem Moment kam Dawood herein und sagte: »Wir brauchen Medizin.«

Wir kamen auf der Veranda zusammen, und Dawood erklärte, dass Abo und Baba wieder klarer seien und ihm widersprüchliche Anweisungen dazu gegeben hätten, wie die Familie zu heilen sei.

»Abo«, sagte er, »will, dass wir gehen und Blätter, Kräuter und andere Sachen sammeln, und dann will sie Miriam erklären, wie sie damit ein Mittel gegen die Seekrankheit anrühren kann. Baba hat mich anschließend gerufen und mir zugeflüstert, ich soll nach Wagh Jan und dort einen Karton seiner Mittel gegen starke Bewegungskrankheit holen.«

Wir gerieten in einen weiteren Streit. Gul und Dawood wollten nach Wagh Jan, aber Miriam sagte, wir sollten uns um die Kranken kümmern und hierbleiben, bis wir sicher sein könnten, nicht mehr ansteckend zu sein. Schließlich wurde unsere Auseinandersetzung vom Ruf zum Fadschr-Salāt unterbrochen, und wir alle sahen Zia an und warteten auf seine Anweisungen, aber er schien nicht recht sagen zu wollen, was er erwartete.

»Sollten wir nicht beten?«, fragte ich an seiner Stelle.

»Doch, das sollten wir«, antwortete er zu laut, so als wäre es ihm gerade erst eingefallen.

Wir beteten das Jamā'ah-Salāt wieder auf der Veranda, aber dieses Mal schlug Zia vor, dass Gul vorbetete, was seltsam war, da er in seinem ganzen Leben noch nie jemandem seine Rolle als Imam angeboten hatte.

»Du bist der Älteste«, sagte Zia. »Du solltest vorbeten.«

Gul machte jedoch keine Anstalten, dem zu folgen, besonders, da das Fadschr-Salāt laut gebetet werden sollte und Guls Tadschwīd fast so schlecht war wie meines. Zia stand vor unserer Versammlung und bot Gul seinen Platz an, dann Dawood, dann mir. Und einer nach dem anderen lehnten wir ab, bis Zia schließlich doch selbst vorbeten musste.

Ich hatte ihn seit jener Nacht auf der Straße, als er mir mit seiner Rezitation fast das Herz gebrochen hatte, nicht mehr beten hören, aber diesmal sang er so rau und so verängstigt, seine Stimme bebte, ohne jede Anmut. Jedes Mal, wenn er eine Zeile dehnen musste, brach ihm der Ton in der Kehle weg. Zerfiel ihm im Mund. Fast wünschte ich, seine Rolle übernommen zu haben.

Anschließend lief er hinaus in den Hof, ohne ein Duʿā' für die Gesundheit der Familie. Ich folgte ihm und fand ihn im Jungenzimmer, wo er einen Anfänger-Koran las und die Suren leise für sich rezitierte.

»Zia«, sagte ich, bevor er mich davon abhalten konnte, »ich verstehe.«

Er hielt inne.

»Ich habe lange gebraucht, um dahinterzukommen, aber jetzt begreife ich es, Zia. Ich weiß, meine Moor hat Pläne. Du musst dir deshalb keine Sorgen machen, Zia. So etwas würde ich nie tun. Deine Schwestern sind wie meine Schwestern.«

»Was für Pläne?«, fragte er.

»Du weißt nicht, was sie vorhaben?«

»Ich weiß gar nichts«, sagte er und wandte sich wieder seinem Koran zu, der eigentlich wirklich für kleine Kinder gedacht war. Er blätterte durch die Seiten und begann die Sure al-Fâtiha zu rezitieren. Aber nur einzelne Teile. »Al-Hamdu«, begann er, hielt dann noch einmal inne. »Rabbi«, versuchte er es wieder, verstummte und begann abermals an einer anderen Stelle. »Rahīm«, und: »māliki«, und: »nasta'īn«, und: »mustaqīm«, und obwohl wir die Sure al-Fâtiha beide als kleine Kinder auswendig gelernt hatten, wussten wir nicht, was die Worte wirklich bedeuteten.

In dem Moment hupte es draußen mehrfach kurz mit der Titelmelodie aus *Kuch Kuch Hota Hai – Und ganz plötzlich ist es Liebe*. Gwora kam hereingestürzt und sagte, wir sollten uns beeilen und mitkommen, weil Abdul-Abdul und Ruhollah mit Gewalt ins Anwesen zu kommen versuchten. Zia saß mit seinem kleinen Koran in der Ecke und rührte sich nicht. Also ging ich mit meinem Bruder.

Dawood stand kurz davor, Abdul-Abdul das Tor zu öffnen, als wir kamen und ihm erklärten, warum das nicht ging.

»Warum seid ihr dann nicht alle krank?«, wollte Ruhollah wissen.

Das war die Frage, die Dawood nicht beantworten konnte.

»Wir sind krank«, rief ich von der anderen Seite des Tors, »aber das sind wir schon seit unserer Rückkehr ganz leicht, weshalb es uns nicht so schwer getroffen hat.«

»Warum ist Miriam nicht krank?«

»Miriam ist immer krank«, sagte Gul.

Ruhollah gab zu, dass das stimmte, und nach etwas weiterem Hin und Her willigte er ein, uns Medizin zu besorgen. Wir erklärten ihm, Baba wolle ein Rezept in Wagh Jan eingelöst haben und Abo eine Kräutermedizin anrühren, aber Ruhollah und Abdul-Abdul entschieden, zurück zur Basis zu fahren, die Army-Ärzte zu konsultieren und uns amerikanische Medizin zu besorgen.

Mit diesem Versprechen fuhren sie davon.

Fast direkt nachdem sie wieder weg waren, klopfte es am anderen Eingang. Gul ging hinüber zum großen grünen Tor, aber als er sah, dass es Hamid, der Sohn des Metzgers, war, bat er mich, mit ihm zu reden.

Wie sich herausstellte, wollte der Metzgerssohn Abo einen Besuch abstatten, und als ich ihm sagte, Abo sei krank, wollte er Baba sehen, worauf ich ihm sagte, Baba sei ebenfalls krank. Dann wollte er Rahmutallah. Der sei nicht da, erklärte ich ihm, und er fragte sehr höflich, ob denn überhaupt keine Erwachsenen zu sprechen seien. Ich blickte zurück zu Gul und Miriam und dem Rest der Kinder und machte ein Gesicht, das besagte: *Was zum Teufel mache ich hier eigentlich?*

Und so sagte Miriam, und machte dabei, so gut sie konnte, Hawa Khala nach, zu Hamid, sie sei in einer

Sekunde für ihn da. Sie bedeutete mir, das Tor zu schließen, und stülpte eine Burka über mich. Worauf ich den Kopf durchs Tor streckte und so tat, als wäre ich Hawa Khala, nickte und Hamid ansah, während Miriam versteckt neben mir stand und Hawa Khalas sanfte Stimme imitierte. Sie erklärte dem Metzgerssohn, dass die Hälfte der Männer unterwegs sei, um Fleisch zu kaufen, die übrigen besorgten Medizin. Die Frauen würden gerade Nabila helfen, ein Kleid anzuprobieren, und dann, um ihn endlich wieder loszuwerden, besaß sie die Dreistigkeit, ihn einzuladen, hereinzukommen und seine Braut zu besuchen. Völlig verwirrt und aus der Fassung gebracht, lachte der Metzgerssohn nervös, lehnte ab und trat den Heimweg an, nicht ohne unseren Kranken vorher eine gute Besserung zu wünschen.

Aber die waren gar nicht mehr so krank.

Als wir zurück in den Hof kamen, fanden wir Abo und Baba auf der Veranda, wo sie zusammen mit Zia saßen, Chai tranken und sich über die Hochzeit unterhielten. Wir Kinder rannten schnell zu ihnen hin, wurden aber langsamer, bevor wir zu ihnen traten. Nacheinander begrüßten wir Abo und Baba, als wären sie von einem Tagesausflug nach Kabul zurück, und als wir fragten, wie es ihnen gehe, behaupteten beide, sie seien immer noch seekrank, fühlten sich aber so viel besser, dass sie wieder alles machen könnten, mehr oder weniger. Es schien, dass sie sich an ihre Krankheit gewöhnt hatten.

Kurz nachdem Baba und Abo wieder aufgetaucht waren, erschienen auch Rahmutallah und Hawa Khala im Hof, noch leicht unsicher auf den Füßen, dann Nabila und ihre Schwestern, Agha und Moor, und schließlich kam auch der Rest von Zias Schwestern, alle noch etwas benommen und mit einer leichten Übelkeit im Leib, aber sie fühlten sich besser.

Am Ende des Tages rührte Abo eine frische Ausgabe ihrer Kräutermedizin an, und Baba schickte Gul und Dawood zum Medizinholen nach Wagh Jan. Zwei Tage später kamen Ruhollah und Abdul-Abdul mit genug amerikanischer Medizin für etwa drei Leute, die wir Baba, Abo und Nabila gaben, wegen ihrer Hochzeit. Der Rest von uns nahm eine komische Mischung aus Abos Gebräu und Babas Rezepten, ohne dass wir ganz sicher waren, was uns da jetzt heilen sollte. Am Ende, als die Arbeit für die Hochzeit in die heiße Phase kam, fühlte sich die ganze Familie (oder redete es sich wenigstens ein) stark genug, um sich den unvermeidlichen Problemen zu stellen, die mit dem Akt verbunden waren, zwei Menschen gemäß den Gesetzen Allahs miteinander zu verbinden. Das heißt, bis auf mich.

Ich begann mich beschissen zu fühlen.

لوگر AM SIEBZIGSTEN TAG

Am Tag, bevor ich die zweite Dosis von Abos Gebräu schlucken sollte, beschloss Agha, mit mir in eine Klinik in Kabul zu fahren. Allerdings nicht wegen der Seekrankheit. Wegen meines Fingers.

Da die verkrusteten Ränder meiner offenen Wunde sich nicht über der blutigen, eitrigen Mitte schließen wollten, sah das Ende meines Fingers langsam wie ein verrottender Augapfel aus. Als Agha ihn abends sehen wollte, bekam er einen solchen Schreck, dass er sofort unsere Fahrt nach Kabul plante.

Meine Seekrankheit dagegen hielt ich verborgen, weil ich dachte, meine Familie könnte dahinterkommen, dass ich der Ursprung der großen Infektion war. Abo bewahrte das Geheimnis ebenfalls für sich (nur Allah weiß, warum), und bevor ich an dem Morgen nach Kabul fuhr, erklärte ich ihr, dass Agha mit mir zu einem Arzt wollte, damit er sich meinen Finger ansah. Dass es nicht um meinen Bauch ging.

»Es ist gut, dass du es mir erzählt hast«, meinte Abo. »Aber sorg dafür, dass dein Baba nichts erfährt. Sein Herz ist mit dem Alter sehr weich geworden, verstehst du?«

Ich sagte, dass ich es verstand.

Draußen vor dem Anwesen quetschte ich mich zu Nabila Khala, Moor und Sadaf Khala auf den Rücksitz unseres Corolla. Agha saß mit Rahmutallah vorn.

Meine Khalas und Maamaas (zusammen mit dem Sohn des Metzgers, der direkt hinter uns in einem zweiten Corolla saß) kamen mit, um die Papiere für die Hochzeit zu beantragen. Die Familie des Metzgers wollte, dass die Hochzeit in völliger Übereinstimmung mit den neuen Gesetzen der Kabuler Regierung vonstattenging, und Hamid und Nabila brauchten beide eine Heiratserlaubnis. Es war zwar noch etwa ein Monat bis zur Hochzeit, aber Rahmutallah Maamaa war entschlossen, keine Bürokraten zu bestechen, was, wie er sagte, einiges an Geduld und Zeit erfordern würde.

»Inschallah«, sagte er, als er den Motor anließ, »wir werden zumindest ihren Ausweis bestätigen lassen.«

Und mit diesem Duʿāʾ setzte sich unsere kleine Karawane in Bewegung.

Als wir durch die Straßen des Dorfes fuhren, sagte mir Nabila Khala, ich solle die Kurbel für mein Fenster in Ruhe lassen. Wie sich herausstellte, ließ sie sich nur mit einem Trick benutzen. Man musste die Welle zunächst ganz hineindrücken, die Kurbel ein paarmal drehen und schließlich bis an den Anschlag herausziehen, um das Fenster bedienen zu können. Die ganze Fahrt über öffnete und schloss Nabila Khala es wieder, sah Staubwolken kommen, Benzingestank und leichte Brisen voraus. Als wir an einer Ecke an einem Kamoot vorbeikamen, kurbelte sie das Fenster wütend zu, und als es zum Fluss hinunterging, öffnete sie es langsam wieder.

Bis auf Moor in der Mitte hatten alle Erwachsenen ihr eigenes Fenster und versuchten es im Einklang mit Nabila zu öffnen und zu schließen. Agha war immer etwas zu schnell, Sadaf zu langsam, nur Rahmutallah und Nabila arbeiteten völlig synchron. Sie kurbelten, hielten inne und schlossen ihre Fenster mit den gleichen fließenden Bewegungen.

Bei der Brücke nach Wagh Jan fuhren wir auf die Baustelle, wo ich und Zia den Esel des Zementmanns klauten. Nabila und Rahmutallah kurbelten ihre Fenster hoch, und ich bedeckte mein Gesicht schnell mit einem Dusmal, aber die Arbeiter waren so mit ihrem Zement beschäftigt, dass sie nicht mal in unsere Richtung sahen.

Die Straße war gewachsen. Die Betonfahrbahn reichte bis nach Naw'e Kaleh hinein. Aber noch beeindruckender waren die Masten. Fast dreißig standen jetzt da, und wenn die meisten auch auf der anderen Seite der Brücke, näher bei Wagh Jan aufragten, hatten es doch zwei bereits in unser Dorf geschafft. Nackt und einsam sahen sie aus.

»Subhānallāh«, sagte Agha.

»Ich würde warten, bis es funktioniert«, sagte Rahmutallah.

»Trotzdem. Stromleitungen in unserem Kaleh. Subhānallāh, ich erinnere mich noch, wie ich das erste Mal eine Glühbirne gesehen habe. Sie hingen an den Ständen in Kabul. Rot, grün und gelb. Wochen danach noch habe ich von ihnen geträumt. Ich dachte, es wären Feen.« Agha lachte. Rahmutallah auch.

Auf dem Rücksitz belehrte Moor Nabila, was die Hochzeit anging.

»Es ist gut zu weinen«, sagte sie. »Aber übertreibe es mit dem Schluchzen und Schreien nicht. Oder du tauschst einfach nur eine Schande gegen eine andere ein. Deine Schwiegermutter wird es auch nicht gut aufnehmen, und auch wenn dein Mann deine Notlage versteht, am Ende wird er tun, was er für seine Familie tun muss.«

»Keine Sorge, meine Schwester«, sagte Nabila. »Ich habe nicht vor, überhaupt eine Träne zu vergießen.«

Moor zwang sich ein Lachen ab. »Warte nur, bis es so weit ist.«

»Wart's ab! Ich werde die ganze Zeit lachen. So viel werde ich lachen, dass ich nichts essen kann.«

»Alhamdulillah«, sagte Sadaf und vermochte ihr Kichern nicht zu unterdrücken.

Nabila wollte sie kneifen, doch Moor ging dazwischen.

»Du wirst vor Lachen weinen«, sagte Moor. »Du wirst es schon sehen.«

»Wetten, dass nicht?«, sagte Nabila.

Moor sah sie an, als wollte sie sagen: *Meinst du das ernst?*

»Ich meine es ernst«, bestätigte Nabila. »Wenn ich weine, nur eine Träne, lasse ich dich den Namen für meine erstgeborene Tochter aussuchen. Aber wenn meine Augen trocken bleiben, finde ich einen für deine.«

Zu meiner Überraschung willigte Moor ein.

Daheim in den Staaten hätte sie mich geohrfeigt, wenn ich auch nur eine Walnuss verwettet hätte, hier in Logar verspielte sie den Namen meiner zukünftigen Schwester, als wäre es nichts. Trotzdem war sie mit ihrer Belehrung noch nicht fertig und platzte mit einem weiteren Rat mitten in Sadafs Erklärung von Shirins Tanzschritten.

»Und wenn wir den Bräutigam zum Tanzen bringen können…«, fing Moor an.

»Warum *wenn*?«, fragte Nabila.

»*Wenn* seine Familie zustimmt«, fuhr sie fort, »wird es angemessen für dich sein, einen Tanz mit ihm zu tanzen, vielleicht auch zwei, aber du musst zurückhaltend bleiben. Zurückhaltend und stilvoll. Zurückhaltend, stilvoll und respektierlich.«

»Das heißt, ich darf nicht mit dem Hintern wackeln?«, sagte Nabila.

Moor lächelte nur.

»Ich meine es ernst«, sagte Nabila. »Stundenlang habe ich mir Bauchtanzvideos angesehen, und jetzt sagst du mir, ich kann meinem Mann nicht ein bisschen was vorwackeln? Habe ich die Videos ohne Grund eingeschmuggelt?«

»Mach du nur und wackle mit dem Hintern«, sagte Moor. »Aber fang nicht an zu heulen, wenn du dir das Kleid ruinierst. Diese Tänzerinnen in den Videos, die tragen Elastan und Shorts, kein Kutschi-Kali.«

Nabila lachte und nahm Moor in den Arm. Sie küsste sie auf die Nase und drückte sie so fest an sich, dass sie von mir wegrückte. Der zusätzliche Platz hätte zu keiner besseren Zeit kommen können.

Als wir uns Kabul näherten, stiegen mir der Geruch der Abwasserkanäle und der Smog in die Nase und drangen hinunter in meinen Bauch, wo sie sich mit einem fürchterlichen Rumoren meiner Innereien verbündeten. Aber, Alhamdulillah, als ich meine Füße auf die Betonstraßen Kabuls stellte, ließen die Leibschmerzen nach.

Wir trennten uns in der Nähe der Regierungs-Distrikte. Rahmutallah und meine Kahlas zogen mit der Karawane weiter, während ich und meine Eltern in einem Taxi zu einer Klinik in Karte Naw fuhren. Der Arzt dort (von Wasim empfohlen) entpuppte sich als ein winziger, kahlköpfiger Tadschike mit einem Schnauzbart, der Paschto, Farsi und Englisch sprach.

Zuerst untersuchte er meinen kaputten Finger, ging ganz nahe heran, bis ich wusste, dass er den Gestank riechen konnte, zog aber weder die Brauen zusammen, noch hustete er, wofür ich ihm aus tiefstem Herzen dankte. Dann, als ich dachte, er würde eine Zaubernuss-Watte auf die Wunde drücken, trat er zurück und fragte meine Eltern, warum sie nicht eher mit mir zu einem Arzt gegangen seien.

Moor erklärte ihm, dass ihr Vater Arzt sei.

»Er ist Apotheker«, unterbrach Agha sie. »Er denkt, er ist Arzt, seine Kinder auch, und, Wallah, Doktor Sahib, für gewöhnlich ist er sehr gut, was Fleischwunden betrifft. Ich habe ihn Schusswunden verbinden sehen, als wären es aufgeschürfte Knie. Sonst hätte ich meinen Sohn niemals so lange von ihm versorgen lassen. Ich dachte, er käme damit zurecht, aber jetzt sind drei Monate vergangen, und die Wunde ist immer noch nicht verheilt.«

»Sie hätten früher zu mir kommen sollen«, sagte der Arzt. »Ich habe hier in der Stadt immer wieder mit Hundebissen zu tun. Ich verschreibe ihm eine Salbe, die die Wunde in ein paar Tagen heilen lässt.«

Agha war begeistert.

Moor schien skeptisch.

 Und als wir in die Apotheke auf der anderen Straßenseite kamen, wurde aus Aghas Freude Wut, und Moors Zweifel bestätigten sich. Der Doktor hatte uns ein Rezept für die Salbe ausgestellt, die Baba schon am ersten Tag, als ich gebissen worden war, daraufgestrichen hatte. Er hatte die ganze Zeit recht gehabt.

Agha kaufte die Salbe am Ende dennoch, nur für den Fall, dass Babas Tube zu alt war, verschmutzt oder sonst was … nun, ich war nicht wirklich sicher, was Agha sich dachte, aber er war so sauer, es wäre sinnlos gewesen, mit ihm zu streiten. Stattdessen schlug Moor vor, etwas zu essen. Ich war zwar nicht zu hungrig, aber wir waren ganz nahe bei Ruhollahs liebstem Kebab-Imbiss, der, wie sich herausstellte, auch Aghas liebster Kebab-Imbiss war.

Offenbar hatte Aghas älterer Cousin Sayed Ahmad ihn vor dreißig Jahren mit hergebracht, als Agha noch ein Kind war und Kabul noch einen König hatte.

»Der arme Sayed«, erinnerte sich Agha, »er war der erste Märtyrer unserer Familie.«

Ich fragte Agha, wie er umgekommen sei.

»Sayed war Lastwagenfahrer«, sagte Agha. »Er brachte eine Lieferung nach Wardak, als die örtlichen Kommunisten einen Pakt mit den Paschtunen-Stämmen der Gegend geschlossen hatten. Die Kommunisten sagten den Paschtunen, wenn sie die Hazara-Rebellen ein paar Städte weiter auslöschten, werde das Land an sie fallen. Die Paschtunen willigten sofort ein, aber kaum dass sie Waffen bekamen, richteten sie sie auf die Kommunisten und töteten eine ganze Brigade. Als Vergeltung bombardierten die Kommunisten ihr Dorf und die umliegenden Straßen, auf denen Sayed mit einem Tankwagen voller

Benzin unterwegs war. Er verbrannte Hunderte Kilometer von zu Hause. Als sein Vater es herausfand, verbrachte er Wochen damit, nach den Überresten seines Sohnes zu suchen. Er wollte wenigstens einen Finger oder einen Knochen begraben können, aber da lag schon der ganze Distrikt in Schutt und Asche. Der Krieg hatte Sayed gefressen.«

Wir saßen in einem kleinen Raum mit roten Vorhängen, voller Kebab-Rauch, und nippten still an unserem Chai, bis Agha mit einer anderen Erinnerung kam.

»Als mich Sayed zum ersten Mal herbrachte«, sagte Agha, »wollte ich, wie von meinem Vater instruiert, nichts essen. Sayed diskutierte nicht groß oder versuchte mich unter Druck zu setzen. Er bestellte einfach zwei Portionen Kebab und sagte, wenn ich nichts wolle, äße er eben beide. Er wusste, wenn die Kebabs kamen, würde ich nachgeben. Der Gedanke, so viel Geld für zwei Teller Fleisch auszugeben, kam mir wahnsinnig vor, und dann kamen sie, und ich begriff.«

Nachdem wir einen ganzen Stapel Spieße gegessen und drei Krüge Chai getrunken hatten, verließen wir den Imbiss und liefen in Richtung der Regierungsgebäude, aber wir mussten durch so viele Checkpoints, dass wir Stunden brauchten, um die paar Kilometer hinter uns zu bringen. Jedes Mal gab es gleich einen ganzen Trupp Soldaten, Afghanen und Amerikaner, gepanzert und in voller Ausrüstung. Die weißen Jungs saßen mit ihren Brillen auf diesen ungeheuren Humvees, die fast zwei Stockwerke hoch waren, sodass ich ihre Gesichter nicht erkennen konnte, was mich nervös machte, weil ich nicht wusste, ob sie mich beobachteten oder nicht.

Agha mit seinem dichten schwarzen Bart und dem dunklen Gesicht eines Nomaden wurde an jedem einzelnen Checkpoint angehalten und abgetastet. Ohne seinen magischen Pass hätten wir den ganzen Tag da festgesteckt. »Wir sind Amerikaner«, sagte er immer wieder, während die Soldaten von seinem Foto zu ihm und von ihm auf das Foto sahen. Wallah, der Pass war eine Art Geheimschlüssel für die Stadt.

Als wir endlich zu Rahmutallah und meinen Khalas stießen, mussten wir erfahren, dass sie praktisch nichts erreicht hatten. Rahmutallah Maamaa erklärte, nachdem sie zwei Stunden in der Schlange für die Heiratserlaubnis gewartet hätten, habe ihn ein Sachbearbeiter informiert, dass es in Nabilas Ausweis einen Grammatikfehler gebe. Um das Problem zu lösen, so erklärte der Sachbearbeiter Rahmutallah, konnten sie den Fehler entweder im Ausweis-Büro offiziell berichtigen lassen oder eine zusätzliche »Gebühr« zahlen und ihn an Ort und Stelle korrigieren. Ohne auch nur in Erfahrung zu bringen, wie viel der Mann wollte, lehnte Rahmutallah ab und ging hinaus. Der Sachbearbeiter in dem Büro behauptete dann, Nabilas Ausweis sei eine Fälschung, da sie weit älter aussehe, als sie vorgeblich sei. Das Geburtsdatum lasse sich jedoch gegen eine kleine »Gebühr« korrigieren. Sonst müssten sie für eine beglaubigte Bestätigung des Geburtsdatums zum Standesamt. Wieder weigerte sich Rahmutallah Maamaa zu zahlen und ging, unglücklicherweise jedoch hatte das Standesamt bereits seit zehn Minuten geschlossen, nachdem der Leiter eine Stunde früher Feierabend gemacht hatte, da er seit zwei Wochen nicht mehr bezahlt worden war (unterwegs wurde der arme Rahmutallah obendrein noch an jedem Checkpoint angehalten). Und um alles noch schlimmer zu machen, hatte der hübsche Hamid den Mut vorzuschlagen, er könne noch einmal zurückgehen und die zusätzliche »Gebühr« übernehmen. Hätte Nabila nicht um Erbarmen gefleht, hätte Rahmutallah Hamid womöglich an Ort und Stelle die Zähne eingeschlagen. Nach einigem Hin und Her kam Hamid mit dem Vorschlag, in der nächsten Woche noch einmal mit Ruhollah herzukommen, da er viele Verbindungen in Kabul zu haben schien, und am Ende musste Rahmutallah Maamaa zugeben, dass das tatsächlich eine gute Idee war.

»Es ist wirklich ein Irrsinn«, machte er sich Agha gegenüber später Luft, als wir im Auto saßen und Kabul bereits wieder hinter uns gelassen hatten. »In den Tagen der Taliban wurden Jungen geschlagen, weil sie sich rasiert haben, jetzt werden erwachsene Männer schikaniert, weil sie einen Bart tragen.«

»Es gibt keine Achtung vor der Sunna mehr«, sagte Agha.

»Vor der Sunna. Vor meinem Alter. Vor unserem Leben. Vor nichts«, sagte Rahmutallah und spuckte aus dem Fenster. Wir fuhren auf kürzestem Weg auf die Schnellstraße Kabul-Logar, die den reibungslosesten Teil der Fahrt darstellte. Nabila kurbelte ihr Fenster ein Stück herunter, und meine Übelkeit ließ nach.

»Wie war es beim Arzt?«, fragte sie Moor.

»Der Doktor Sahib hat ihm die Salbe verschrieben, die Baba ihm bereits gegeben hat«, sagte sie. »Die wir auf Marwands Wunde gerieben haben, seit ihn dieser Hund, den Gott zur Hölle schicken möge, gebissen hat. Ich weiß nicht, was es ist. Der Finger will einfach nicht heilen.«

Genau wie mein Bauch nicht, dachte ich.

Als wir schließlich über die holprigen Wege Naw'e Kalehs rollten, stieg meine Seekrankheit erneut auf eine Weise in mir auf, die mich um meine verlorene Gesundheit trauern ließ.

Wallah, ich vermisste es, mich gut zu fühlen. Ich vermochte mich kaum noch daran zu erinnern.

Und so trank ich an den nächsten vier Freitagen Abos Gebräu, ordnungsgemäß und vor ihren Augen. Aber mit jeder Dosis, ich schwöre bei Gott, fühlte ich mich schlechter als zuvor. Abo sagte, das sei natürlich. Sie erklärte mir, die Reinigung sei schmerzvoll, und obwohl ich ihr nicht widersprach, schalt sie mich, weil ich ihr nicht vertraute. Ich versuchte ihr zu glauben. Wallah, das tat ich. Aber am Morgen des fünften Freitags, der auch der Morgen von Nabilas Hochzeit war, wachte ich mit einem Schmerz in meinem Bauch auf, der mich all ihre Überzeugungen in Frage stellen ließ.

3

لوگر

AM SIEBENUNDNEUNZIGSTEN MORGEN

Der Tag der Hochzeit kam, und ich war nicht bereit dafür. In meinem Bauch rumorte es, und er schmerzte wie nie zuvor. Ich lag auf meinem Toschak, starrte zur Decke hinauf und flüsterte die *Kalimāt*, neunundneunzigmal hintereinander, bis mein Blick und mein Magen sich beruhigten und das Pochen in meinem Finger nachließ. Dann kam Gul hereingeplatzt.

Fast zog er mich von meinem Toschak, nahm meine gesunde Hand und führte mich aus dem Zimmer, über den Hof und in den Obstgarten, an den für das erste Festessen vorbereiteten Kesseln und Feuerstellen vorbei in die hinterste Ecke, wo Budabasch mir die Spitze meines Zeigefingers abgebissen hatte. Dawood war auch da. Er hielt seine große schwarze Tasche an sich gedrückt und schien argwöhnisch. Ich wollte ihnen erklären, wie schlecht ich mich fühlte und dass ich zu keiner neuen Aktion fähig sei, aber kaum dass ich saß, zog Dawood drei Burkas aus seiner großen schwarzen Tasche, und Gul begann seinen Plan zu erklären. Ich war zu neugierig, um ihn zu unterbrechen.

Es war länger als sechzig Tage her, dass Gul seine Verlobte zuletzt gesehen hatte, und er war wie besessen von seinen Gedanken an sie. Seit einer Weile verbrachte er deshalb mehr Zeit mit dem Sohn des Metzgers, um in seinem Gesicht nach Ähnlichkeiten zu suchen, die ihn an dessen kleine Schwester erinnerten. Er träumte von ihr. Und in diesen Träumen rettete sie ihn stets vor einem Verhängnis. Vor einer wild gewordenen Kuh. Einer vergifteten Cola. Einer Springflut.

Nabilas Hochzeit war die perfekte Gelegenheit, ihr wieder nahezukommen, und zwar so: Wenn sich die Frauen für ihren Weg zum Haus des Metzgers vorbereiteten, nachdem wir ihn und seine Gäste zum Auftakt der Feierlichkeiten hier bei uns unterhalten und beköstigt hatten, würden wir drei in die Burkas schlüpfen, so tun, als wären wir Mädchen, uns unter die Frauen mischen und sie auf Nabilas letztem Marsch begleiten. Beim Metzger angekommen, würden wir auf der Frauenseite der Hochzeit bleiben, wo Gul womöglich endlich eine weitere Möglichkeit bekam, einen Blick auf seine Geliebte zu werfen.

»Und ihr zwei könnt euch auch eine aussuchen«, sagte Gul.

»Aber wofür brauchst du mich dabei?«, fragte ich, und in dem Moment rief Abo, dass ich auf die Veranda kommen sollte. Als ich ging, warnte mich Gul, den Plan keinesfalls Zia zu verraten, der in seinem Argwohn schnell versuchen würde, uns zu stoppen. Und genau wie er es vorausgesagt hatte, wartete Zia bereits auf mich, als ich zurück in den Hof kam.

 Das Anwesen war voller Frauen, fertig angekleidet

oder erst halb, die Haare hoch, die Haare unten, in altmodischen, von der Braut selbst entworfenen rot-grünen und lila-rosa Ensembles. Die jüngeren Mädchen beeilten sich den älteren dabei zu helfen, parfümiert und gepudert zu werden. Fast alle meine Khalas hatten ihre Gesichter, obwohl sie sowieso schon recht hellhäutig waren, mit Schichten einer weißen Paste aus China bedeckt, die über Peschawar eingeführt, in Kabul verkauft und nach Logar eingeschmuggelt wurde. Die Gäste des Metzgers sollten in einer Stunde kommen, und während die Frauen sich noch zurechtmachten, war Zias Mom bereits mit Bibi im Tandur-Khana und bereitete die Kessel vor.

Zia zog mich beiseite und fragte, was wir da im Obstgarten machten. Ich sagte, wir planten nur den Attan für den ersten Teil der Hochzeit.

»Aber ihr könnt das doch gar nicht, einen Attan tanzen«, sagte er.

»Woher weißt du das?«

»Du hast es mir gesagt.«

Daran erinnerte ich mich nicht. Das musste ganz zu Anfang gewesen sein. Bevor Budabasch verschwunden war. Als Zia alles von mir hatte wissen wollen.

»Du lügst«, sagte er. »Sag Wallah.«

»Wallah.«

»Wallah was?«

»Wallah«, sagte ich und sah hinüber zur Veranda. »Ich muss zu Abo.«

Bevor er mich gehen ließ, rezitierte Zia noch ein Hadith über einen Mann, der von Mekka nach Medina emigrierte, nicht wegen des Propheten, sondern um eine

Frau zu sehen, die er liebte. Sie hieß Umm Qays, und da der Mann die *Hidschra* wegen ihr machte, war sein wahrer Name vergessen worden. Von jenem Tag an hieß er nur noch »der Emigrant von Umm Qays«.

»Verstehst du?«, fragte Zia.

Ich sagte, ja, das tue ich, dreimal nacheinander, und lief zur Veranda, wo Abo in einer Ecke saß, während Miriam ihre Augen mit Kajal bemalte. Moor saß neben ihr und schminkte sich mit den Sachen, die sie aus SF mitgebracht hatte. Abo hielt die Augen geschlossen, Moor tuschte sich die Wimpern. Sie sprachen über Abdul-Abdul. Offenbar fehlte er.

Früher am Morgen hatte Abo aus Ruhollah herausgebracht, dass der Kommandeur Abdul-Abdul einen wichtigen Auftrag erteilt habe. Ruhollah versicherte ihr, dass es dabei um die nationale Sicherheit gehe, wegen nichts weniger würde Abdul-Abdul die Hochzeit seiner Schwester verpassen. Aber Abo gab zu, dass sie Ruhollah nicht glaubte. »Er hat viel zu schnell gesprochen. Wie eingeübt.«

»Ruhollah lügt nicht«, sagte Moor.

»Nein, das tut er nicht. Hat er aber.«

»Wenn überhaupt, hat Abdul ihm die Geschichte erzählt, und Ruhollah hat sie genauso wiederholt, weshalb du ihm nicht glaubst.«

»Vielleicht«, sagte Abo und stellte, ohne die Augen zu öffnen, ein kleines Plastikfläschchen mit meinem Mittel vor mich hin. »Trink«, sagte sie. »Es ist das letzte Mal.«

Ich öffnete das Fläschchen, hielt mir die Nase zu und trank es leer.

 Minuten danach lief ich über den Hof und durch verschiedene Zimmer, fühlte mich elend und benommen, und alle Frauen wollten etwas von mir, jede einzelne von ihnen. Ich vergaß alles sofort wieder, und sobald ich nicht mehr wusste, was die eine Khala mir aufgetragen hatte, kam die nächste mit etwas anderem. So ging es eine Weile. Ich wurde losgeschickt, vergaß, was ich tun sollte, und machte mich an Dinge, die schon vor Stunden erledigt worden waren. Am Ende ließ ich alle vergessenen Aufgaben hinter mir und suchte Gul. Das war, als die Gäste des Metzgers schließlich kamen.

Die Männer kamen mit einer Unzahl Esel in den Obstgarten, vollgepackt mit rohem Fleisch, Gemüse, Obst, Suppe, Eintöpfen und Brot. Ich und Gul und die anderen befreiten die Tiere von ihrer Ladung und reichten sie im Fließbandstil an die Hilfsköche an den Kesseln weiter. Agha hatte angeboten, sich um das Fleisch zu kümmern, während ein paar entferntere Cousins, vielleicht auch Nachbarn, Gemüse, Reis und die anderen Speisen kochen und anrichten wollten. Rahmutallah Maamaa führte die Männer des Metzgers in den Schatten der Apfelbäume, wo bereits Toschaks und Teppiche ausgebreitet lagen, mit Kesseln voller Chai. Der Sohn des Metzgers ging an der Spitze der Gästeparade und setzte sich in die Mitte der bärtigen Männer. Er schien blass, dort zwischen den Alten, und sah fast hässlich aus. Ich fragte mich, ob er überhaupt heiraten wollte.

Die Frauen kamen durch das Haupttor, und während die Männer noch ihren Chai tranken und auf das Essen warteten, wurden nebenan im Hof Liebeslieder gesungen. Die Frauen trommelten auf ihren Dhols und tanzten für Nabila, wenigstens stellte ich es mir so vor. Ich lehnte an der Mauer, immer noch schwindelig in meiner Benommenheit, und hörte ihnen zu.

Shirins Stimme hob sich über die der anderen.

Wallah, Moor log nicht, wenn sie sagte, Shirin könne mit den Besten mithalten: mit der Trauer einer jungen Naghma und dem Stimmumfang einer Ustad Mahwash. Hätte Shirin gewollt, behauptete Moor, hätte sie berühmt werden können, aber sie hasste größere Menschenansammlungen, die Blicke der Männer, und sang nur zu besonderen Gelegenheiten für die, die sie liebte.

Und so sang sie für Nabila das Lied von Durkhanai.

DAS LIED VON DURKHANAI

Die Geschichte, die in diesem Lied erzählt wird, ist die des alten Paschtunen-Häuptlings Taus Khan, der früh in seinem Leben einen großen Kummer erlitt. Er verliebte sich zutiefst in die Frau, die er geheiratet hatte, und als sie mit achtzehn bei der Geburt eines Kindes starb und ihm eine Tochter hinterließ, konnte er sich nicht dazu bringen, noch einmal zu heiraten. Mit der Zeit wuchs diese eine Tochter, die Durkhanai hieß, zu einem Ebenbild ihrer einst so schönen Mutter heran. Taus Khan liebte sie von Herzen und schlug ihr nichts ab, und als Durkhanai ihn mit zehn Jahren fragte, ob sie den Koran studieren dürfe, um die Schönheit Allahs besser zu verstehen, da willigte Taus Khan ein, wenn auch mit großem Zögern, einen Lehrer für sie anzustellen. Und obwohl sie immer ihre Parda bewahrte, indem sie geschützt hinter einem großen Vorhang saß, lernte sie viel und schnell von ihrem Koranlehrer, und ihr wurde erlaubt, auch andere Fächer zu studieren.

Schließlich wurde Durkhanai eine Gelehrte von großer Intelligenz, Schönheit, Frömmigkeit und Güte. Und so kam es, dass nach Durkhanais sechzehntem Geburtstag ein wohlhabender und geachteter Freier namens Payu Khan um ihr Dusmal bat und Durkhanai, durch den Willen Allahs und mit Zustimmung ihres Vaters, verlobt wurde.

Im selben Dorf wie Durkhanai wuchs ein junger Mann namens Adam Khan auf. Ein Häuptlingssohn, der nach allem, was man hörte, verzogen, faul und ohne jedes Interesse an Macht war, aber mit einer Singstimme gesegnet, die Bettler ihre Münzen und Frauen ihre Tücher wegwerfen ließ und große Kämpfer zu Tränen rührte.

Eines Tages nun war Adam Khan zur selben Hochzeit geladen wie Durkhanai, und während der Feierlichkeiten baten die Gäste ihn, Allah zu Ehren ein paar Lieder zu singen. Erst antwortete Adam Khan mit einer bescheidenen Entschuldigung und gab vor, einen Husten zu haben, doch als ihn alle Männer von der Seite des Bräutigams anflehten zu singen, gab er schließlich nach.

Er spielte Rubab und Flöte, sang Couplets und Balladen, und die Melodien trieben zu den Frauen auf der anderen Seite der Mauer hinüber. So vernahm Durkhanai denn die Herrlichkeit von Adams Stimme und spürte, wie sie in ihrem Rhythmus ertrank. Sie fiel in eine Art Trance, lief auf die Quelle des Liedes zu, wie besessen war sie, erreichte die Mauer zur Männerseite, kletterte hinauf und sah Adam Khan zum ersten Mal.

Adam Khan, spielend, singend, stöhnend, trauernd, hob

den Blick zum Himmel, als wollte er die Schönheit Allahs beschwören, sah stattdessen jedoch in Durkhanais Augen.

Und beide wurden auf der Stelle von tiefer Liebe füreinander erfüllt.

Und gerade als ich mich in der Liebesgeschichte verlor, beschloss Gul, meinen Tagtraum mit seiner Ankündigung des Attan zu unterbrechen. Rahmutallah Maamaa organisierte den Tanz der Männer, holte ein paar Jungen dazu, bat respektvoll um die Anwesenheit der Alten und bot schließlich Agha die Führung an. Agha lehnte natürlich genau dreimal ab, bevor er seine Position vor dem Kreis einnahm.

Einige der Männer des Metzgers spielten Tabla und Bajah in der Mitte des Kreises, während der Attan langsam begann, jeder Schritt und jede Drehung noch zaghaft, fast schüchtern. Rahmutallah, meine anderen Maamaas und ein paar Männer des Metzgers stellten sich hinter Agha auf. Die meisten tanzten zu steif oder zu locker, nur ein paar von den Jüngeren, die mit den gestutzten Bärten und den geölten langen Locken, vermochten die ruhige Anmut Aghas nachzuahmen.

Nach ein paar Kreisbewegungen erhöhten die Musiker das Tempo, und die Männer drehten sich schneller, tanzten schneller, klatschten lauter, und während die älteren und die schlechteren Tänzer den Kreis verließen, schwitzend, erschöpft, atemlos, tanzten die jüngeren weiter, stampften auf die Erde, wirbelten sie auf, tanzten und sprangen und drehten sich im Rhythmus der Dhols.

Allein vom Zusehen wurde mir schwindelig, doch der Tanz hatte auch etwas Hypnotisches.

Gegen Ende des ersten Attan waren nur noch Agha, Gul und zwei der Metzgerjungen übrig. Agha war wenigstens zwanzig Jahre älter als sie alle, hielt jedoch aus einem komischen Ehrgefühl mit ihnen mit. Für ihn war der Attan mehr als ein Tanz. Er sagte immer, die Paschtunen in den Bergen würden mit Schwertern und Gewehren Attan tanzen und dass die Maschinengewehre den Takt vorgäben, vor und nach den Gefechten. Er sagte, die Paschtunen liebten das Tanzen und den Krieg mehr als Gott. Er sagte, deshalb sei unser Volk verflucht. Genauso nannte er es: »unser« Volk.

Am Ende hielten die Jungen länger durch als Agha. Das Hemd schweißnass schnappte er nach Luft und fiel fast um, als einer der Cousins des Metzgers die Hand hob, um die Trommeln zu stoppen. Agha flehte den Trommler an weiterzumachen, aber es wollte niemand mehr tanzen. Der Attan war vorüber, das Essen begann.

Wir aßen schnell, und während sich die Frauen im Hof fertig machten, um zum Haus des Metzgers zu wandern, schlichen ich, Gul und Dawood in unser Zimmer.

Gul bat mich, die von Nabila gestohlene Burka anzuziehen.

»Versuch es wenigstens«, sagte er.

Also tat ich es. Erst bekam ich kaum die Arme hinein, doch als der schwere Stoff dann über mich fiel, ich den Kopfteil und das Netz der Augenlöcher zurechtzog, verbesserte sich mein Gleichgewicht, und auch mein Bauch schien sich zu beruhigen.

Bis Gul mich bat, meine Kamera zu holen.

Ich sagte, ich wisse nicht, wo sie sei, und er sagte, ich solle »Wallah« sagen, und ich sagte, er verlange zu viel.

»Wenn ich ein Bild habe, überstehe ich die nächsten Jahre ohne etwas anderes. Wallah, das werde ich. Ich werde ich selbst bleiben, wenn du nicht mehr hier bist, und ich habe allein dir zu danken, wenn du zu meiner Hochzeit wieder herkommst. Verstehst du, Marwand?«

»Aber es ist eine Sünde.«

»Wo im Koran steht, dass es eine Sünde ist, ein Bild von deiner Liebsten zu machen, damit du in den Jahren vor eurer Hochzeit nicht vor Einsamkeit stirbst?«

»Zia sagt …«

»Du denkst, ich bitte dich ohne Grund? Wenn es andersrum wäre, würde ich dir *deine* Bitte abschlagen?«

Das würde er nicht. »Das Foto wird unscharf sein durch den Schleier«, sagte ich.

»Unscharf ist okay«, sagte er. »Ich habe eine gute Vorstellungskraft.«

Also lief ich meine Kamera holen und schaffte es kaum, die Frauen noch auf ihrem Marsch zu begleiten.

Obwohl viele der Frauen sie davor gewarnt hatten, da die Gewalt der Taliban in letzter Zeit wieder zunahm, war Abo entschlossen, ihre Dhol auf der Straße erklingen zu lassen, ihre Lieder zu singen und dem ganzen Dorf mitzuteilen, dass Nabila in den ewigen Hafen der Ehe einfuhr. Die Familie des Metzgers war mehr oder weniger stumm zu unserem Haus gezogen. Mit einem ruhigen Lied, einem leichten Trommeln, aber Abo wollte unbedingt Krawall schlagen. Wir trafen uns am Tor des Hofes mit Trommeln, Tamburinen und Burkas (mit Kleidern darunter), Täschchen und Taschen, Süßigkeiten, Dusmals und einem einzelnen alten Gewehr, das Abo unter ihrem Tschador versteckt hielt.

»Und wenn ein Talib kommt und uns aufhält?«, fragte Moor.

»Dafür habe ich einen Plan«, sagte Abo.

Alle, besonders die Familie des Metzgers, waren mehr als nur etwas ängstlich, was ihren »Plan« betraf.

»Aber vielleicht kommen sie ja gar nicht«, fügte Abo hinzu.

Natürlich kamen sie.

Der erste Teil des Marsches verlief problemlos. Abo, Nabila, Moor und ein paar ältere Frauen führten den Zug an, sangen Liebeslieder und ließen Dhol und Tamburin erklingen, die Jüngeren folgten ihnen und sangen leiser. Ich hielt mich mit den Jungs weiter hinten, wir summten leise mit, taten, was die Frauen taten, und mühten uns, nicht aufzufallen. Unter dem blauen Schleier mit den nur kleinen Löchern, durch die ich sehen konnte, zogen Wege, Felder und Bäume schimmernd an mir vorbei, in Splittern und Scherben, als sähe ich nicht das Land selbst vor mir, sondern nur meine Erinnerung daran. Ich schnaufte große Züge Luft durch das Geflecht des Gewebes in mich hinein, roch Minze, gemähtes Korn und frischen Rauch.

Als wir durch das erste Labyrinth marschierten, die Durchgangsstraße durch Naw'e Kaleh hinunter und mitten durch zwei sich kreuzende Felder, trafen wir auf ein Taliban-Trio. Sie bewegten sich langsam durch den Weizen, in festem Abstand zueinander, trugen schwarze Kalis, schwarze Pakols, aber die Dusmals vor ihren Gesichtern waren weiß. Sie hatten Maschinengewehre, und von allen Möchtegern-Ts, die ich je auf der Straße getroffen und in der Landschaft ausgemacht hatte, sahen diese Kerle am echtesten aus.

Unsere Prozession wurde etwas langsamer. Einige der Frauen waren nicht sicher, ob sie stehen bleiben sollten, zu singen aufhören, oder beides. Abo wollte davon nichts wissen. Sie führte uns weiter voran, doch statt eines neuen Liebesliedes sang sie die Geschichte von Dash-i-Leili.

Sie ging so:

Wa Dash-i-Leili,
Kommst du zurück zu mir, mein Bruder?
Wa Dash-i-Leili,
Er ist alles, was ich habe auf Gottes großer Erde.
Wa Dash-i-Leili,
Acht Jahre sind vergangen, und ich warte noch immer.
Wa Dash-i-Leili,
Ich sitze auf der Straße und halte nach seinen Augen Ausschau.
Wa Dash-i-Leili,
Ich habe gehört, er wurde begraben.
Wa Dash-i-Leili,
Dass er lebendig in die himmlischen Gärten gepflanzt wurde.
Wa Dash-i-Leili,
Wie die weißen Blüten Gottes.
Wa Dash-i-Leili,
Unsere Mutter ist vor Trauer erblindet.
Wa Dash-i-Leili,
Seine Frau spricht nicht mehr.
Wa Dash-i-Leili,
Seine Söhne schlafen nicht mehr.

Wa Dash-i-Leili,
Unser Vater geht nicht mehr.
Wa Dash-i-Leili,
Und spricht mich nur noch mit dem Namen meines Bruders an.
Wa Dash-i-Leili,
Ich arbeite mit einem gebrochenen Bein.
Wa Dash-i-Leili,
Es gibt nie genug zu essen.
Wa Dash-i-Leili,
Komm zurück zu mir, mein Bruder.
Wa Dash-i-Leili,
Und ich werde nie wieder singen.

Abo sang ganz allein dort auf den Feldern, weinte fast, und die T knieten nieder, wo sie waren, und hörten still zu. Sie hielten uns nicht auf. Abo führte ihre Gästeparade an ihnen vorbei, über das Feld und auf die Straße zum Haus des Metzgers, und ich sah mich immer wieder um, um mich zu vergewissern, dass sie uns nicht folgten. Als die T außer Hörweite waren, wischte sich Abo die Tränen weg, verschmierte sich dabei die Augen und wechselte zu einem so bekannten Liebeslied, dass sogar ich den Text singen konnte. Es handelte von einer verschwundenen Kutschi namens Laila, die neulich nachts krank geworden war. Alle Frauen, und auch ich, Gul und Dawood, stimmten mit ein.

لوگر

AM SIEBENUNDNEUNZIGSTEN TAG

Als wir in den Hof des Metzgers kamen, zogen viele der Frauen ihre Burkas aus, auch Nabila, die ihr lila Ensemble mit Schleppenrock, Puffärmeln und einem Veilchenstrauß trug, dazu das passende lila Make-up. Abo, Moor und ein paar Frauen aus der Familie des Metzgers führten Nabila zu einem für sie aufgebauten Thron auf der Veranda.

Der Hof des Metzgers war zu klein, um alle Gäste auf einmal aufzunehmen, und so gingen einige, nachdem sie die Braut ausgiebig begutachtet hatten, in verschiedene Räume des Hauses und begannen ihre eigenen Tänze. Die meisten Gäste blieben jedoch draußen im mit Blumen, Tüchern und Teppichen geschmückten Garten. Überall entlang der Mauern lagen Toschaks. Die Frauen und Großmütter saßen darauf, trommelten, rasselten mit ihren Tamburinen und sangen von alter Liebe, während die jungen Mädchen in der Mitte des Hofes zusammenkamen und für die Braut auf der Veranda zu tanzen begannen.

Ich saß mit Dawood und Gul und ein paar Frauen in Burkas in der Nähe der Tanzfläche. Wir sahen den Mädchen zu. Ich kannte keine von ihnen, hatte sie nie gesehen und durfte sie auch nie gesehen haben. Sie trugen Nabilas mit Blumen, Schmucksteinen oder Hunderten kleinen Spiegeln besetzte Kleider, die ihre Betrachter mit jeder Drehung tausendmal spiegelten. Durch die Augenlöcher meiner Burka konnte ich die Mädchen nicht wirklich alle ganz erkennen, vor allem, weil sie sich so schnell bewegten. Ich sah entweder ihre Hände, ihre Tanzschritte oder ihre Gesichter. Das Herz wummerte mir im Bauch. Meine Finger juckten, besonders der wunde, und ohne wirklich nachzudenken, kratzte ich an der Kruste, bis sie zu bluten begann. Es kamen nur ein, zwei Tropfen, aber trotzdem.

Nach dem ersten Lied wandte ich mich Gul zu und fragte ihn, welches von den Mädchen die Tochter des Metzgers sei.

»Sie ist nicht dabei«, sagte die Stimme einer Frau, die ich nicht erkannte. »Sie muss in einem der anderen Räume sein. Wie sind Sie mit der Braut verwandt?«

»Sie ist meine Cousine«, quietschte ich.

»Sie ist so eine entzückende Person«, sagte die Frau in der Burka, »aber mit wenig Parda.«

Ich verstellte meine Stimme so gut es ging und dankte ihr, dann entschuldigte ich mich und ging Gul und Dawood suchen. Ich lief von Raum zu Raum, flatterte in meinem blauen Stoff dahin und drückte mich an Gästen vorbei, die mich von der Seite her musterten. Mit dem Schleier war es schwer, einen ganzen Raum oder eine Tanzfläche zu überblicken, besonders, da alles so voll war. Ich musste jedes Gesicht einzeln in den Blick nehmen, um zu sehen, wer wo war, wobei alle hier auf der Hochzeit viel zu aufgekratzt waren, um in einem Zimmer zu bleiben, einer einzelnen Gruppe Tänzerinnen zuzusehen oder nur einer Sängerin zu lauschen. Alle bewegten sich von einem Ort zum anderen. Die Frauen sangen, tanzten und schwatzten, tranken Chai und Wasser, aßen Süßigkeiten und Mandeln, einige lachten und machten Witze, andere stritten, und nach einer Weile des Herumwanderns durch den Trubel kniete ich mich in die entfernteste Ecke des Hofes und hoffte bei Allah, dass Dawood oder Gul mich ihrerseits dort entdeckten.

Stattdessen traten Miriam und Bibi zu mir. Sie trugen Kutschi-Kalis mit bauschigen grünen, mit goldenen Blumen bestickten Röcken. Bibis Haar war lang und glatt, Miriams ebenfalls offen und lockig, und beide hatten leicht gerötete Wangen.

Bibi legte mir eine Hand auf die Schulter. »Mutter«, sagte sie, »ist alles in Ordnung?«

»Ich habe mich etwas verlaufen«, sagte ich mit der quietschendsten Stimme, zu der ich fähig war.

»Wen suchen Sie?«, fragte Bibi.

Aber bevor ich es ihr sagen konnte, wurden wir vom Streit zweier Gäste abgelenkt. Eine Sekunde oder zwei dachte ich, es könnte Gul sein, aber es war ein richtiges Mädchen, allerdings keine Verwandte von Nabila oder dem Sohn des Metzgers. Sie filmte die Tänzerinnen in der Nähe der Ecke, wo ich und Miriam knieten. Eine Frau von der Metzgersseite der Familie hatte sie auf frischer Tat ertappt, rief Schwestern und Cousinen herbei, und nachdem sie ihr die Kamera zerschlagen hatten, führten sie das Mädchen aus dem Hof. Als ich fragte, warum sie das machten, antwortete mir Miriam mit einer Geschichte.

DIE GESCHICHTE VON DEM MÄDCHEN IN DEM BLAUEN KLEID

»Ich habe von diesem Mädchen gehört, dessen Namen ich um ihrer Mutter willen nicht verraten werde. Einem hübschen Logarer Mädchen aus einer ehrbaren Familie, mit einem frommen Vater und auch selbst von einem makellosen Ruf, das eines Tages beschloss, zur Hochzeit einer Cousine zu gehen, wo sie, dem heftigen Drängen anderer Gäste folgend, vor den Frauen tanzte. Obwohl sie nicht viel älter als fünfzehn sein konnte, war sie bereits als talentierte Tänzerin bekannt. Ihre wohl bemessene Anmut schüchterte andere Gäste niemals ein, sondern gewann sie für sich. So vermochte sie ein einschlafendes Fest fast im Alleingang mit neuem Leben zu erfüllen. Aber an diesem besonderen Tag, als sie langsam und behutsam die Hochzeit ihrer Cousine neu belebte, lief eine versteckte Kamera irgendwo unter den Gästen mit und nahm jeden ihrer Schritte auf.

Und irgendwie gelangte das Video in die Hände eines Jungen aus dem Dorf, der es völlig aufgeregt seinen Freunden zeigte, die es wiederum ihren Cousins und die einigen Kunden vorführten, die es ihrerseits ein paar Gaunern schenkten, bis der kurze, körnige Film des Mädchens in dem blauen Kleid, das da mit offenem Haar so wunderschön im Sommerlicht tanzte, von Kamera zu Kamera weitergereicht, von Computer zu Computer, Chip zu Chip, am Ende bei Schwarzhändlern in Kabul landete. Die miesen Kerle kopierten das Video Hunderte Male und verkauften es auf den Märkten gegen Bares.

Mit der Zeit schlug die Schönheit ihres Tanzes, die ruhige, anziehende Anmut dieses Mädchens zahllose Perverse in Kabul in ihren Bann. Viele Männer waren hingerissen. Es kam zu Schlägereien um ihre Ehre. Messerstechereien. Kiefer gingen zu Bruch. Herzen ebenfalls. Bis sich ein kleiner Trupp ihrer treuesten Anhänger zusammentat, um die Schöne zu finden, wo immer sie leben mochte, sie zu entführen, damit sie sich womöglich einen von ihnen als Ehemann aussuchen musste. Am Ende drang die Kunde von der Schmach des Mädchens bis zurück in ihr Dorf in Logar, wo sich die Männer der Familie auf den Ansturm der Perversen vorbereiteten, indem sie sich Waffen besorgten und ständig bei sich trugen. Die Scham und die Angst vor alledem trieben das Mädchen fast in den Wahnsinn.

Aber, Gott sei Dank, die Perversen kamen nicht. Es war alles nur Gerede. Vielleicht hatten sie ein anderes Mädchen gefunden, vielleicht ihren wahren Wohnort nicht ausmachen können oder vielleicht einfach zu viel getrunken und ihren Plan vergessen. Woran immer es lag, die Brüder blieben bewaffnet, und bewaffnete Jungen neigen nun mal dazu, mit Nachbarn und Soldaten in unnötige Auseinandersetzungen zu geraten. Zwei von ihnen verloren ihr Leben. Sie wurden auf einem Feld oder einer Straße hingerichtet. Ihr Vater verlor den Verstand. Die Mutter gab der Tochter die Schuld an allem und verfiel in grausame Depressionen. Das arme Mädchen tanzte nie wieder.«

»Was für eine traurige Geschichte«, sagte ich und spürte das Gewicht meiner Kamera auf der Brust.

»Die Leute sehen sich das Video immer noch an«, sagte Miriam. »Es ist immer noch berühmt.«

»Haben Sie es gesehen?«

»Entschuldigen Sie, Bibi Hāddschī, aber ich bin völlig vom Thema abgekommen. Nach wem suchen Sie noch?«

»Oh, die Tochter des Metzgers«, sagte ich. »Die, die auch bald heiraten soll …«

»Gulbuddin«, sagt Bibi.

»Kennen Sie ihn?«

»Er ist unser Kaakaa«, sagte sie. »Kommen Sie. Wir zeigen Ihnen das Mädchen.«

Und damit nahm Bibi meine Hand, die zerbissene, drückte auf meinen wunden Finger, was mich fast losschreien ließ, und die beiden führten mich über das Fest, vorbei an den Frauen, den Kuchen, weg von den Tänzerinnen, bis ich die alte Paschtunin Khaista ganz für sich an einer Mauer sitzen sah, deren Geschichte ich, als sie zu uns ins Haus gekommen war, mit meinem Sturz vorzeitig beendet hatte. Ich sagte Bibi und Miriam, wir sollten zu ihr gehen und ihr Salām sagen, und die beiden stimmten mir zu. Ich setzte mich auf die eine Seite von Khaista Khala, Bibi und Miriam auf die andere. Wir begrüßten sie gleichzeitig. Erst war sie etwas argwöhnisch, besonders mir gegenüber, deren Namen sie nicht kannte, doch als ich sie nach ihrem Sohn fragte, entspannte sie sich.

»Mein Junge«, sagte sie, »tut, was er kann, damit Allah Naw'e Kaleh nicht verlässt.«

DIE GESCHICHTE VON KHAISTA KHALA UND MULLAH MANSOUR

Nachdem ihr Mann gestorben und sie aus Logar geflohen war, gelang es Khaista Khala offenbar, in Pakistan eine Arbeit als Näherin zu finden. Mit den mageren Einkünften, die sie nach Hause brachte, und indem sie nie schlief, kaum aß und sich dem Willen Allahs gegenüber geduldig erwies, vermochte Khaista ihren Sohn Mansour ganz allein aufzuziehen. Als ihr Kind einmal nicht gerade auf dem Markt Gebetsperlen verkaufte, konnte Khaista einen örtlichen Mullah davon überzeugen, ihn in eine *Madrasa* aufzunehmen, wo er zumindest ein Essen täglich bekommen würde.

Das Öl, das sie als junges Mädchen getrunken hatte, und die Schläge von ihren Brüdern hatten dem Verstand des Kindes nicht geschadet, tatsächlich war ihr Sohn über die Maßen neugierig und klug. Er nahm den Koran schnell an und genoss die poetische Kraft der Suren, die philosophischen Botschaften und den Nachdruck, mit dem Allah immer wieder Gerechtigkeit für die Unterdrückten und Verlassenen einforderte. Der Prophet sei ebenfalls ohne Vater aufgewachsen, erzählte er seiner Mutter, worauf sie sagte, der Prophet, möge der Frieden und Segen auf ihm sein, habe viel Schweres und viel Leid erfahren, was ihn seinem Schöpfer nur noch lieber gemacht habe, und das wiederum erfüllte ihren Sohn mit Freude, wofür sie lebte.

Mit der Zeit wurde aus dem Schüler ein Mann, ein Qāri', ein geachteter Gelehrter, und als die T Mitte der

Neunzigerjahre Afghanistan unter ihre Kontrolle bekamen, konnten Khaista und Mullah Mansour zurück nach Logar. Mullah Mansour hatte Kontakte mit den T geknüpft, ohne sich je offiziell ihren politischen oder bewaffneten Flügeln anzuschließen. Er unterstützte sie und verfügte über einige machtvolle Verbündete in ihren Reihen. Hätten er oder seine Mutter es gewollt, hätten sie alle sechs schrecklichen Brüder Khaistas innerhalb eines Tages hinrichten lassen können.

Aber Khaistas Herz war erschöpft und nicht rachsüchtig. Sie beschloss, ihren Nichten und Neffen das Los zu ersparen, das ihr Sohn hatte erleiden müssen. Stattdessen zog sie auf den ihr zustehenden Anteil am Land ihres Vaters, errichtete darauf ein bescheidenes Anwesen mit einem Obstgarten und einem Brunnen und sprach nie mehr mit ihren Brüdern, die es, wie alle Kakerlaken, schafften, Revolutionen, Massaker, Bürgerkriege und die T ohne ein Gefühl von Dankbarkeit oder Gnade zu überleben. Tatsächlich musste sich Khaistas Sohn, als die Amerikaner 2001 einmarschierten, verstecken, während sich zwei ihrer Brüder der Nationalarmee anschlossen und mit Unterstützung neu ernannter Bürokraten der afghanischen Regierung versuchten, Khaista von ihrem Land zu vertreiben.

»Ich hätte sie erschießen lassen sollen«, schloss Khaista.

»Aber was ist mit Ihrem Land«, fragte ich.

»Die Mudschaheddin werden zurückkommen«, sagte sie, »und mein Sohn mit ihnen, und dann gelten in diesem Land wieder die Gesetze Allahs. Inschallah.«

Nachdem wir Khaistas Geschichte gehört hatten, führten Miriam und Bibi mich ins Zimmer der Braut, direkt bei der Veranda, wo die Zwillinge des Metzgers ihrer baldigen Schwägerin, wie sie annahmen, mit dem Kleid helfen würden. Nabila hatte das lila Ensemble gegen ihr Kutschi-Kleid eingetauscht und saß mitten im Zimmer auf einer Matratze. Um sie herum waren ihre Schwestern, Cousinen und sämtliche Töchter des Metzgers, natürlich bis auf die Zwillinge.

Moor und ihre Schwestern hatten es eilig und frischten Nabilas Make-up auf, aber jedes Mal, wenn sie fast fertig waren, brach die Braut in Tränen aus und ruinierte sich die Wimperntusche. Es war das erste Mal, dass ich sie weinen sah, und sie hielt sich nicht zurück. Große grüne Tropfen rannen ihr über das Gesicht, als wären da zwei Wasserhähne kaputt.

»Oh, Mutter«, schluchzte sie Abo zu, »ich zerstöre mein Leben.«

»Bei Allah«, sagte Abo und stand kurz davor, ebenfalls in Tränen auszubrechen, »meines ebenfalls.«

»Verflucht sei dieses Herz«, rief Nabila, schlug sich auf die Brust und ließ tausend kleine Spiegel erzittern.

»Wenn du dir dein Kleid ruinierst…«, warnte Moor und fing noch einmal mit der Wimpertusche an.

»*Das* hier ist dein Leben«, sagte Hawa Khala und tupfte ihr eine Träne mit einem weißen Dusmal weg. »Weine nicht darum.«

Aber das ließ Nabila nur noch mehr schluchzen, und sie begann, Hawa Khala um Vergebung dafür zu bitten, dass sie sie so schäbig behandelt habe, seit jenem Tag vor vierzehn Jahren, als sie in ihr Haus gekommen sei, ein einsames Mädchen aus Tangi, eine angeheiratete Schwester, die nie wie eine Schwester behandelt worden sei. Geknechtet, verflucht habe sie sie, ohne echte Liebe im Herzen, bis sie Hawas Schicksal vor sich gesehen habe.

»Knechten werden sie mich, bis auf die Knochen«, heulte Nabila, und Sadaf und Shirin mussten sich für sie bei den Metzgerstöchtern entschuldigen, die sie alle ohne großes Mitgefühl anstarrten, wie es schien.

»Ich weiß es, weil ich es verdiene«, fuhr sie fort und sah Hawa an, »aber, Allah, ich darf nicht dünn wie ein Stecken werden, wie eine Strähne auf dem Kopf meines Mannes. Ich will Söhne und Töchter, vier, fünf jeweils, und dafür braucht man Fleisch auf den Knochen.«

Hawa Khala tupfte eine weitere Träne weg und schüttelte den Kopf. »Weine nicht, kleine Braut. Du bist weit stärker als ich. Und auch schamloser. Die Babys, die er dir schenken wird, werden dich höchstens runder werden lassen. Junge oder Mädchen, dick oder dünn, dunkel oder hell, sie werden dich zieren«, sagte sie und tupfte auch die letzte Träne weg. Es kamen keine mehr.

Jetzt lachte Nabila Khala, es brach aus ihr heraus, beendete ihre Trauer und schaffte Platz für einen ganzen Schwall von Späßen. Moor verspottete sie wegen ihrer Tränen und versprach, sich einen schrecklichen Namen für ihre erste Tochter einfallen zu lassen, Abo nannte Nabila verweichlicht und verurteilte alles Gerede darüber, wie hart sie sei. Shirin sang ihr leise einen Vers aus einem schmutzigen Lied über Hochzeitsnächte vor, und Sadaf schalt die Braut, weil sie wegen ihr so lange auf einen eigenen Mann habe warten müssen – und jetzt heule sie auch noch, trotz ihres Glücks, am Tag ihrer Hochzeit.

Nabila warnte Sadaf, sie solle nur warten und sehen, wie es ihr an dem Tag gehen werde, an dem sie ihrerseits das Haus ihres Vaters verlassen müsse, allein für sich, und wenn sie dann keine großen grünen Tränen weine, dürfe sie einen Namen für ihre, Nabilas, zweite Tochter aussuchen, weil Moor ja jetzt schon, wie versprochen, den für ihre erste bestimmen werde. Der Raum war voller Geschrei und Gelächter. Vom allgemeinen Tempo mitgerissen, stellte Nabila Hawa Khala eine Frage auf Farsi, die tatsächlich ein schmutziger Witz war, den alle verstanden, bis auf mich, und so lachten auch alle (und ich mit ihnen), aber mein falsches Lachen schnitt durch ihres.

»Wer ist das?«, fragte Abo plötzlich in die Runde.

»Wir suchen nach Guls Verlobter«, antwortete Bibi für mich.

Und bevor Abo weitere Fragen stellen konnte, ging eine der Metzgerstöchter dazwischen (nichts von Abos hitzigem Temperament ahnend) und verwies uns auf ein Zimmer ganz am Ende des Anwesens. Eilig lief ich hinaus, Bibi und Miriam hinter mir, und zu dritt gingen wir an der Mauer entlang über den Hof, stiegen eine kurze Treppe hinauf und erreichten die Tür zu einem Raum, aus dem ein solches Singen und Trommeln schallte, dass ich stehen bleiben und zuhören musste.

Hier, dachte ich, und noch bevor mich die beiden hineinführten, spürte ich in den aufgewühlten Wassern meines Bauches, dass dies der Ort war, den ich finden sollte.

Die Zwillinge des Metzgers saßen eng beieinander in einer Ecke des Raums und sangen und klatschten zusammen mit einer älteren Frau, die ihre Khala sein mochte. Ein paar Meter von ihnen entfernt saßen zwei in Burkas gekleidete Gäste, von denen eine besonders breit war und die andere eindeutig die Zwillinge anstarrte. Ich konnte nicht genau sagen, welches der beiden Mädchen. Der Raum war so voll, dass ich, Bibi und Miriam kaum noch hineinpassten. Am Ende konnte ich mich in eine Lücke quetschen, die mir eine andere Frau in einer Burka frei machte. Miriam und Bibi mussten in der Tür stehen bleiben. Auch wenn sie ein paar böse Blicke ernteten, warteten die beiden, bis ich einen Platz gefunden hatte, bevor sie gingen.

Ich dankte ihnen nicht mal.

Den Blick auf die beiden Frauen gerichtet, die Gul und Dawood sein mussten, saß ich am Rand der Tanzfläche, nahe bei der Tür, und versuchte so unauffällig wie nur möglich zu bleiben. Und dann, zwischen den Liedern, bewegte ich mich Stück für Stück weiter vor, bis ich neben den Betrügern saß.

»Gul?«, flüsterte ich, aber Dawood war der, der mir antwortete.

»Bist du das?«, fragte er.

»Ja, ich bin's«, sagte ich. »Sind das die Mädchen?«

»Das sind sie.«

»Welche ist die, die er liebt?«, fragte ich Dawood und griff nach der Kamera, aber Gul antwortete mir.

»Ich bin nicht sicher«, sagte er.

»Wie kannst du nicht sicher sein?«

Und vielleicht weil er mir keine klare Antwort zu geben vermochte, beschloss Gul, das Dümmste zu tun, was er tun konnte, und stand mitten im Lied auf, als alle

Frauen noch sangen, tanzten und sich amüsierten. Gul stand auf, überquerte die Tanzfläche, wäre beinahe gestolpert und setzte sich direkt neben das Mädchen, das, vielleicht, seine große Liebe war. Die Zwillinge sahen ihn kurz an und rutschten zur Seite, und Gul schob seine Hand unter der Burka vor und griff nach der des Mädchens neben ihm.

Erst lächelte die Metzgerstochter. Vielleicht dachte sie, die Frau unter der Burka sei eine ihrer Khalas oder Amas und wolle ihr eine Art Streich spielen. Aber als sie ihre andere Hand oben auf Guls legte, muss sie seine Haare gefühlt haben, frisch gesprossen, die rauen, von Faustkämpfen gehärteten Knöchel, den Schweiß auf seinen Fingern, die unkontrollierbar zitterten, denn als sie seinen Handrücken berührte, stieß die Metzgerstochter einen Schrei aus, der durch den Gesang schnitt, den Tanz, das Fest unterbrach, mich und Dawood auf die Beine brachte, bereit, Fersengeld zu geben – der dasselbe unglücklicherweise aber nicht bei Gul bewirkte.

Der saß da, beide Hände noch um die des Mädchens geschlossen, das seine große Liebe sein mochte. Und die Metzgerstochter schrie, dass es der ganze Raum hörte: »Diese Frau ist keine Frau!« Und als sich alle auf ihn stürzen wollten, rannten ich und Dawood zu ihm, rissen ihn von dem Mädchen weg, das er nicht loslassen wollte, und flohen nach draußen.

Nur ein paar Frauen folgten uns, aber sie schrien unsere Missetaten so laut heraus, dass das ganze Fest es hörte. Wir waren schon durchs Tor und halb die Straße hinunter, als ein einzelner Schuss fiel. Gul stürzte, Dawood blieb stehen, jemand schrie, und ich rannte und rannte an den Mauern der Anwesen entlang, über Felder und an Platanen vorbei, an Kanälen, Gräbern, Bauern, Arbeitern und Maultieren, Blumen, Maulbeerbäumen und Fahnen, Vögeln, Mauern und Toren, bis ich irgendwie an die Gedenkstelle beim Kanal gelangte, wo Watak einst gestorben war.

لوگر

AM SIEBENUNDNEUNZIGSTEN NACHMITTAG

Lange kniete ich unter Wataks Maulbeerbaum.

Mit einer rauen Brise fielen Blüten von den Ästen. Der Kanal war über die Ufer getreten und zu einem Fluss angewachsen, der fast bis an die Steine und die Asche von Wataks Gedenkstelle heranreichte. Durch die tausend Augen meiner Burka, das dunkelblaue Muster des Stoffs, sah ich die weißen Blätter fallen, das Wasser steigen und den Wind aus den Bergen an den Fetzen von Wataks Fahne zerren, und in diesem Moment wusste ich, dass ich hundert Jahre zu früh war, um mich so alt zu fühlen. In meinem Magen blubberte es. Ich wollte mich übergeben, würgte aber nur. Ich war vollkommen leer.

Ich wandte mich dem Labyrinth zu und wusste, dass außerhalb meines Blickfelds ein Dieb in dieselbe Richtung sah. Ein weiterer Dieb in einer Burka, der nicht vorgab etwas anderes zu sein als eben ein Dieb, kniete neben mir. Es war Jawed, der in einem Englisch ohne jeden Akzent zu mir sagte, es sei nicht wichtig, was auf dem Fest geschehen war, es habe keine Folgen, ob Gul nun tot sei oder nicht, ob Dawood ihn sterbend oder lebend in den Armen halte, ob seine Mutter diejenige gewesen sei, die geschossen habe, ob seine Schwester am Tag ihrer Hochzeit verlassen werde oder Moors gesamte, von den Kriegen nahezu unbehelligt gebliebene Familie nun auseinanderbreche.

»Aber Atid schreibt alles auf«, sagte ich, und als Antwort rezitierte der Dieb ein Hadith aus Al-Mu'jam Al Kabir, in dem von Abu Umanah berichtet wird, dass der Bote Allahs, möge der Frieden und Segen auf ihm sein, einst sagte: »Der Schreiber auf der Rechten ist vertrauenswürdiger als der Schreiber auf der Linken, denn wenn ein Mensch Gutes tut, schreibt er es gleich auf, aber wenn ein Mensch sündigt, sagt er zum Schreiber auf der Linken: ›Halte deine Hand sechs Stunden ruhig, und wenn der Gläubige Vergeben von Allah erbittet, schreibe es nicht auf. Tut er es nicht, dann schreibe doch.‹«

»Sechs Stunden?«, fragte ich.

»Sechs Stunden«, sagte er, stand unter dem Maulbeerbaum, und Blüten sammelten sich zu seinen Füßen.

»Wie haben Sie mich gefunden?«

»Du hast eine Spur hinterlassen«, sagte der Dieb und deutete auf das Rinnsal Blut, das mir von der Hochzeit bis hierher gefolgt war. Mein Finger. Er pochte und tropfte, doch spürte ich den Schmerz erst wirklich, als ich die Spur sah. Ich hob den Stoff meines Schleiers etwas an. Die Falten meines Kamiz und Partug waren ebenfalls voller Blut. Jawed, der Dieb, riss einen Streifen von seiner Burka, nahm meinen Finger und verband mir die Wunde.

»Wenn du hierbleibst«, sagte er, »werden sie dich finden.«

In meiner Vorstellung sah ich sämtliche Wege und Mauern des Labyrinths, das so nah war. »Sie haben Budabasch nie gefunden«, sagte ich.

»*Ihr* habt Budabasch nie gefunden.«

»Aber ich könnte es«, sagte ich. Und damit stand ich auf, Blütenblätter und Staub fielen vom Stoff meiner Burka.

Bevor wir hineingingen, bat mich der Dieb um meine Kamera. Ich hatte ganz vergessen, dass sie noch versteckt in der Tasche meines Kamiz steckte, da ich ja ein Bild von Guls Liebster damit hätte machen sollen. Nachdem ich sie Jawed gegeben hatte (gestohlen, zurückgegeben und wieder zurückgegeben), führte er mich ins Labyrinth.

Die Anwesen des Labyrinths waren hoch und eng beieinander gebaut, aus harter, trockener Erde, die Pfade voller Kurven und Abzweigungen. Aber der Dieb war sich des Wegs so sicher, dass wir fast dahinsprinteten. Die Gassen und Anwesen schienen völlig leer. Das heißt, bis wir auf den Dolmetscher trafen. Den, den ich schon vor mehr als zwei Monaten getroffen hatte, als ich und Zia unter dem Maulbeerbaum auf einen Retter warteten. Sein linker Arm hing schlaff herunter, Blut rann aus einer Wunde an der Schulter. Seine Army-Klamotten waren zerfetzt, und er hatte einen zottigen Bart. »Schwestern.« Er schluchzte fast, während er uns minutenlang anstarrte. »Kennt ihr den Weg hinaus?«

»Das tun wir«, antwortete Jawed und riss einen Streifen von seiner Burka. »Aber erst sag uns, was geschehen ist.«

»Dafür ist keine Zeit«, rief der Dolmetscher. »Da kommen bewaffnete Banditen.«

»Diese Wege hier sind voll mit nichts als Zeit. Auch wenn sie dich verfolgen, sie werden dich niemals finden. Im Übrigen läufst du aus.« Jawed brachte den Dolmetscher dazu, dass er sich setzte, und während er ihm seine Wunde verband, erklärte der Mann, dass er seit mehr als zwei Monaten durch dieses Labyrinth irre und dass in keinem dieser Anwesen auch nur eine Menschenseele wohne. Gäbe es nicht hier und da einen Obstbaum und einen verlassenen Brunnen, dann wäre sein Trupp schon vor Wochen verhungert.

»Wo ist Ihr Trupp?«, fragte ich.

Und er erzählte es uns.

DIE GESCHICHTE VOM HINTERHALT IM LABYRINTH

Nachdem sie zwei Monate damit verbracht hatten, in jedes einzelne Anwesen im Labyrinth einzudringen, ohne einen Bewohner zu finden, stand der kleine Trupp Soldaten offensichtlich kurz davor, den Verstand zu verlieren. Dann, an diesem Morgen, hatte der Dolmetscher eine Gruppe Wanderer entdeckt. Als er sah, dass zwei von ihnen bewaffnet waren und die anderen beiden gefesselt auf einem Stier saßen, wollte sich der Dolmetscher von hinten anschleichen und die beiden Bewaffneten überwältigen, aber der Sergeant (der seinen afghanischen Dolmetscher fast so sehr verabscheute, wie er die Militanten hasste) hörte nicht weiter auf ihn und sagte seinen Leuten, sie sollten sich kampfbereit machen. Nur der Dolmetscher hatte keine Waffe. Als der

Sergeant auf Rufweite an die Banditen herankam, befahl er ihnen, stehen zu bleiben und ihre Waffen fallen zu lassen.

Die Banditen antworteten mit AK-Feuer und mähten den Sergeant gleich um. Die anderen Soldaten standen ungeschützt da. Keine Mauer, kein Panzer, keine Basis, um Schutz zu suchen. Und da plötzlich sämtliche Tore der Anwesen ringsum verschwunden zu sein schienen, blieb dem Dolmetscher nichts, als hinter dem tot daliegenden Sergeant vor den nächsten beiden Feuerstößen in Deckung zu gehen. Die Banditen ihrerseits hatten ihren Stier und ihre Gefangenen, die sie als Schild benutzen konnten, und nachdem sie auch die anderen Soldaten niedergestreckt hatten, sprang der Dolmetscher auf, wich ein paar Hundert Kugeln aus und rannte wie ein Wilder davon, bis er auf zwei Frauen in Burkas stieß.

»Ihre Kameraden sind also alle tot?«, sagte ich.

»Getötet, und ihre Mörder kommen näher«, sagte der Dolmetscher. »Wir sollten hier weg.«

»Das können wir nicht«, sagte Jawed.

»Warum nicht?«

Darauf erzählte Jawed ihm eine lange Lüge: Dass wir in den Siebzigerjahren mit einer ganzen Reihe anderer Familien in diesen Anwesen gelebt hätten, aber als die Russen kamen, seien viele Familien geflohen, während die, die zurückblieben, nach Möglichkeiten suchten, den sowjetischen Angriff zu überstehen. Bei einer besonders schlimmen Serie von Bombardements hätten die verbliebenen Familien ein ausgeklügeltes System von Tunnels unter ihrem Land als Luftschutzbunker benutzt. Das habe ziemlich gut funktioniert, und wenn die Männer die Frauen und Kinder rechtzeitig vor einem kommenden Angriff hätten warnen können, habe es nicht zu viele Opfer gegeben.

»Eines Nachts«, behauptete Jawed, »wurden wir zu spät über ein bevorstehendes Bombardement informiert, und so erreichten wir die Tunnels erst nach allen anderen. In Erwartung der Bomben schützten wir unsere Kinder mit unseren Körpern. Aber die Bomben kamen nicht. Das war die erste Nacht, in der die Sowjets Gas einsetzten. Alle Frauen und Kinder tief in den Tunnels, an den sichersten Stellen, erstickten sofort, während die von uns näher bei den Ausgängen langsamer starben. Viele Mütter klammerten sich an ihre toten Kinder, und als wir den zweiten Gasangriff kommen hörten, flohen wir aus den Tunnels, weg von unseren Familien. Sie alle starben, nur wir nicht. Deshalb kehren wir jetzt in dieses Labyrinth leerer Anwesen zurück, um nach den kaputten Tunnels zu suchen, in denen unsere Kinder herumgeistern mögen.«

Der Dolmetscher fragte, ob wir ernsthaft glaubten, die Geister unserer toten Kinder zu finden.

»Selbst Geister brauchen Gesellschaft«, sagte Jawed.

Der Dolmetscher nickte, grub seine Finger in das Unkraut auf der Mauer hinter sich und zog sich langsam daran hoch. Dann floh er und murmelte dabei etwas über die kleinen Banditen und die Geister, denen er entkommen musste, vor sich hin. Kurz bevor er um die nächste Ecke bog, schoss der Dieb noch schnell drei Bilder von dem Fliehenden. Als ich ihn fragte, warum, erklärte er mir, er wolle nur einen Beweis für das Ganze haben, nichts sonst.

Als Nächstes trafen wir auf einen hässlichen kleinen T und einen seiner ehemaligen Gefangenen. Sich bei den Händen haltend, kamen sie durch das Labyrinth marschiert, Seite an Seite, alte Flinten und neue Maschinengewehre vor die Brust geschnallt, schwere Reissäcke auf den Schultern. Sie waren voller Blut, das womöglich nicht ihre eigenes war. Als wir näher kamen, stellten sie ihre Säcke ab.

»Schwestern«, sagte der hässliche T, »habt ihr einen Afghanen in amerikanischen Kleidern gesehen?«

Jawed sagte ihm, das habe er, und dann erzählte er ihm die Geschichte, die uns der Dolmetscher erzählt hatte.

Der hässliche T schüttelte den Kopf. »So war es ganz und gar nicht«, sagte er.

DIE ZWEITE DARSTELLUNG DER GESCHICHTE VOM HINTERHALT IM LABYRINTH

»Zunächst einmal«, fing der T an, »hat uns niemand gewarnt und gesagt, wir sollten die Waffen fallen lassen oder stehen bleiben. Wir hätten es nicht getan, selbst wenn sie es verlangt hätten, trotzdem, das haben sie nicht, und das ist die Wahrheit. Stattdessen haben sie als Erstes einem meiner Gefangenen das Hirn rausgeblasen. Danach haben sich mein Bruder und ich hinter unseren Stier geduckt, unseren anderen Gefangenen zu uns heruntergezogen und das Feuer erwidert.«

Er zeigte uns sein altes Repetiergewehr und fuhr fort: »Sie hatten Maschinengewehre und schusssichere Westen, wir hatten nur die hier. Es war unser allererstes Gefecht. Zumindest dachte ich, es wäre unser erstes. So wie mein Bruder schoss, wie ruhig und schnell er nachlud, schien es eher, als wäre er auf dem Schlachtfeld zu Hause. Während ich mit meinem Gewehr herumtat, muss er zwei der Amerikaner getroffen haben. Schießen, wegducken, nachladen und wieder schießen, vielleicht hundertmal in einer einzigen Minute, denn mehr hatte er nicht, bevor sie ihm den Hals zerschossen.

Und ich hinter dem Stier, wie ich versuche, meinen Bruder zu mir herzuziehen. Ich riss an seiner mit Blut und Urin getränkten Hose, hatte mein Gewehr zwischen den Beinen und wollte keinen einzigen Schuss mehr abgeben.

Schwestern«, sagte er, »ihr müsst wissen, mein Bruder war nicht wirklich mein Bruder, aber wir sind in derselben Madrasa aufgewachsen, in die uns ein einäugiger Mullah aufnahm, nachdem er uns aus dem Anwesen eines Vergewaltiger-Warlords befreit hatte. Der Mullah lehrte uns den Koran und die Scharia, und was für eine Grässlichkeit die Pedicatio ist, und dass wir, mein hübscher Bruder und ich, durch unser Leiden und Allahs Willen miteinander verbunden seien, stärker als durch Blut, Glaube oder Rasse, und wenn die Zeit für unser Märtyrertum komme, dass wir dann als Brüder den Tod suchen sollten, den Gott für uns vorgesehen habe, was sehr schwierig ist und tatsächlich auch war, und ich vermochte mein Gewehr unter dem Gewicht meiner Schande nicht anzuheben.

Da rief mein anderer Gefangener, ich solle ihn losbinden, er wolle nicht bei den Amerikanern landen. Und obwohl ich ihm nicht traute, war ich so einsam, dass ich ihn befreite. Am Ende hielt er sein Wort, nahm das Gewehr meines Bruders und schoss auf die Amerikaner, was mir neuen Mut gab, und so schoss auch ich, bis wir alle getötet hatten, abgesehen von dem Spion, der ins Labyrinth flüchtete.«

»Waren Sie der Dealer?«, fragte ich den ehemaligen Gefangenen, der immer noch die Hand des hässlichen T hielt. Er bejahte, erklärte dann jedoch, er habe die Einflüsterungen Schaitans überwunden und plane, sich seinem neuen Kameraden in seinem Kampf für Allah anzuschließen.

Nachdem er seine Geschichte erzählt hatte, wollte der hässliche T, dass wir ihn aus dem Labyrinth hinausführten und halfen, den flüchtigen Dolmetscher zu verfolgen. Jawed sagte, das könnten wir nicht, sondern dass wir im Gegenteil noch tiefer ins Labyrinth hineinmüssten.

»Aber, Schwestern«, sagte der hässliche T, »was könntet ihr auf einem so aussichtslosen Weg und ohne Begleitung suchen?«

Und so erzählte ihm Jawed eine lange Lüge, die besagte, dass er und ich Bewohnerinnen dieses Viertels seien:

»Wir sind aus dem Norden hergekommen, als die Taliban die Kontrolle über das Land errungen hatten. Die Warlords hatten hier alles in Schutt und Asche gelegt, hatten es mit Sakr-Raketen aus Kabul beschossen. Es gab nichts mehr, und diejenigen von uns, die den Taliban Treue gelobten, bekamen das immer noch fruchtbare Land, um ein neues Leben zu beginnen, und ein paar Jahre lang lebten wir hier in relativem Frieden. Wir haben diese Anwesen mit unseren bloßen Händen errichtet. Unsere Männer legten Ziegel auf Ziegel und formten die Mauern, während wir Frauen die Felder bestellten und unsere Kinder großzogen. Wir beteten unsere Gebete, lasen den Koran und versuchten uns still und unscheinbar zu verhalten.

Etwas anderes blieb uns nicht.

Aber nachdem die Amerikaner einmarschiert und die Taliban geschlagen waren, plünderten mit den Amerikanern und der Nordallianz verbundene Truppen unsere Anwesen, ermordeten unsere Männer, entehrten unsere Schwestern und Mütter und machten unser Zuhause zu einem Friedhof. Einige von uns flohen. Während unsere Brüder und Schwestern getötet oder entehrt wurden, flohen wir und versteckten uns, lauschten und verhielten uns ruhig. Wir versteckten uns so lange, dass unsere verschreckten Söhne zu wilden Männern wurden. Sie wollten Blut sehen und liefen uns einer nach dem anderen mit dem Schwur, Rache zu üben, davon. Jetzt suchen wir sie. Wir werden ihnen ihre Waffen abnehmen und sie lebend und ehrlos nach Hause holen. Deshalb können wir euch nicht folgen«, schloss er.

Darauf segnete uns der hässliche T, der ehemalige Gefangene murmelte ein kurzes Gebet, und sie setzten ihre Verfolgung des Dolmetschers fort, sich immer noch bei den Händen haltend.

Wieder machte der Dieb drei Fotos, und als sie außer

Sichtweite waren, sah er mich an und sagte: »Am Ende wird er ihn umbringen.«

»Wer, wen?«

»Egal.«

»Ich dachte, sie verstehen sich.«

»Deshalb wird er ihn umbringen.«

Als es dunkelte, trafen wir die Kutschi. Als wir, ich und Jawed, uns einem Anwesen näherten, das ich für verlassen hielt, schwang dort plötzlich das Tor auf, und da stand Zarghoona, die Kutschi-Nomadin. Sie bat uns herein. »Diese Wege sind hinterhältig«, sagte sie. »Kommt herein. Hier seid ihr sicher.«

»Ich kenne mich aus«, sagte Jawed. »Ich bin aus der Gegend.«

»Dann kommt um Allahs willen herein und erklärt uns, wie wir hier wieder herauskommen.«

Sie stand fest auf unserem Weg. Ihr Tor blockierte die Straße. In der einen Hand hielt sie eine Laterne, was sie in der anderen hatte, konnte ich nicht sagen. Wir traten ein.

Während die Soldaten und T ziellos herumgezogen waren, dazu verdammt, aufeinanderzutreffen und zu sterben, war Zarghoonas kleiner Trupp Kutschi-Cousinen hier zusammengekommen, um sich, wie es schien, ein provisorisches Heim in diesem kaputten Anwesen zu schaffen. Kein Unkraut, kein wucherndes Gebüsch. Kein Müll oder Gerümpel. Stattdessen hingen alte Laternen an Mauern und Bäumen, die Wege über den Hof waren sauber gefegt, Blumen rund um die Veranda gepflanzt. Sicher, die Farbe pellte ab, es gab ein paar kleine Krater, und ein Geruch von Tod hing in der Luft, aber obwohl

Mord und Gemetzel die Straßen und Räume beherrschten, hatten es die Kutschi geschafft, sich ihr Leben einzurichten.

Wir traten aus dem Hof auf die Veranda, und Zarghoona sagte, wir sollten uns setzen, die Schleier abnehmen und zum Essen bleiben.

Jawed lehnte alle drei Angebote ab. »Bringen Sie mir ein Pergament«, sagte er. »Ich zeichne Ihnen eine Karte des Labyrinths, und wir ziehen weiter.«

Zarghoona rief ihre vier Cousinen, und sie durchsuchten das Anwesen nach etwas, das als Pergament benutzt werden konnte. Am Ende fanden sie eine Platte aus getrocknetem Lehm und brachten verschieden große scharfe Messer, die Jawed als Meißel benutzen konnte. Auf der Veranda dann jedoch, als sie die Platte vor ihn hin schoben, bot ihm keine eines der Messer an.

Zarghoona kniete sich mit einer Machete vor uns hin.

»Warum diese Schleier?«, wollte sie wissen.

»Für Allah«, sagte Jawed.

»Nicht Sie. Der Ruhige da. Was tut er auf diesen Wegen im Gewand einer Frau?«

Alle Blicke richteten sich auf mich, auch der Jaweds, dessen Augen ich nicht erkennen konnte.

Und so erzählte ich ihnen eine lange Lüge: Dass wir schon ewig hier lebten, die Russen, die Bürgerkriege und die T überstanden und zu einer der letzten Familien gehörten, die noch geblieben seien. Aber dann seien die Amerikaner gekommen und die Spezialeinheiten hätten ihre nächtlichen Überfälle begonnen und ein paar von unseren Nachbarn massakriert, einschließlich der besten Freundin meiner Mutter, einer jungen Tadschikin, die im achten Monat schwanger gewesen sei, und da habe meine Mutter meinen Vater zu überzeugen versucht, dass es nun an der Zeit sei zu fliehen. Aber er habe sich geweigert, das Land seines Vaters zu verlassen. Im ersten Jahr der Besatzung seien zwei meiner Brüder von einem amerikanischen Scharfschützen direkt vor unserem Haus getötet worden, weil er dachte, dass sie T seien, und ohne Vorwarnung gefeuert habe. Dabei hätten meine Brüder nicht mal Bärte gehabt. Dafür seien sie noch zu jung gewesen. Wir hätten sie im Obstgarten begraben, und mein Vater, von Trauer geplagt, habe endlich beschlossen, an den Rand Logars zu ziehen, wo unsere Männer jedoch bis heute noch keine Arbeit gefunden hätten. Ohne den Tod meiner Brüder wären sie vor langer Zeit schon Dolmetscher geworden. Und gelegentlich kehrten wir noch zu den verlassenen Häusern hier zurück, zu unserem alten Anwesen, um an den Gräbern unserer Brüder zu beten.

Sekundenlang sagte niemand etwas. Die Kutschi knieten mit ihren Messern da und sahen mich an. Schließlich fragte mich Zarghoona, ob ich glaube, sie mit meiner Geschichte zum Narren halten zu können. »Ich habe schon aus fünfzig Metern Entfernung erkannt, dass du keine Frau bist«, sagte sie und verlangte, dass wir unsere Schleier abnahmen.

»Schwester«, sagte ich, aber mir wollte keine weitere Lüge einfallen.

Ich sah Jawed an und er mich, und gerade als ich dachte, er wolle seinen Schleier anheben, um sich zu erkennen zu geben, schoss er sieben Mal aus einer versteckten Pistole ins Dach, ließ Staub und Schmutz herabregnen und blendete uns alle mit den Blitzen aus seiner unsichtbaren Waffe. Ohne mir sagen zu müssen, was mir mittlerweile zur zweiten Natur geworden war, rannte ich an den Frauen vorbei, hinaus in den Hof und floh aus dem Anwesen, meinen gefangenen Dieb seinem Schicksal überlassend.

لوگر

IN DER SIEBENUNDNEUNZIGSTEN NACHT

Ich rannte, und so wie es Gul einst erzählt hatte, je tiefer ich in das Labyrinth kam, desto dunkler wurden die Mauern: aus Bronze wurde Braun, das Schwarz der Nacht, bis zu dem Punkt, da ich kaum mehr etwas von mir selbst auszumachen vermochte, abgesehen vom Blau meiner Burka, vom Geflecht meines Schleiers, und genau wie Dawood einst erzählt hatte, rückten auch die Mauern näher, je tiefer ich vordrang, bis sie fast meine Schultern berührten, bis sie sich in einem Bogen trafen, Himmel und Sterne schluckten und aus den Gassen Höhlen machten, Tierbauten. Ich zog meine Burka aus, legte sie mir um die Schultern und kroch durch einen Tunnel von der Größe eines Rohres. Ich hatte mittlerweile so einen Durst, dass ich daran dachte, die Nässe aus dem Schlamm zwischen meinen Fingern zu saugen, doch in dem Moment, als der Matsch wirklich verlockend wurde, fand ich den ersten Knochen.

Um ehrlich zu sein, wusste ich nicht, dass es ein Knochen war. Die Finsternis ließ mich annehmen, dass ich vielleicht einen Ast, einen Stein, ein altes Werkzeug, alles, aber nicht, was es war, in die Hand genommen hatte. Ich ließ den Knochen fallen und kroch weiter. Aber dann fand ich so etwas wie einen Kiefer, dann kleinere Knochen, die Steine, Kiesel, Zähne oder Finger sein mochten. Sie lagen auf dem Boden verstreut und steckten in den Wänden und der Decke des Tunnels über mir. Ich tastete nach ihnen, im Dunkel, im Matsch, sammelte sie zunächst in meinen Armen und den Taschen meines Kamiz, aber es waren so viele, und ich konnte mich nicht dazu bringen, einige zurückzulassen, also entfaltete ich meine Burka, worauf sich die Seekrankheit unversehens mit voller Wucht zurückmeldete. Mein Hirn drehte sich, meine Innereien schlingerten, doch trotz Schmerzen und Schwindel nahm ich die bereits böse mitgenommene Burka und knotete sie zu einem Sack.

Und darin sammelte ich Oberschenkelknochen, Beine, Zehen und Kiefer, Zähne, sogar Hörner und Hufe und andere Knochen, die, wie ich dachte, wahrscheinlich Tier- und nicht Menschenknochen waren, aber ich war nicht sicher, und so sammelte und sammelte ich weiter. Tatsächlich sammelte ich so viele verschiedene Knochen ein, dass mein Burka-Sack bald zum Platzen voll war und ich meinen Kamiz ausziehen und eine weitere Tasche daraus machen musste. Und so, mit einem über die Schulter gebundenen Sack und einer Tasche in den Händen, kroch ich weiter. Aber wie es ging, war auch der Kamiz bald voll. Kleine Knochen, große Knochen. Oberschenkel, Finger, Zähne. Am Ende, nachdem ich auch aus meinem Partug einen Sack gemacht hatte, klaubte ich die Knochen fast nackt aus dem Schlamm des Tunnels. Mein Körper war verdreckt, mit Erde überzogen.

Ich dachte an die Knochen und wie sehr ich hoffte, dass es tatsächlich Knochen wären, und ich betete zu Allah, dass meine Übelkeit nicht aus Stöcken und Steinen hatte Menschen werden lassen.

Ich betete, dass Er mir vergab, wenn es so war.

Da fand ich das Gewehr. Erst dachte ich, es wäre ein Bein oder der Arm eines Mudschaheddin, doch als ich mit der Hand den Lauf entlangglitt, stieß ich auf den Abzug, löste versehentlich einen Schuss aus, und für eine Sekunde erhellte ein Blitz den finsteren Tunnel und all die Knochen und Waffen und das Gelump vor mir. Ich brauchte einen Moment, um mich neu an die Dunkelheit zu gewöhnen. Dann nahm ich das Gewehr, hängte es mir mit dem Riemen auf den Rücken und kroch weiter voran.

Dann kam das Wasser. Ich meine, die Erde war nass, wie sie war, doch jetzt, so kriechend, Knochen in meinen Kleidern sammelnd und schließlich wieder fallen lassend, als ich keine mehr tragen konnte, begann das Wasser um meine Finger und Knie zu fließen. Es war fast schon ein Bach, und ich schöpfte es mit den Händen an meine Lippen und schlabberte es auf wie ein Hund oder Wolf. Wie ein verirrter Wolf. Wie *der* verirrte Wolf, der, wie ich es hätte ahnen sollen (wie Allah es eingerichtet, der Dieb es vorausgesehen und ich es im tiefsten Inneren meiner Träume immer gewusst hatte), am Ende der Höhle auf mich wartete.

Er schien mich nicht zu erkennen. Vielleicht verschleierten die Dunkelheit und der Matsch mich und meinen Geruch. Aber gehört haben musste er mich. Ich platschte durch Matsch und Wasser und war nahe genug, seinen Atem, sein Schnaufen zu hören, dabei roch ich (vielleicht wie er) nur den Lehm, sah nur die Finsternis und tastete mich weiter auf das vor, was ich für das Ende des Tunnels hielt. Aus dem Matsch wurden Knochen oder ein Fels, der Tunnel öffnete sich in den Anfang oder das Ende einer Höhle. Die Knochen schienen zu einem Haufen, einem Hügel anzuwachsen, den ich bestieg, ohne Eile, ohne Angst, ohne irgendetwas, hin zu dem schnaubenden Geräusch ganz oben.

Als ich ihn dort spürte, vielleicht gut einen Meter oder so vor mir, hielt ich inne. Die Knochen waren nass und glitschig. Hätte ich noch mehr einzusammeln versucht, wären sie mir aus den Händen geglitten. Er schnaufte heftig und bewegte sich nicht. Ich war vielleicht gerade so weit von ihm entfernt wie an dem Tag, da er mir meinen Zeigefinger abgebissen hatte. Der blutete noch immer. Nur ein paar Tropfen, aber immerhin. Der Fels oder die Knochen stiegen nicht weiter an. Wir trafen oben auf dem Hügel zusammen, in der Höhle.

»Budabasch«, sagte ich, ohne zu erwarten, dass er mir antworten würde.

So tat er es auch nicht.

»Budabasch«, sagte ich wieder und kroch auf allen vieren in seinen Kreis.

Diesmal stürzte er nicht auf mich los, biss mich nicht oder wollte mein Blut. Ich kroch näher, drückte die Zehen in den Untergrund, streckte die Arme aus und schob die Hände vor. Er schüttelte sich in der Dunkelheit, wo er war, und dachte vielleicht, stellte sich vor, dass ich den ganzen Weg hierhergekommen war, um mir zurückzuholen, was ich verloren hatte, oder ihm wenigstens etwas nehmen wollte für das, was er mir gestohlen hatte.

Er konnte es nicht wissen. Ich kam ihm so nahe, dass ich sein nasses Wolfsfell roch, sein Ächzen, Schnurren oder vielleicht auch das Knurren seines Magens hören konnte, der wohl leer war, hier oben auf dem Hügel. Knochenmark und Lehm. Sonst gab es nichts zu fressen.

Dann berührte ich sein dunkles Fell. Wasser troff von ihm. Es rauschte mir durch die Finger, über die Arme, meine Brust, rann weiter zu meinen Füßen, den Zehen, und es war so viel, dass ich fast das Gleichgewicht verlor. Ein- oder zweimal hob ich meinen blutenden Finger und zog die Hände über die nasse Wolfshaut. Oder was ich für einen Wolf hielt. Oder für Budabasch.

Da biss er mich. Ich hatte meinen wunden Finger unten auf seinem Rücken, im Herzen seiner Narbe, die andere Hand bei seinem Hals, als er im Dunkel langsam den Kopf drehte und das Maul öffnete, und es gab einen Augenblick, denke ich, in dem ich meinen Arm hätte wegbewegen und mich vor dem Biss retten können. Aber ich tat es nicht. Und obwohl sich seine Zähne weich ins Fleisch meines Armes gruben, schrie ich nicht, wehrte mich nicht, blutete nicht.

Nein.

Doch, ich blutete.

Der wunde Finger meiner rechten Hand tropfte weiter, während ich mich an seinem Fell festhielt, das Wasser um unsere müden Körper strömte und Knochen, Erde und Hund von ihm gewaschen wurden. Mein Finger blutete, aber mein Unterarm, so wie es sich anfühlte, nicht. Budabaschs Reißzähne vermochten nicht in ihn hineinzuschneiden. Er war zu schwach, um mich zu verletzen, ließ aber auch nicht los. Zitternd hielt er meinen Arm gepackt, und meine rechte Hand bettelte darum, gerächt zu werden. Sie zuckte nach der alten Flinte auf meinem Rücken, die dort schwer wie ein Leichnam hing, und als wollte er mich an meinen Schmerz erinnern, kehrte der Geist meines Fingers zu seiner Wunde zurück, zuckte, bog sich, und es war, als würde er erst in diesem Moment abgebissen. Meine rechte Hand war frei und bettelte weiter um das Gewehr, doch der Knochenhügel unter uns schien so schwach und die Höhle so dunkel. Die Mündung des Gewehrs könnte mit ihrem Feuer, ihrem Gewicht und durchdringenden Donner die ganze Welt zerstören, dachte ich. So hob ich die rechte Hand mit dem blutenden Finger, dem schmerzenden, sich wütend windenden Geist und benutzte sie dazu, das nasse Fell des Wolfs glattzustreichen. Er schien zu erzittern. Und als ich dachte, dass für nichts anderes mehr Zeit wäre, erzählte ich ihm eine Geschichte.

DIE ERSTE GESCHICHTE

»Hör zu«, sagte ich. »Allah schuf Adam aus der dunklen Erde aus Gründen, an die ich mich nicht erinnern kann. Dann bat Er alle Engel und den Dschinn, sich vor Adam zu verneigen, was sie taten, bis auf Iblis, der sich vor etwas Irdenem nicht verbeugen wollte, war er doch aus Feuer gemacht. So erschlug Allah, glaube ich, Iblis, dessen Name fortan Schaitan war und der auf ewig zum Feind des Menschen wurde. Dennoch liebte er Allah auch weiterhin. So sehr er Adam hasste, liebte Schaitan Allah.

Möge Er mir vergeben, wenn ich mich täusche.

Eine Zeitlang lebte Adam im *Bagh*, wo es Pflanzen, Früchte und Tiere gab, die er mit Namen versah, um die Tage herumzubringen. Aber er war einsam zwischen all den Bäumen, und so schenkte Allah ihm eine Gefährtin. Ihr Name war Hawa. Sie teilten sich das Paradies zu gleichen Teilen. So wurde es erträglich.

Eine Weile lang schien alles gut zu gehen. Adam und Hawa aßen Früchte, schliefen und redeten über nichts, weil es nichts gab, worüber sich zu reden gelohnt hätte. Sie zogen durch den Bagh und waren gelangweilt, bis der Schaitan in Gestalt einer Schlange kam und Adam und Hawa sagte, sie sollten eine Birne von dem einen Birnbaum im ganzen Bagh essen, von dem sie nichts essen sollten.

Adam biss hinein, gab sie Hawa, und sie nahm den zweiten Bissen.

So versaute Adam alles für immer.

Möge Er mir vergeben, wenn ich mich täusche.

Adam wurde aus dem Bagh vertrieben und der erste Flüchtling der Erde. Nun, Hawa auch, ich vergesse sie immer, aber sie war dabei. Zusammen lebten sie auf der Erde, die nicht ihr Zuhause war, sondern nur eine Durchgangsstation, und ihr Leben war sehr traurig und sehr hart, bis sie Kinder bekamen. Ein paar Jahre lang bereiteten die Kinder ihnen Freude, doch dann erschien natürlich wieder Schaitan auf der Bildfläche, der nichts Besseres zu tun hatte. Er überzeugte den einen Sohn Adams, den anderen zu töten, was dieser auch tat, woraufhin er floh.

Hawa und Adam waren so voller Trauer über den Tod,

den ersten seiner Art, den ersten von so vielen, die noch kommen sollten, dass es sie zum Stamm eines Olivenbaums trieb. Dort weinten sie viele Jahre. Und Allah schickte ihnen, glaube ich, als er ihre Klagen hörte, eine große Flut. Adam und Hawa wären gern in den Wüsten gestorben, in denen sie lebten, aber unglücklicherweise wurden sie von ihrem Mörder-Sohn gerettet, der ebenfalls Adam hieß. Er hatte in den Bergen eine kleine Arche gebaut, nachdem er einen anderen Menschenstamm gefunden hatte, glaube ich, der ihn aufgenommen und ihm eine Frau gegeben hatte, die ihm einen Jungen schenkte. Durch die Arche überlebte die ganze Familie. Aber als Adam und Hawa den Sohn ihres Mörder-Sohnes sahen und begriffen, dass ihr Erbe auf ewig auf dieser Erde überleben würde, starben sie vor Verwunderung. Adams Sohn gab dem eigenen Sohn, der ebenfalls Adam hieß, die Schuld am Tod seiner Eltern. Und so brachte Adam, als die Sonnen die Fluten trockneten und die Bergspitzen wieder freilagen, seinen Sohn an den Rand eines Kliffs, wo er ihn für seinen Vater opfern wollte. Allah ersetzte den Sohn jedoch durch ein Schaf, das der Sohn Adams stattdessen tötete.

Adam selbst floh verängstigt aus den Bergen, sprang zurück ins Wasser und wäre sicher ertrunken, hätte ihn nicht ein Wal verschluckt, dessen Träume er viele Jahre lang interpretierte, was eine Art Miete war, die er ihm zahlte. Am Ende fand der Wal eine Geliebte, den einzigen anderen Wal auf dieser Welt, und die Geliebte wollte allein sein mit ihm, und so spuckte der Wal, sich vielmals entschuldigend, Adam zurück an Land, das jetzt voller Menschen und Tiere, Wälder und Sprachen war, die Adam nicht verstand, und so reiste er durch das Dunkel und traf auf dem Weg zurück zu seiner Mutter, Hawa, seine Schwester, Hawa, die er bald schon liebte, die ihn aber nie zurückliebte, da sie wusste, dass das mittlerweile eine Sünde wäre. Aber weil er ihr Bruder war, rettete sie ihn dennoch von Zeit zu Zeit aus den vielen Schicksalsschlägen, die ihn trafen.

Hawa rettete Adam vor den Wikingern, die im Wald seine Finger aßen, den Kreuzfahrern, die ihn in einer Moschee vergewaltigten, den Franzosen, die ihm in einem Zelt die Zehen abschnitten, den Spaniern, die ihn auf eine Streckbank spannten, den Engländern, die ihn in einem Verließ hungern ließen, den Kommunisten, die ihm in einem Bunker tief unter der Erde Stromstöße in die Hoden jagten, und den Amerikanern, die mit seinem Gehirn Versuche anstellten, in einem Schuppen nahe beim Mississippi. Den Schmerz seines Lebens müde werdend, stahl sich Adam eines Tages in eine Höhle in denselben Bergen, in denen sein Vater ihn einst hatte opfern wollen, weil er dessen Vater getötet hatte, und dort, im Dunkel der Höhle, kam ein Engel zu ihm, der ihn, ganz am Ende seines Lebens, lesen lehrte. Die Last dieses Geschenks war zu schwer für ihn, und so teilte er es mit Hawa, die er immer noch liebte, die aber mittlerweile verheiratet war und viele Kinder hatte, und die lehrte sie alle die Schrift Gottes lesen, die der Engel zuvor Adam gegeben hatte. Einige von ihnen beherzigten, was darinstand, einige vergaßen es, und einige wurden vom Schaitan verführt, der während der zahlreichen Jahre seiner elenden Existenz Adam noch immer nicht vergeben hatte, zum Leben erwacht zu sein.«

Als ich fertig war, forderte ich den Wolf heraus, eine wundersamere Geschichte als meine zu erzählen, und als er das Maul öffnete, um zu sprechen, ließ er meinen Arm los, und ich taumelte zurück, ein, zwei Schritte, nicht mehr, aber sie reichten, um ein paar Knochen oben auf dem Hügel zu lösen, die wiederum andere lösten, sodass, bevor der Wolf zu seiner wundersamen Geschichte ansetzen konnte, der ganze Hügel unter uns in sich zusammenzufallen begann und wir beide mit den Knochen und dem Wasser in die Tiefe stürzten. Und während ich strauchelte und stürzte und sich die Wasserströme aus allen Ecken der Dunkelheit über uns ergossen, begriff ich, dass der Knochenhügel nicht einfach nur ein Hügel gewesen war, sondern ein Damm, den Budabasch gebaut hatte. Budabasch, sein Wärter und letzter Stein.

Ich glitt in das schwarze Wasser und wurde, wie mir schien, lange Zeit mit den Knochen, den Waffen und der Erde durch die Dunkelheit der Tunnel geschwemmt. Aber irgendwann stieg ich aus den Tiefen auf und rief einen Namen mitten in der Flut, im Labyrinth, in Logar. Ich rief ihn einmal, holte tief Luft und glitt zurück unter Wasser. Ich konnte nicht schwimmen. Die Flut trug mich durch die Gassen des Labyrinths, und ich versuchte mich an die Wände zu klammern und in die Höhe zu ziehen. Es funktionierte nicht. Ich hielt mich einen Moment, rutschte ab und tauchte wieder unter. Einmal. Zweimal. Dreimal. Und erst als ich mich zum vierten Mal hochgezogen hatte und wieder wegzusinken drohte, konnte ich mich an einem vorbeitreibenden Leichnam festhalten.

Es war ein Soldat. Der Möchtegern-Kommandant der

weißen Jungs auf der Straße. Der mich auf Englisch angesprochen hatte. Der mich bedroht hatte. Er war tot. Er war tot und reglos und trieb dahin. Also legte ich einen Arm um seinen Hals und den anderen um seinen Körper und gab mir Mühe, ihm nicht ins Gesicht zu sehen, seinen Gestank einzuatmen oder seine verwesende Haut zu berühren. So trieben wir durch die gefluteten Korridore des Labyrinths, bis die Beine des Soldaten gegen ein flach auf dem Wasser schwimmendes halbes Aluminiumtor stießen. Den Soldaten als Stütze benutzend, hievte ich mich auf das große grüne Floß, ließ mich zurücksinken und sah hinauf in den Himmel, der wolkenlos und so sonnig war, dass er weißer als blau schien.

Danach übergab ich mich so lange, dass ich das Bewusstsein verlor.

لوگر

AM ACHTUNDNEUNZIGSTEN MORGEN

Als ich aufwachte, lag ich flach auf dem Aluminium, ohne Waffe, ohne Kamiz oder Partug, und ich stank nach Erbrochenem. Der tote Soldat war weg. Verschlungen, nahm ich an, vom Wasser. Die Flut hatte sich so schnell beruhigt, wie sie gekommen war, das Labyrinth war jedoch noch immer überschwemmt. Ich trieb eine Weile dahin, schaukelte hin und her, fühlte mich aber in keiner Weise benommen. Keine Übelkeit. Kein Blubbern im Bauch. Ich atmete tief durch nach all dem Matsch und der Erde, und mein Blick wurde klar. Ich sah, wie sich die Straßen und Kanäle Logars vor mir ausbreiteten, wusch mein Floß und mich selbst und hielt Ausschau nach einer Möglichkeit, nach Hause zu kommen. Zurück zu Moor und Agha und meinen Brüdern. Zu Baba und Abo. Meinen Khalas und Maamaas. Meinen Cousins und Cousinen.

Im Wasser der Flut trieben etliche Knochen. Was ich erreichen konnte, häufte ich auf vier gleiche Stapel auf beiden Seiten meines Floßes. Zusammen mit den Knochen schwamm Müll umher. Plastikflaschen, Blechbüchsen, tote Blumen und gelegentlich sogar etwas Scheiße. Von Tieren und Menschen, und es schwamm alles zusammen. Manchmal musste ich Müll von den Knochen entfernen oder Scheiße aus einem Schädel waschen. Ich sammelte so viele Knochen, dass mein Floß unter ihrem Gewicht zu sinken begann, und ich wurde wählerischer. Ich betrieb Tauschhandel. Wenn ich einen Schädel oder eine Rippe sah, griff ich hektisch zu und fiel dabei ein paarmal fast vom Floß. Dafür warf ich Zähne und Beine zurück. Natürlich nicht, wenn sie besonders klein waren. Die kleineren Knochen behielt ich.

Irgendwann trieb ich an ein paar Kleiderfetzen vorbei, die, wie ich hoffte, nicht den Toten gehört hatten, auch wenn genau das wahrscheinlich der Fall war. Aber ich war so verzweifelt, halb nackt, wie ich war, dass ich sie trotzdem aus dem Wasser fischte und mir um Bauch und Brust wickelte. Das sauberste Stück band ich um die kleine Bisswunde an meinem Unterarm. Mein Finger blutete immer noch, und ich ließ die Tropfen ins Wasser fallen. In der Mitte des Labyrinths, oder dem, was ich für die Mitte hielt, fand ich eine kleine Schaufel, die ich als Ruder benutzte. Das Wasser stand so hoch, dass ich über die Mauern der Anwesen blicken konnte, was das Navigieren zurück zu Wataks Maulbeerbaum leichter machte. Von dort ging es hinab zu Moors Haus, und das Wasser trug mich, wie ich dachte, wohin ich wollte.

Kaum dass ich aus dem Labyrinth heraus war, begann ich Familien auf den Dächern ihrer Häuser zu sehen und ruderte vorbei, fast nackt, um zu sehen, ob ich helfen könnte mit meinem provisorischen Floß, doch im Allgemeinen wollten die Logarer wissen, ob sie mir helfen konnten. Eine Familie bot mir zu essen an, was ich annahm, und sie warfen es mir in einem Korb zu. Die nächste Familie hatte trockene Kleider übrig, die sie zu einem Ball zusammenrollten und mir zuwarfen und die ich gleich ins Wasser fallen ließ. Ich rief eine ganze Reihe von Entschuldigungen zu ihnen hinüber, aber ich glaube nicht, dass sie mich verstanden, so sehr mussten sie lachen. Ich lachte auch ein wenig.

Zum Glück bot mir auch die nächste Familie etwas zum Anziehen an, aber sie konnten nur einen Kamiz ohne Partug opfern. Ich fing ihn, und obwohl er etwa vier Nummern zu groß war und mir der Saum wie bei einem kurzen Kleid bis zu den Waden hinunterreichte, war ich doch froh, nicht mehr nackt zu sein vor all den Mädchen, die sich hinter ihren Schleiern versteckten, mich aber dennoch auf meiner Reise zu beobachten schienen. Eine Familie bot mir Tee an, eine andere Kekse, noch eine andere Äpfel, und eine besonders aufmerksame alte Frau warf mir einen Eimer zu.

»Mutter«, rief ich, »aber der ist leer.«

»Nicht mehr lange.«

Und sie hatte recht.

Auf meinem Floß in der Flut, mit der ganzen Welt oben auf den Dächern, war ich der Gast sämtlicher Dorfbewohner, und keine einzige Familie wollte mich enttäuschen. Alle hatten ihre eigenen Knochenstapel. Die Kinder fischten sie mit Netzen und Besen aus dem Wasser, und einige Nachbarn gerieten in leichte Auseinandersetzungen, wer nun welchen Knochen für sich beanspruchen konnte. Natürlich kam nichts dabei heraus. Die Knochen gehörten dem, der sie aus dem Wasser holte.

Ich ruderte weiter und wollte mich dem Dorf gegenüber dankbar erweisen, fand aber niemanden, der oder die gerettet werden musste. Stattdessen entdeckte ich andere Männer in provisorischen Booten, die ebenfalls nach Verwundeten oder Toten Ausschau hielten. Einige ruderten in Kisten vorbei, auf Alublechen, in Schubkarren oder Särgen. Eine Gruppe Männer, ich glaube, es waren Straßenbauer, fuhr auf einem langen Floß aus mehreren langen Holzstangen vorbei. Sie benutzten Besen, Töpfe und Trommeln als Ruder, riefen nach ihren Brüdern und Schwestern und schienen traurig, weil sie keine Antwort bekamen. Als ich einen anderen möglichen Retter fragte, wie viele denn in der Flut umgekommen seien, informierte er mich, soweit er wisse, habe Allah nicht eine einzige Seele zu sich genommen.

»Subhānallāh«, sagte ich.

Er seufzte und schien mir zuzustimmen.

Langsam näherte ich mich Moors Haus, und ein paar Familien fingen oben auf den Dächern an, zum Gebet zu rufen. Der Ruf wanderte von einem Dach zum nächsten, und obwohl alle Moscheen in den Fluten untergegangen waren, betete jetzt das gesamte Dorf zusammen. Ich kreuzte die Pfade von hundert Gebeten und sagte hundertmal: »Istighfar«, um mich nicht in einen Affen zu verwandeln. Alle Bewohner Naw'e Kalehs, Frauen wie Männer, Erwachsene wie Kinder, beteten über dem ansteigenden Wasser.

Nun, alle bis auf einen.

Als ich endlich auf Moors Anwesen zutrieb, war der Einzige, der mich sah, Zia. Die Flut reichte bis ein paar Handbreit an den oberen Rand der Mauern, die hölzernen Masten draußen verschwanden ganz in ihr. Während alle anderen Familienmitglieder, einschließlich Gul, der gesund, kräftig und unverwundet schien, gemeinsam das Zuhr-Salāt beteten, saß Zia allein oben auf der Mauer beim großen blauen Tor. Er war tropfnass und sah so hell aus in der Sonne, als wäre er durchsichtig. Oder als stünde er kurz davor zu verschwinden.

Ich paddelte still zu ihm.

Er begrüßte mich mit einem langsamen Salām, fast als hätte er damit gerechnet, mich genau so wiederzusehen: auf der Hälfte eines Aluminiumtors stehend, in einem riesigen Kamiz und mit vier Knochenhaufen rund um mich herum.

Er fragte mich, wo ich gewesen sei, und ich erzählte ihm zwei, drei Dinge von meiner Reise, ohne den Tunnel zu erwähnen und was ich an seinem Ende gefunden hatte.

»Wir dachten, du wärst tot«, sagte Zia.

»Wallah?«

»Sie denken es immer noch. Alle bis auf deine Eltern und deine Brüder.«

»Und bis auf dich«, sagte ich und hätte beinahe gelächelt, aber Zia schien so düster, so müde und einsam, dass ich mich nicht traute.

»Und bis auf mich«, sagte er.

Nachdem ich den Blick innerhalb von Sekunden mehrfach über die Rücken der Betenden hatte gleiten lassen, fragte ich Zia, wo Agha sei. Aber bevor er mir das sagte, erzählte er mir alles andere.

DIE GESCHICHTE DER FLUT UND DES VERSCHWUNDENEN MUSAFIR

Es stellte sich heraus, dass Gul und Dawood nicht erwischt und Gul nicht getroffen worden war. Er war nur zusammengebrochen, weil er dachte, er sei erschossen worden und müsse um sein Leben weinen. Dawood und ihm gelang die Flucht dank Zia, der sich insgeheim für den Fall mit hineingeschlichen hatte, dass wir es verbockten. Trotz seiner Bemühungen hatte ich die Hochzeit der armen Nabila am Ende aber dennoch ruiniert. Kaum dass meine Brüder mein Verschwinden bemerkten, sagten sie es Agha, der es Moor sagte, die es jeden einzelnen Gast der Hochzeit wissen ließ, und die Festlichkeiten lösten sich auf. Sie suchten den ganzen Tag nach mir, bis tief in die Nacht, doch irgendwann sehr spät wurde das gewohnte Donnern in den Schwarzen Bergen von einer Serie von Bombenexplosionen im Tal erwidert, die etliche der Dämme in Naw'e Kaleh zerstörten. Flüsse und Kanäle füllten sich mit Wasser aus den Gebirgsquellen, ergossen sich auf Straßen und Felder und in die mit Knochen gefüllten geheimen Kanäle unter den Straßen und Anwesen. Agha und seine Leute suchten mich beim Haus des Metzgers im höher gelegenen Teil des Dorfes, während meine Maamaas und Khalas durch Naw'e Kaleh streiften. Sie wären beinahe von der ersten Flut weggeschwemmt worden, Rahmutallah Maamaa und Baba beinahe ertrunken. Währenddessen hatte der Glaube an die Omen der Flut Abo verrückt gemacht, und sie sagte und tat nichts anderes, als für die

Seelen ihres Ehemannes und ältesten Sohnes zu beten, die immer noch atmeten, wenn auch kaum, aber doch atmeten. Als das Dorf überflutet und Rahmutallah und Baba vorübergehend ausgeschaltet waren, übernahm Abdul-Abdul die Verantwortung für die Familie. Seine erste Anweisung bestand darin, dass es niemandem erlaubt war, das Dach zu verlassen, und offenbar hatte er den ganzen Morgen über versucht, seine Kontakte beim Militär zu aktivieren. Er hatte versprochen, dass innerhalb einer Stunde ein Hubschrauber kommen werde, und obwohl Zia vermutete, dass ihm keiner glaubte, widersprach ihm auch keiner. Er war jetzt der älteste Sohn.

»Dein Vater sucht immer noch nach dir«, sagte Zia. »Er schwimmt vermutlich von Anwesen zu Anwesen. Wir haben ihn seit einer Weile nicht gesehen, Marwand. Ich weiß nicht.«

Gul sprach das Takbīrat mit dröhnender Stimme. Mir kam es komisch vor, dass Abdul-Abdul nicht vorbetete. Die Familie beugte sich in den Sudschūd. Zias Schwestern knieten ganz am Ende der Gruppe. Sie alle trugen lila Tschadors.

»Sag es ihnen nach dem Gebet«, bat ich Zia, »sage ihnen, dass ich lebe.«

»Sie werden mir nicht glauben, Marwand. Ich glaube mir selbst kaum.«

»Sage ihnen, ich werde meinen Vater finden.«

»Deine Moor schneidet mir die Hände ab, wenn sie herausbekommt, dass ich dich noch einmal habe gehen lassen.«

»Sage ihr, du hast versucht, mich aufzuhalten.«

»Wie?«

»Vielleicht, indem du Allah angerufen hast. Oder vielleicht hast du mich angefleht, um meiner Moor, meiner Brüder und der ganzen Familie willen. Hast mit mir gehandelt, bist ins Wasser gesprungen und wärst beinahe ertrunken.«

Gul sprach das Takbīrat noch einmal. Moors Familie beugte sich zur *Rukū*. Gwora und Mirwais standen am Rand des Daches zum überfluteten Hof hin. Ich fragte mich, ob Gworas Notizbücher überlebt hatten. Ich fragte mich, wohin er sie gerettet haben mochte.

»Es ist die letzte Rak'a«, sagte Zia, und in diesem Moment sah er mager und ausgehungert aus, so nass und gottergeben, dass ich hätte bleiben mögen, nur um ihn ein paar Äpfel essen zu sehen. Da trieben einige, wie ich feststellte, im Wasser des Obstgartens direkt hinter ihm. Die Hühner und der Esel liefen über das Dach des Kuhstalls. Die Kühe waren nirgends zu sehen.

»Mein Vater war nicht hier«, sagte Zia. »Ohne ihn konnten wir sie nicht herausziehen. Dawood hat sich fast die Arme gebrochen, so sehr hat er an ihren Stricken gezerrt. Als ich sah, dass die Kühe ertrinken würden, bin ich ins Wasser gesprungen. Sie hielten ihre Nasen in die Luft gereckt, und ich fasste eine beim Hals und sah ihr in die Augen. Erst konnte ich nur ihren Schrecken sehen, doch je länger ich in sie hineinsah, begriff ich, dass ich nicht wirklich in die Augen einer Kuh blickte, sondern in meine eigenen. Dass ich meine eigene Angst sah.

Marwand, seit jener Nacht unter dem Maulbeerbaum denke ich ständig darüber nach, wie Gott mich bestrafen wird. Oder dass er es nicht tut. Auch das macht mir Angst. Aber, Marwand, Wallah, die Kühe hatten keine Angst. Sie würden sterben, das wussten sie, aber sie hatten ihren Frieden damit gemacht. Es war kein Hass in ihnen. Kein Zweifel. Sie haben nicht mal geweint. Sie haben einfach noch so lange geatmet, bis es nicht mehr ging. Das Wasser stieg. Ich war der Einzige, der schwamm.«

Die Familie saß im Taschahhud. Das Gebet würde bald beendet sein.

»Zia«, sagte ich, »wenn sie mich sehen…«

»Ich weiß, Marwand. Suche deinen Vater. Möge Allah ihn dir zurückgeben.«

»Und dir auch deinen«, sagte ich leise und begann, dahin zurückzupaddeln, woher ich gekommen war. Aber bevor ich zu weit entfernt war, bat ich Zia noch, ein Duʿāʾ für mich zu sprechen. Er hob die Hände vors Gesicht, über die Augen, und ich konnte nur noch seine Lippen sehen.

Sie schienen zu zählen.

Auf meiner Suche nach Agha sammelte ich keine Knochen, keinen Müll oder anderes Zeug, und selbst den dahintreibenden toten Tieren, Schafen, Eseln, Kühen und Hunden, schenkte ich keine Beachtung, sondern paddelte weiter und suchte Flüsse und Dächer nach Hinweisen auf meinen Vater ab. Und als ich zurück zu Wataks überfluteter Gedenkstelle kam, entdeckte ich Budabasch in einem der oberen Äste des Maulbeerbaums. Er lag auf dem Bauch und hing da wie ein schläfriger Affe oder eine Echse.

Ich würde ihn nicht anrühren.

Wallah, ich war unseren Krieg, den ich weder gewinnen konnte noch verlieren würde, so müde und leid.

Aber als ich unter dem Maul des Hundes durchfuhr, sah ich Wataks rote Fahne zwischen seinen hässlichen, faulenden Zähnen hängen, und ohne weiter nachzudenken, sprang ich vom Floß auf den Baum, hielt mich an einem der unteren Äste fest und kletterte weiter hinauf, während mein Floß langsam davontrieb.

Der Baum war nass, und so brauchte ich ein paar Minuten, um bis ganz nach oben, wo Budabasch schlief, zu gelangen. Im hellen Licht des Tages, und so nahe ich ihm war, konnte ich endlich sehen, was Budabasch sich angetan hatte. Da das Fell an vielen Stellen kahl war, blieben die hundert Narben nicht länger verborgen, die von seiner langen weißen Verbrennung abgingen. Auf dem ganzen Körper, auf Rücken, Beinen und Bauch, rankten sie sich in- und umeinander und formten so, dachte ich, ein weiteres Labyrinth.

Ich klammerte mich an den Ast und zog mich auf dem Bauch weiter vor, hielt dabei aber alle paar Zentimeter inne, um mich zu versichern, dass der Wolf nicht aufwachte. Endlich lagen wir uns von Angesicht zu Angesicht gegenüber. Seine Schnauze und seine Nase waren voller Maulbeeren. Sein Atem kam unregelmäßig und stank nach Asche. Er rührte sich nicht. Zwischendurch schienen sich seine Schultern beim Atmen zu heben, aber er witterte mich nicht, sah mich nicht und wusste nicht, dachte ich, dass ich da vor ihm lag. Ich hob die rechte Hand und langte nach der Fahne zwischen seinen Zähnen, griff fest zu und zog so heftig, wie ich konnte, womit ich uns beide, natürlich, wie es in solchen Fällen nun einmal passiert, vom Ast hinunter ins Wasser riss.

Im Fallen und als wir im Wasser landeten, als wir zwischen Knochen, Blumen und dunklem, dunklem Matsch dahintrieben, ließ ich nicht einen Moment lang die Fahne zwischen seinen Zähnen los. Selbst als er aufwachte, selbst als er gegen mich ankämpfte, wild im Wasser strampelte und mit seinen Klauen um sich schlug, die nicht wirklich Klauen, sondern Nägel waren, einfach nur Nägel, die über meine Haut kratzten, aber nicht in sie einzudringen vermochten, wie sie es getan hätten, als er noch jung und stark und ein großer Mörder gewesen war.

So trieben wir also durchs Wasser und hielten beide mit aller Kraft Wataks Fahne gepackt, ohne dass wir gewusst hätten (oder es uns wichtig gewesen wäre), warum der andere sie so unbedingt haben wollte. Weder ich noch Budabasch hatten Lust zu ertrinken und unsere kleinen Leben aufzugeben, und so schwammen wir gemeinsam: Er paddelte mit allen vier Beinen, und ich vollführte eine Art einarmiges Brustschwimmen, wobei ich (um ehrlich zu sein) auch von ihm mitgetragen wurde, jedoch mitzuhelfen versuchte, damit Budabasch nicht eines Tages unter den Wölfen und wilden Tieren des Landes herumerzählte, dass er mich aus dem Wasser gerettet hatte.

Die Strömung war seit dem Morgen zurückgegangen, und da weder ich noch Budabasch zurück zu Moors Haus wollten, bewegten wir uns in die andere Richtung, auf die Schwarzen Berge zu. Ich konnte nur ein, zwei Minuten mit Budabasch mithalten, bevor er mich voranzuziehen begann. Mit der einen Hand hielt ich die Fahne fest, mit der anderen umschlang ich Budabaschs Hals, und obwohl seine Kraft langsam zu schwinden schien, schwamm er doch weiter gegen die abebbende Strömung an, dieses riesige, gemeine Ungeheuer, ob Wolf oder Hund oder beides, diese Kreatur, die nicht zu stoppen war.

Bald schon hatte er mich bis zurück zum großen Eisentor von Aghas Anwesen geschleppt, auf dem Agha, ganz ähnlich wie zuvor Zia, saß und Ausschau hielt. Sobald er mich entdeckte, sprang er mit den Füßen voran ins Wasser, schwamm mit Riesenzügen los und zerrte uns beide zu seinem Anwesen. Budabasch ergab sich seinem Ziehen praktisch sofort, und als wir aufs Dach kamen, umarmte mich Agha fürchterlich fest. Er drückte mich an sein raues Fleisch, als wollte er meine Haut in sich aufnehmen, die verschwielter, härter und dunkler denn je war. Aber, Wallah, so geschlagen, verbrannt und zerbissen ich war, mit rumorendem Magen, schwindlig und abgemagert, abgehärtet, mit Haaren unter den Armen und auf meinen Fingern, fühlte ich mich in den Armen meines Agha doch weich an.

Ich ließ die Fahne los.

Und am Ende, nach reichlich Schluchzen, Beten, Küssen, Lachen und Rufen, trug Agha mich und Budabasch auf die Seite des Daches, die den Schwarzen Bergen am nächsten war. Direkt hinter Nikehs Maulbeerbaum, wo er uns hinsetzte, links und rechts von sich. So saßen wir zu dritt da, nass und müde, und sahen hinaus auf die überschwemmten Felder voller Müll und Knochen, trockneten unsere Haut in der Sonne, selbst Budabasch, der mittlerweile so viel von seinem Fell verloren hatte, dass da mehr Haut als Haar war.

Agha hatte nicht einen Knochen gesammelt.

Nachdem er meinen kaputten Finger untersucht hatte, der, wie er bemerkte, längst hätte geheilt sein sollen, fragte mich Agha, was ich alles erlebt hatte.

»Unter dem Kaleh gibt es ganze Knochenberge«, sagte ich.

»Davon habe ich gehört.«

»Wann?«

»Nachdem wir Logar verlassen hatten und nach Pakistan kamen, gingen Gerüchte über die Tunnels um. Über Massaker. Es war mir egal. Unser Haus war zerstört. Meine Cousins und Cousinen, meine Stiefschwester, meine kleinen Neffen und Nichten und alle guten Mudschaheddin waren tot.«

»Und Watak?«, fragte ich.

Die Schwarzen Berge hockten still am Rand des Tales. Auch sie, dachte ich, mussten zuhören.

»Und Watak«, sagte Agha.

»Er hat seine Fahne«, sagte ich und deutete auf Budabasch.

Eine einzige Ecke des zerrissenen roten Tuchs hing noch aus der Schnauze des alten Hundes.

Erst versuchte Agha Budabasch zum Loslassen zu bringen, indem er ihm über den Kopf strich, dann versuchte er sie zwischen den Zähnen hervorzuzerren. Als das alles nicht half, bohrte er die Finger in die Schnauze des Hundes, um den Kiefer mit Gewalt zu öffnen. Aber Budabasch musste ein Krokodil in der Familie haben. Er weigerte sich nachzugeben.

Als er sah, dass ich seine Anstrengungen, die Fahne zu bekommen, verfolgte, legte mir Agha eine Hand in den Nacken, hielt mir die Augen zu und bettete meinen Kopf in seinen Schoß, und während mir ein abgerissener Nagel seines Daumens über die Stirn kratzte, machte er etwas mit Budabasch, das ich nicht sehen konnte.

Aghas Partug war dünn und nass, und obwohl mir das Wasser daraus ins Ohr lief, konnte ich Aghas Herzschlag durch eine Vene in seinem Schenkel hören, spürte, wie sich seine Muskeln anspannten, und hörte ihn oder Budabasch ächzen und stöhnen, und die ganze Zeit waren meine Augen offen. Rotes Licht schien durch das Dunkel von Aghas kleiner Hand.

Augenblicke später entspannten sich seine Muskeln, und er gab meinen Blick frei.

Ich setzte mich auf und sah die Straße oder den Strom hinunter, über den ich gekommen war.

Ich konnte eine Frau in einer Burka sehen, oder dachte es zumindest, eine Frau auf einem Floß. Hinter ihr kamen noch viel mehr Frauen in Burkas, ebenfalls auf Flößen, die in unsere Richtung paddelten. Agha wischte sich gerade mit dem zerrissenen Stück Fahne von der Gedenkstelle seines Bruders über Augen und Gesicht und konnte die Frauen so nicht kommen sehen, die bald schon da sein und uns, so Allah es wollte, aus diesem untergehenden Land retten würden. Und erst da, als Budabasch schlief oder tot war, Wataks Fahne in Aghas Händen tropfte, meine Moor und meine Khalas auf uns zu ruderten, Abdul-Abdul auf die Soldaten wartete, Zia voller Angst war, Gul verwirrt, Dawood nach dem Geruch weißen Mohns lechzte, Rahmutallah und Baba immer noch außer Gefecht waren, Nabila immer noch ein Mädchen, Abo geschwächt und müde, meine Brüder irgendwo gemeinsam weit weg, der Geist meines Fingers immer noch klagte und die dunkle Haut meines Gesichts in der Sonne trocknete – erst da beschloss Agha, mir endlich Wataks Geschichte zu erzählen.

Und sie ging so:

د ژوند یادونه

زه او زما کشر ورور چې دولت خان نومیده او مشهور په هوتکي وو په ګډه سره مو په یو کور کې ژوند تیراوه. زمونږ پلار سپین ږیری او د قوم مشر وو. زمونږ میرني ورونه له مونږ څخه مشران وو او کله، کله به ئې مونږ وهلو. زمونږ پلار له دې کبله چې د قوم مشر وو زیات وخت به له کور څخه بهر وو. کله چې به کور ته راغی نو مونږ به د میرني ورونو له شر او ظلم څخه خلاصیدلو. مونږ چې کشران وو نو د پلار لپار مو د امسا مثال درلوده او د کرونډې په کارونو کې به مو مرسته ورسره کوله. پلار مو د ښوونځي سره علاقه نه درلوده او اجازه ئې نه راکوله چې ښوونځي ته لاړ شو. زه د خپلې له مخې چې د زده کړې سره مې درلودله ښوونځي ته په خپل سر لاړم او داخله مې تر لاسه کړه. خو زما ورور هوتک د پلار د خبرې سره سم ښوونځي ته لاړ نه شو او ورڅخه محروم پاتې شو. په دې ډول هوتک د پلار سره کرونده کوله او مالونه به ئې پټې او ډاګونو ته د څرولو لپاره بیول.

هوتک غلی، عاجز او غریبکار انسان وو. د بې کارۍ وخت به ئې د همزولو سره په اولسي او کليوالي لوبو تېراوه. کله چې رالوی شو نو ژوند مو ورځ په ورځ ښه او نېکمرغه کېده. يو عادي ژوند مو درلود خو د خپل غيرت او عزت سره برابر وو او په کې خوشحاله او له خدای څخه راضي وو.

شخړه او جګړه مو کله هم ليدلې نه وه. همدارنګه مو د کليوالو ترمنځ مرګ او وژل هېڅکله ليدلي نه وو. کله چې زه اتلس کلنۍ ته ورسېدم زمونږ په ولايت کې دوه تنه په قتل ورسېدل. دواړه د محمد آغې د اولسوالۍ اوسېدونکي وو. د يوه نوم ګل احمد د ده نو د کلي او د بل د کتب خپلو د کلي مشهور په موټړوان و. د وخت په تېرېدو سره د ظاهر شاه د پاچاهي دوره تېره شوه او په بدليدو سره ئې د داوودخان د جمهوريت دوره اعلان شوه. زيات شمېر خلک په سياست نه پوهيدل او په خپل عادي کار او روزګار بوخت وو. بدبختانه چې د قرارۍ او ارامۍ ډېر وخت دوام و نه کړ. کوم وخت چې کمونستانو کودتاه وکړه د کابل راډيو د څو ساعتو لپاره خاموشه پاتې شوه. له کابل څخه د توپونو ډزې او بد اوازونه اورېدل کېده. خلکو ويل چې په کابل کې جنګ دی. خو څو ساعته وروسته له کابل راډيو څخه يو کس د قادر په نامه اعلان وکړ چې فيوډاليزم مو نسکور کړ او اوس د غريبانو حکومت راغلی دی او نېکه عقيده لري. وروسته خلکو ته معلومه شوه چې د فيوډالۍ قصه هسې يوه بهانه او چل وو. خلک به سره ټولی ټولی کېدل او دا به ئې ويل چې حکومت کمونستانو د خدای ج منکرو خلکو ونيوه. کوم وخت چې دغو وحشي ځناورو قدرت تر لاسه کړبشر ته ئې داسې يو تاريخ پرېښود چې د دوی په شان ظلم هرګز په بله کومه پاچاهي کې شوی نه وو. هره شپه د مسلمانانو په کورونو چاپې اچول کېدلې. مسلمانان بې عزته کېدل. سپين ګيري، ځوانان، ښځې، حتی ماشومان ئې په زانګو کې شهيدانول. علما، مشايخ او پوهه خلک د ورځې خپلو کورونو ته تللی نه شول. دوی به ئې په همدې دسيسو نيول او يا به شهيدانول او حتي ژوندي به ئې د خاورو لاندې ښخول. ډېر خلک تر اوسه پورې ورک او معلوم نه دي چې

په زندانونو کې پراته دي او که په وحشیانه ډول شهیدان شوي دي. په دې جمله کې یو ستر شخصیت مولوي عبدالستار او ورور ئې قاضي وو شامل وو چې د هغه وخت د والي صلاح الدین په دې موضوع کې لاس درلوده. مولوي صاحب او د هغه کشر ورور ئې دواړه له کور څخه وویستل. د هغوی شهادتنامې ئې څیرې کړې او په لاره کې ئې وغورځولې او دواړه مبارک اشخاص ئې په موټر پسې تړلي تر واغه جان پورې په خاورو کې کش کړي وو. دوی ئې شهیدان کړل. د فاسد حکومت د دې وحشیانه ظلمونو سره سم خلکو د کمونستي نظام په مقابل کې پاڅون وکړ او د جهاد اعلان ئې وکړ. ته هغه وخته پورې چې د جهاد صفونه مقدس او پاک وو څو ولایتونه د فاسد حکومت نه د الله (ج) په مرسته فتح شول. د کونړ ولایت اسمار اولسوالي، پکتیا، د وردګو د چک اولسوالي، د وردګو د شجاع او قوي ایمان په لرلو سره د مجاهدینو په لاس کې د الله ج په نصرت فتح شول. زما د تره ځوی چې سیداحمد نومېده د شهادت درجې ته ورسیده. د هغه شفاعت دې خدای ج مونږ ته نصیب کړي. څه موده وروسته ببرک لالا د خپل چره یي ټوپک سره لوګر- کابل عمومي سرک ته ووتلو او د جهاد په اسلامي شوق چې په خدای ج او رسول ص مینه ورسره وه د روسانو سره په جګړه کې د الله اکبر د نارې په ویلو سره د روسانو له خوا په شهادت ورسید. روح دې ښاده وي. د ده د غیرت اوازه په ټول وطن کې خپره شوه. کمونستانو او د هغوی غلامانو شرمندګي ومنله او خپل شکست ئې قبول کړ. کله چې روسان په دې پوه شول چې د حکومت او کمونستان د شکست سره مخامخ شوي دي نو هغه وو چې خپل 150000 عسکر ئې افغانستان ته راواستول. دغو وحشیانو د انسانانو د ناموس، عزت، غیرت کوم قدر او پروا نه درلودله. هرې خوا ته ئې د وینو سیلابونه وبیول، هر چا او هر کور ته ئې غم ورواړاوه. ټول افغانان ئې سره تیت او پرک کړل. روسانو به د شپې چاپې اچولې او خلک به د ورځې د خپلو کورونو څخه ورک او ناخبره وو. د شپې او ورځې به د الوتکو په وسیله بمبارې کیدله او خلک بې ئې شهیدانول. یوازې زمونږ کور ۷ ځله د ورځې له خوا بمبار شوی وو. د افغانستان خلک سره له دومره زیات تکلیفه تسلیم نه شول او د روسانو

غلامي ئې و نه منله. افغانان په تشو لاسونو د الله ج په مرسته د روسانو د لښکرو سره وجنګېدل او هغوي ته په هر ځای کې ماته ورکړه. زما کشر ورور دولت له مجاهدينو سره مرسته کوله. د روسانو د شتون او د شومو دسيسو به ئې خبرول. کله چې به نابلده ترکمن، هزاره او نور مجاهدين له نورو ولايتونو څخه زمونږ کلي ته راتلل د هغوی سره به مو تر دوبند حتی تر پېښور د لارو پورې رهنمايي کوله. د روسانو راتګ زمونږ ايمانداره اولس راويښ کړ او يو له بل سره به مو د جهاد په برخه کې مرستې کولې. همدغه عامل شو چې مونږ د خان شېرين د زامنو سره د غنمو لوون کول او کله چې به د هغوی کار ختم شو نو بيا به هغوی له مونږ سره مرسته کوله. ميرزاګل د خان شيرين زوی زمونږ قوماندان او د کلي مشر وو. خوله به ئې هميشه له خندا ډکه وهاو مونږ ته به ئې نيکې لارښوونې کولې. زما ورور دولت خان ورباندې ډېر ګران وو.

يوه له غمه ډکه شپه وه چې ناڅاپه د روسانو له خوا محاصره شو. له هرې خوا ډزې کيدې او کوښښ مو کولو چې له کور څخه خپله وسله راواخلو. کله چې کور ته رانژدې شو روسانو قلابند کړو. په ميرزاګل ئې مخامخ ډزې وکړې او کور ته مخامخ شهيد شو. کله چې ما او هوتک ډزې واورېدې مونږ د قلا شاته د هغو ځايونو نه چې روسانو په بمبار او ډزو وران کړي وو ځانونه و غورځول. ډېره لږه مسافه مو مزل کړی وو چې د روسانو د ډېر شمېر عسکرو سره مخامخ شو او په مونږ ئې يرغل وکړ. ما په خپل لس ډزي ټوپک روسان تر بريد لاندې ونيول. دوی ځانونه د باغ خوا ته وغورځول. ما غوښتل چې ځان د غونډۍ شا ته کړم . له بده مرغه زما وړوکي ورور چې کله ئې جګړه ليدلې نه وه ځان له ما څخه جلا کړ او د دښتې خوا ته لاړ. روسان او د هغوی مزدوارانو اوازونه کول چې منډې مه وهۍ. زما سره مرمۍ پاتې نه وې. زه ورته له دې کبله حصار نه شوم چې ژوندی مې نه پرېږدي او د دوی له وحشيانه وژلو نه د يوې مرمۍ وژل اسان تماميږي. له هغه وخته مې تر اوسه د کلاکوف، راکټ او کلاشنيکوف ترخه اوازونه په غوږونو کې پاتې دي.

کله چې پوه شوم چې ژوندی پاتې یم نو په خپل ورور پسې مې وکتل او په دې پوه شوم چې هغه ئې ژوندی بیولی وو. ما ویل چې ورور مې وړوکی ماشوم دی ژوندی به ئې پرېږدي. خو وحشیانو روسانو هغه په برچو باندې د مور په مخ کې په هغه ځای کې چېرته چې مولوي عبدالستار تدریس کاوه سوری سوری کړی وو. الله ج دې زمونږ د مورکۍ او زمونږ او زمونږ د نورې کورنۍ په زړونو د صبر پټۍ کېږدي. اوس ئې هم د شهادت په ځای د شهادت بیرغ رپیږي. روح دې ښاده وي. کله چې کور ته راستون شوم مورکۍ او خویندو مې د هوتک، هوتک او میرزاگل چیغې وهلې او فریادونه ئې کول. پوه شوم چې دواړه شهیدان شوي دي. په دې پیښه کې زمونږ د تره ځوی میرزاگل د شهادت سره یو ځای په خواني باندې هم د راکټ ډزې شوې وې او هغه هم زخمي شوی وو. کله چې مو د ورور جنازه کور ته راوړه ټوله کورنۍ مو د وحشت له ډاره نادرکه او پټه شوې وه. زه تنها د جنازې سره ناست وم. د ورور له بدنه مې وینې څاڅکي، څاڅکي بهیدلې. د مورکۍ او خویندو د ژړاگانو او فریادونو فضا ډکه کړې وه. زما میرنی ورور محمد ظاهر هم زخمي شوی و.

د آغاجان اکا میرمن هم زخمي شوې وه. د قیامت ورځ جوړه شوې وه. کله به میرزا گل ته ورتلم او کله به له خپل ورور سره اوسیدم. د مازدیگر وخت وو چې جنازې مو خاورو ته وسپارلې. له صبر سره هم له ژوند څخه بیزاره وو. په دې فکر چې سبا به روسان مرداروم یا به ما شهیدوي. په همدې شپه مو کور پرېښود او د ظفرخان کور ته مو پناه یووړله. خوب مو په سترگو کې نه وو او زړه مې نری، نری خوږېده. د شپې په نهو بجو چې د گلنار بیگم اواز تر غوږه شو. ځان سره مې وویل چې په دې کلي کې خو قیامت تیر شوی دی. دا بې رحمه او د کلک زړه خاوند څوک دی چې زړه د مسلمانانو په حال نه سوزوي. له ځایه پاڅیدم چې وگورم دا ځوان څوک دی. گورم چې ولي جان د برستنې لاندې رادېو اوري. میرمت یې ورته وویل چې شیرین دې مړ شه نن وړوکی ورورکی

شهید شوی دی. هغه ورته وویل چې هغه شهید شو خو زه ورسره ځان یو ځای شهید کولی نه شم. سبا چې له خوبه راویښ شو گورم چې مشرې خور مې کشره خور په غیږ کې نیولې د سوفې خوا ته پناه وړې. نو زه د ځان په فکر کې شوم چې که چیرې زه شهید شم نو د دوی سرپرستي به څوک کوي.

پلار مې ډېر زیات زهیر او سپین ږیری وو نو د پلار د پرېکړې سره سم د الله ج د رضا لپاره او د محمد ص د لارښوونې سره سم مو خپل اصلي وطن ترک او د مهاجرت لار مو ونیوله.

لوگر

AM NEUNUNDNEUNZIGSTEN TAG

Nachdem Allah die Flut getrocknet hatte und das Dorf zusammengekommen war, um die Knochen zu beerdigen, die Straßen neu zu pflastern und die weggeschwemmten Mauern wieder aufzubauen, nachdem ich jeden Einzelnen in der Familie um Vergebung gebeten und mir alle vergeben hatten, weil die Nachricht, dass ich noch lebte, sämtliche bösen Omen umgekehrt hatte (Rahmutallah und Baba wachten auf, die Familie des Metzgers kam zu Besuch, Nabilas Hochzeit wurde neu geplant, Gul wurde nicht verdächtigt, die Amerikaner kamen nicht, in ganz Naw'e Kaleh war kein einziger Schäfer umgekommen), nachdem wir Budabaschs Körper gesucht, aber nie gefunden hatten, führten mich meine kleinen Brüder zum geheimen Versteck von Gworas Notizbüchern.

Sie hatten sie an der Stelle vergraben, wo Budabasch früher geschlafen hatte.

Frühmorgens an unserem letzten Tag in Logar standen wir drei vor allen anderen auf (selbst vor Rahmutallah) und gruben die Überbleibsel der Seiten aus, die sich mehr oder weniger aufgelöst hatten, was hieß, dass wir hauptsächlich Erde auf der Schaufel hatten, in der die Seiten aufgegangen waren. Ein wenig von dieser Erde füllten wir in kleine Plastikbeutel und versteckten sie in unserem Gepäck. Weil die Straßen noch ziemlich nass waren, konnten keine Taxis hinein nach Naw'e Kaleh, und so unternahmen ich und so ziemlich alle meine Verwandten einen letzten Marsch durch das Dorf. Wir kamen an den Feldern und den weiterhin darauf arbeitenden Leuten vorbei, liefen durch die Labyrinthe, in denen der Lehm noch tropfte, vorbei an den Obstgärten, den dahintreibenden Äpfeln, den umgestürzten Masten und den Überbleibseln der Betonstraße, die die Regierung zu bauen versuchte. Und am Rand von Wagh Jan gaben wir, das heißt ich, Moor, Agha und meine Brüder, uns alle große Mühe, nicht in Tränen auszubrechen.

Aber es gelang uns nicht.

Bei unserem letzten Salām wischten sich die Männer verschämt über die Augen, während sich Abo und die Frauen die Tränen stolz über die Wangen laufen ließen. Dawood salutierte so vor mir, wie Abdul-Abdul es ihm beigebracht hatte, Gul hielt meine gesunde Hand, und Zia sprach ein letztes Duʿā' für meine Familie.

Er betete, dass Allah uns die Anstrengungen der Reise erleichterte, wir sicher an unser Ziel und eines Tages, Inschallah, alle zurück nach Hause kommen würden.

»Und gewiss«, schloss er, »kehren wir alle zurück zu Allah.«

Amen.

Auf unserem Weg über die Grenze hielt das Taxi am Rand von Logar an einem Checkpoint vor einem Trupp amerikanischer Soldaten, die den im Labyrinth gestorbenen sehr ähnlich sahen. Sie hätten Klone von ihnen sein können. Sie durchsuchten Agha und den Fahrer, und die beiden waren sauber. Dann entdeckten sie mich durch die schmutzige Heckscheibe und wollten, dass ich ausstieg. Moor und Agha riefen, dass wir amerikanische Staatsbürger seien und ich noch ein Kind, ein harmloses Kind, doch ich selbst war da gar nicht so sicher.

Drei Soldaten umstellten unser Taxi, direkt vor diesen Betonpollern, und während ein Soldat meine Tür öffnete, mir heraushalf und mich an den Rand der Straße führte, versuchte ein anderer, ihr Dolmetscher, Agha zu beruhigen. Den Blick auf das trockene Land und die fernen Berge gerichtet, hob ich die Arme, und der Soldat fuhr mir mit den Händen über Rumpf, Beine und Leiste. Dann drehte er mich um. Ich trug noch meinen Kamiz, und der hatte viele Taschen. Er durchsuchte sie alle, fand aber nur Haare, Fell, Schmutz und blaue Stofffetzen. Gegen Ende der Durchsuchung fragte mich der Soldat nach meinem verbundenen Finger.

»Wenn das dein Vater war«, flüsterte er auf Englisch, »kannst du es mir sagen.«

Wie die anderen Soldaten auch trug er einen Helm und eine Sonnenbrille, und im Spiegel der Gläser konnte ich mich vor dem weiten, trockenen Land stehen sehen.

»Nein«, sagte ich auf Paschto, »das war ich.«

Und fast direkt danach machte ich den Fehler, zu meinen Brüdern hinüberzusehen. Erst zu Gwora. Dann zu Mirwais. Und als sie sahen, dass ich zu ihnen hinübersah, stiegen sie auf der anderen Seite aus dem Taxi aus, kamen mit erhobenen Händen ums Heck und wollten ebenfalls durchsucht werden.

Die Soldaten hatten kein Interesse daran. Stattdessen ließen sie uns fahren.

Um die Zeit des Maghrib, als wir über den Chaiber-Pass durch die Weißen Berge fuhren, geriet unser Taxi in dichten Verkehr. Und dort, zwischen Bussen und Lastwagen, Humvees, Eseln, Hirten und Schafherden, zwischen Rikschas, streunenden Hunden, Männern, die aus Schubkarren Süßigkeiten verkauften, pockennarbigen Drogenabhängigen, usbekischen Ziegenhirten und Wagen voller Dschinns, tadschikischer Metzger, Kutschi-Frauen, krähender Hähne, amerikanischer Drohnen und armloser Sufis, die sich betend dafür bedankten, dass ihnen die Beine erhalten geblieben waren, zwischen weinenden Jungfrauen und reisekranken kleinen Kindern, zwischen benzintrunkenen Milizionären und bärtigen Imamen, den ältesten der Alten und vielleicht sogar dem Schatten des einen oder anderen Wolfes, dort, inmitten dieses Trubels, fragten mich meine Brüder nach der wahren Geschichte, wie ich Budabasch verloren hatte.

Wir saßen hinten im Auto, und obwohl wir durch zahllose Schlaglöcher rumpelten, war mir nicht übel. Ich war nur sehr müde. Der Fahrer schlief, Agha hatte ihn abgelöst. Moor saß vorn neben ihm. Sie unterhielten sich flüsternd, stritten vielleicht oder verrieten sich Geheimnisse.

»Seht her«, sagte ich zu meinen Brüdern und hob die rechte Hand ins Scheinwerferlicht eines Lastwagens, entfernte den Verband von meinem Finger, der immer noch heilen musste, und als ich das tat, wachte sein Geist auf und begann sich zu winden und am Ende der Wunde zu jammern.

»Seht ihr?«, fragte ich. »Seht ihr?«

Und das taten sie.

Sie schworen bei Allah, dem immer gnädigen, allwissenden, zeitlosen Allah, dass sie es sahen.

GLOSSAR

Aboo: »Vater« auf Arabisch
Adhān: Gebetsruf
Aloo: »Pflaume« auf Farsi und Paschto
Ama: »Tante« väterlicherseits auf Farsi
Amoo: »Onkel« auf Arabisch
Ashak: mit Gemüse gefüllte Knödel
Asr: Gebet bei Sonnenuntergang
Astaghfirullah: Bitte um Vergebung bei Allah
Attan: traditioneller Tanz

Badal: Handel
Bagh: Garten

Dastarkhān: großes Tuch, auf dem die Speisen stehen
Dschirga: Versammlung
Dschuz': einer von dreißig Teilen des Koran
Duʿā': kleines Gebet
Dusmal: Tuch

Fadschr-Salāt: erstes Gebet des Tages

Ghwul: »Scheiße«

Hāddschī: jemand, der die Haddsch gemacht hat, die Pilgerfahrt nach Mekka
Hadith: überlieferte Aussprüche oder Handlungen des Propheten
Hidschra: Rück-/Auswanderung auf islamisches Gebiet

Iqāma: der zweite Gebetsaufruf, nach dem Adhān

Kaaba: Gebäude im Innenhof der Moschee in Mekka
Kaakaa: Onkel väterlicherseits
Kalimāt: sechs Glaubenssätze
Kamiz: traditionelles Langhemd
Kamoot: Abort, Sitz über Sickergrube
Kappa: Kraut gegen Magenschmerzen
Khala: Tante mütterlicherseits
Khar: »Esel«
Kufi: eine Art Mütze
Kutschi: Nomaden, die im Nordosten und Süden Afghanistans leben

Maamaa: Onkel mütterlicherseits
Maastay: eine Art Joghurt
Mahram: Verwandter, den man nicht heiraten kann
Mantus: mit Fleisch gefüllte Knödel
Maghrib: viertes Gebet des Tages
Musafir: Reisende

Naswar: eine Art Kautabak
Nikāh: Ehevertrag vor der eigentlichen Ehe

Osh: afghanische Nudelsuppe

Pakol: traditionelle Wollmütze
Palau: Reisgericht mit Lamm, Rosinen und Möhren
Parathas: ungesäuertes Fladenbrot
Parda: Abschirmung der Frau
Partug: Beinkleid
Patu: traditioneller Überwurf aus Wolle

Qāri': Person, die den Koran richtig rezitiert
Quroot: spezielles Produkt aus Buttermilch

Rak'a: der zweite Teil des Gebets
Rukū: Verbeugung im Gebet

Sabr: »Langmut«
Sadaqas: freiwillige Gaben
Sahīh al-Buchārī: eine Hadith-Sammlung
Sahīh Muslim: eine Hadith-Sammlung
Sarsar: Reissuppe
Shahid: Märtyrer
Shorwa: Suppe
Spetsnaze: russische Spezialeinheiten
Sudschūd: das Auf-die-Knie-Fallen des Betenden

T: Taliban
Tadschwīd: das korrekte Rezitieren des Korans
Takbīrat: das 'Allāhu 'Akbar zu Anfang eines Gebets
Tandur-Khana: Raum mit dem Backofen, dem Tandur
Taschahhud: Glaubensbekenntnis des Islam
Tesbihs: Gebetsperlen

Tikrais: Kopftücher
Toschak: matratzenähnliches Bodenkissen

Wallah: arabische Schwurformel
Waskat: formelle Weste
Wudū': rituelle Waschung

Zuhr-Salāt: zweites Gebet des Tages

DANK

Alhamdulillah, viele großzügige und talentierte Menschen haben eine wichtige Rolle beim Entstehen dieses Romans gespielt, und so habe ich vielen zu danken.

Zuerst Yiyun Li, ohne die es diesen Roman als Roman nicht gäbe. Sie war absolut entscheidend für seinen Beginn, seine Entwicklung und seine Veröffentlichung. Dank auch an Doug Rice, meinen ersten Mentor, für seine fortdauernde Unterstützung und Klugheit. Hellen Lee und David Toise für ihre frühe kollegiale Führung. Dank an Lucy Corin, Pam Houston, Joe Wenderoth, Parama Roy und meine ganze Truppe von der UC Davis, besonders an Ryan Horner und Zach Kennedy-Lopez, die mir geholfen haben, den zeitlichen Ablauf der Geschichte zu klären. An Samantha Chang und Justin Torres für ihren weisen Rat und ihre Großzügigkeit. An Amy Goldman, die mich schon an der Highschool dazu überredet hat, meinen ersten Creative-Writing-Kurs zu belegen. An den Truman Capote Literary Trust, den Iowa's Writers' Workshop, den Writing By Writers Workshop, das UC Davies Creative Writing Program und die Napa Valley Writer's Conference, die mich mit Zeit und Raum zum Schreiben versorgt hat. An Jin Auh, meinen Agenten, und Laura Tisdel, meine Lektorin, die diesen Roman so beherzt und unermüdlich gefördert haben. Dank den Teams von Wylie und Viking, Alexa von Hirschberg, Faiza Khan und Nicole Winstanley, die aus dem Roman ein internationales Projekt gemacht haben. An Brigid Hughes, Megan Cummins und die gesamte Belegschaft von *A Public Space*, die meine erste Short Story veröffentlicht haben, als ich ein hungernder Student war. Brandon Taylor und Pam Zhang für ihre Hilfe mit den ersten Kapiteln. Ein großes Manana und ein Taschakor für Almas Farooqi Lodin, Weeda Azim, Homaira Faquiryan, Haroun Dada und Sarah Rahimi für ihren afghanischen Rat. Eure Ermutigung und eure Kritik habe ich sehr gebraucht und geschätzt. Dank auch an Tanzeen Doha und Mohammed Harun Arsalai für ihre Bemühungen bei der Propagierung des Buches. Und einen besonderen Dank an Muneeza Rizvi, deren abschließende Zustimmung für die Fertigstellung des Projekts von grundlegender Bedeutung war.

Und nun zu den Menschen, denen ich nicht wirklich danken müssen sollte, weil sie Teil der Familie sind und es mit zu ihrem Job gehört, mir zu helfen, aber ich danke ihnen trotzdem, damit es keinen Stunk gibt. Asila Nassem für ihre Übersetzungen, Salim Nassem für seine Begeisterung. Namra Kochai für ihr frühes Lesen und ihre Unterstützung. Rana und Breshna für ihre Sekretariats-Unterstützung. Marwand Kochai, weil ich deinen Namen benutzen durfte, ohne dass du ein großes Gewese darum gemacht hättest. Nein, aber ernsthaft, deine Gedanken und Kritiken waren so unerwartet wie wertvoll für mich. Dank an Jalil Kochai, meinen ersten Lektor, Promoter, PR-Mann, Manager und Leser. Dieses Buch gehört dir. Nazifa, zma shirina khazi, deera manana. Deine Hilfe hat neue Freude in mein Leben gebracht. Danke, Arthai, für deine Geschichten. Und endlich an Moor und Agha, ihr seid eine solch große Gnade für mein Leben. Obwohl ich all eure Sabr und eure Liebe nicht verdiene, bete ich dafür, dass ich mich nie davor wegducke.

Und zuletzt, gelobt sei Allah (subhānahu wa-ta'ālā).

Die Originalausgabe erschien 2019 unter dem Titel
»99 Nights in Logar« bei Viking, New York.

Dieses Buch ist auch als E-Book erhältlich.

MIX
Papier aus verantwortungsvollen Quellen
FSC® C083411

Penguin Random House Verlagsgruppe FSC® N001967

1. Auflage
Deutsche Erstausgabe Februar 2021

Covergestaltung: semper smile, München
Covermotiv: © mauritius images/Utkiner
Satz: Uhl+Massopust, Aalen
Druck und Einband: CPI books GmbH, Leck
Printed in the Czech Republic
ISBN 978-3-442-77045-8

www.btb-verlag.de
www.facebookcom/btbverlag